Goethes Gedichte
Zahme Xenien

괴테 시선 VIII
온순한 크세니엔

<지식을만드는지식 고전선집>은
인류의 유산으로 남을 만한 작품만을 선정합니다.
오랜 시간 그 작품을 연구한 전문가가
정확한 번역, 전문적인 해설, 풍부한 작가 소개, 친절한 주석을
제공합니다.

Goethes Gedichte
Zahme Xenien

괴테 시선 VIII
온순한 크세니엔

요한 볼프강 폰 괴테(Johann Wolfgang von Goethe) 지음

임우영 옮김

대한민국, 서울, 지식을만드는지식, 2022

편집자 일러두기

- 이 책은 ≪Johann Wolfgang von Goethe, Werke. Frankfurter Ausgabe in 40 Bänden, 2. Abteilung : Sämtliche Werke Bd. 2, Gedichte 1800-1833, hrsg. v. Karl Eibl. Frankfurt a. M. 1987≫을 원전으로 삼고, ≪Johann Wolfgang von Goethe, Zahme Xenien, mit einem Nachwort vom Martin Mosebach, München 2014≫를 참조해서 번역한 것입니다.
- 텍스트에 시의 제목이 있을 때는 우리말 번역과 그 밑에 독일어 제목을 달았고, 시 제목이 없을 때는 시의 첫 번째 행을 그 시의 제목으로 붙였습니다.
- 괴테가 붙인 원제목은 대문자로 표시했고, 제목이 없어 편집자가 붙인 독일어 제목은 대소문자가 섞여 있습니다.
- 각 시에 설명이 필요한 부분에는 간단한 주석을 달아서 그 의미를 알아볼 수 있도록 했습니다.
- 가급적 원문의 행에 따라 번역하려고 했지만, 우리말에 너무 어색한 경우에는 행을 바꾸었습니다.
- 한 행이 길어 한 줄을 넘어갈 경우에는 들여쓰기로 표시했습니다.
- 원문에서 기울임체로 강조한 단어는 굵은글씨체로 표시했습니다.
- 외래어 표기는 현행 한글어문규정의 외래어표기법을 따랐습니다.

차 례

온순한 크세니엔
Zahme Xenien

초대한 손님들이 돌아갈 때 주는 선물이라는 뜻인 ≪크세니엔≫은 괴테와 실러가 함께 작업해서 1796년에 실러가 발행하던 ≪문예연감(Musen-Almanach)≫에 발표한 2행으로 된 풍자시 모음집이었다. 이 풍자시들은 재치 있게 "적들의" 핵심을 찌르는 논쟁적이고 공격적인 형태로 당시 문화계와 문학계의 문제점들에 대한 괴테와 실러의 입장을 담고 있었다(≪괴테 시선 4 크세니엔≫ 참조). 게다가 수많은 풍자시로 상대를 가리지 않고 공격함으로써 이 ≪크세니엔≫은 새로운 시도였지만 스캔들로 여겨졌고, 당시 사람들은 '야만적인 문학적 혁명'이 질서 정연했던 독일 예술계로 확산하는 것으로 받아들였다. 그래서 ≪크세니엔≫은 실제로 당시에 평판이 좋지 않았다.

괴테는 그 후에 쓴 이런 풍의 시들을 "온순한 크세니엔"이라고 부르면서 이전의 날카로움을 제거했다. 그러나 괴테는 <온순한 크세니엔 1>을 출판하면서 카를 프리드리히 콘타(Karl Friedrich Conta)에게 이렇게 말했다. "사람들이 '온순한 크세니엔'이라는 제목에 이전과 반대되는 형용사가 원래의 의미대로 들어 있다는 것을 고려하더라도, 여기저기서 이전의 거친 특성이 엿보일 수도 있다고 추측하게 될 것입니다. 타고난 특성은 예술이나 교육으로 그렇게 쉽게 버릴 수 없다는 것은 알려진 사실입니다"(1820.

9. 11). ≪온순한 크세니엔≫은 형태적으로 얼핏 보아도 고대를 흉내 내는 2행시들이 아니라, 라임을 갖춘 자유로운 운율에 대화체로 구성되어 있다는 점에서 이전의 ≪크세니엔≫과 구분된다. 주제 면에서도 이전 ≪크세니엔≫과는 달리 특정한 의도를 가지고 노리는 대상이 더는 인물이나 잡지 등이 아니라, 대체로 집단적인 흐름이나 유행 또는 독특한 개성에 관한 것들이다. 이러한 대상들은 자신이 늙어 가고 있다는 것을 분명하게 의식하고 있던 시인의 주관적 생각과 연결되어, 그런 시인의 관점에서 이해되고 있다. ≪온순한 크세니엔≫에서 주관적 관점을 강조하거나 반대 의견을 허용하는 것은 괴테의 표현을 빌리자면 여기서 "농담과 진담으로" 말한다는 것을 나타낸다. 여기에 덧붙여서 전혀 논쟁거리가 되지 않는 격언과 성찰, 삶의 지혜도 추가된다. 1796년에 ≪문예연감≫에 실렸던 "진지하고 호의적인" 2행시들에도 이런 부류의 시들이 있었지만, 공격적인 크세니엔 시들과는 구분되어 수록되었다.

여러 군데 산재해 있는 노년 괴테의 지혜를 담은 전형적인 시들을 수용하거나 해석할 때는 항상 어떤 근거에 따라 특히 가치 있고 의미 있는 개별적인 격언으로 선별해서 마치 독립된 시들처럼 다루고 있다. 이것은 당연한 현상이다. 이렇게 모은 시들은 본래의 의미대로 사용하길 원하기 때문이다. 이것은 전적으로 괴테가 <바키스의 예언들>(≪괴테 시선 3≫ 참조)과 관련해서 시선을 끌게 했던 "작은 동판화 책(Stechbüchlein)"과 비교할 수 있다. 두 번째 의의는 이 격언들을 전체적으로 묶었을 때 그 가치가 나타난다. 즉, 격언들 가운데 어느 개별 격언도 최종 진술이 아니고, 각 격언은 주변의 격언들로 보충하거나 상대화할 필요가 있다. 괴테는 이 격언들의 순서뿐만 아니라 페이지 배분에도 세심한 주의를 기울였다. 그리고 1827년 2월, 코타 출판사에 <온순한 크세니엔 4~6>의 원고를 보내면서 괴테는 "페이지별로 인쇄해야 하며, 절대 한 페이지가 다른 페이지로 옮겨 가면 안 된다"고 강조했다.

<온순한 크세니엔 1~3>은 괴테가 발행하던 ≪예술과 고대(Über Kunst und Altertum)≫ 2권 3호(1820), 3권 2호(1821), 4권 3호(1824)에 각각 실렸다. 4~6은 1827년에 처음으로 모음집 형태로 출판되었다. 1825년 2월 7일에 바이마르의 수상 폰 뮐러(von Müller)가 괴테를 방문했는데, "괴테 앞에 격언이 적힌 작은 메모지들이 많이 있었다"고 말했던 것으로 미루어 보면, 이 짧은 시들을 어떤 방식으로 작업하게 되었는지를 짐작할 수 있다. 시간이 지나면서 점점 더 많이 모인 메모지들로 '격언 모음집'을 구

성하게 되었고, 1~3에는 주로 격언이 포함되어 있고, 4~6은 주로 3을 발표한 후 1824~1827년 사이에 쓴 시들로, 처음 발표하는 격언들이다. 이 짧은 시들을 언제 썼는지 자세히 알 수는 없지만, 몇몇 시들의 경우에는 기록이 남아 있다. <온순한 크세니엔 1~6>에서 다루는 주제들은 다음과 같다.

1 : 늙어 가는 시인, 오류와 진실
2 : 성찰과 행동, 신비주의, 인도 예술과 신화 이야기, 언론의 자유, 소인 근성, 개혁과 개조
3 : 개성, 불멸, 노년, 진리, 예술
4 : 젊은 사람들, 특히 젊은 문인들, 아내 크리스티아네, 다른 사람들에게 유용함, 다수의 정치, 진실성
5 : 좋은 것과 나쁜 것, 영국의 과학자 아이작 뉴턴, 1821년 출판된 괴테의 ≪빌헬름 마이스터의 편력 시대≫를 비판한 푸스트쿠헨(Pustkuchen) 목사
6 : 자연 과학, 특히 색채론, 지질학, 기상학, 괴테 자신의 고백

노년의 괴테 문체를 특징짓는 간결한 표현 경향, 다의적인 의미를 분명한 의미로 파악하려는 독자의 적극적인

참여를 독려하는 경향은 ≪온순한 크세니엔≫의 경우 계속해서 텍스트 이해의 문제로 이어진다. 당시 독자들의 반응은 '크세니엔을 모두 이해할 수 있으면 좋을 텐데', '그런데 수수께끼 같은 말이 너무 많다'라는 것이었다. 그래서 이 책에서는 모든 격언의 의미를 파악해서 설명할 수는 없고, 이 격언을 이해하는 출발점만을 간략하게 제시함으로써 이 격언들의 이해를 전적으로 독자들에게 맡기고자 한다. <온순한 크세니엔 1~6>은 괴테가 1827년에 마지막으로 직접 편집한 텍스트를 소개한다.

그는 그래 한때 자기 은밀한 생각들을 마치 문학의 성실한 동반자들에게 털어놓듯 했고, 그의 처지가 어떤 식으로 나쁘든 좋든 그는 문학으로 도망쳤다. 그러자 축성된 그림에 그린 듯, 노인의 삶이 이제 우리 눈앞에 놓인다.[1)]

호라티우스

1) "Ille, velut fidis arcanasodalibus, olim/ Vredebat libris : beque, si male cesserat, unquam/ Decurrens alio; nequi si bene : qou fit, ut omnis/ Vitiva pateat veluti descripta tabella Vita senis"[호라티우스, ≪대화(Sermones)≫ 2권 1장, 30~34행]. 호라티우스의 이 구절에 나오는 노인은 고대 로마의 풍자시 창시자인 가이우스 루실리우스(Gauis Lucilius, BC 168~BC 103?)를 가리킨다. 이 모토로 자신도 노인인 괴테는 자신이 이용하는 풍자시 장르의 창시자 루실리우스와 호라티우스를 증인으로 내세운다. 이 모토는 1827년에 비로소 ≪온순한 크세니엔≫ 앞에 들어갔다. 호라티우스는 풍자시를 담은 자신의 책 제목을 ≪대화(Sermones)≫라고 붙였다.

온순한 크세니엔 1

평판이 좋지 않은 단어 너에게 일상의
언행을 신중히 하도록 내가 촉구한다.[2]
왜냐하면 이런 종류의 악당 녀석들은
계속해서 그런 인상을 주기 때문이다.

____________________[3]

"그대는 왜 우리 모두와 우리의 5
의견에 거리를 두려고 하는가?"
나는 그대들 마음에 들기 위해 쓰지 않는다.
그대들은 뭔가 배워야 한다!

____

"그럼 그것이 현명하고 잘하는 일인가?

2) 괴테와 실러가 함께 작업해 1796년에 발표했던 풍자시 모음집 ≪크세니엔≫은 상대를 가리지 않고 공격함으로써 당시에도 평판이 좋지 않았다. 따라서 이 말은 이중적 의미가 있는데, 한편으로는 시집의 순서에 따라 바로 다음에 올 일상의 주제를 불러내고 있고, 다른 한편으로는 앞으로 시사성 있는 주제를 다룰 것임을 암시한다.

3) 이 줄표는 원전을 따른 것으로, 작품 구분을 위해 사용했다.

왜 그대는 친구와 적들을 괴롭히려는가?"
어른들은 더 이상 나하고 상관없다.
나는 이제 손자들[4]을 생각해야 한다.

그리고 그대는, 그리고 그대와 그대도[5]
나와 바로 사이가 나빠져서는 안 된다.
내가 손자를 위해 하는 것이 바로
그대들 모두를 위해 하는 것이니.

급히 하는 말을 한번 용서해 주고,
또한 떠들어 대는 것도 용서해 주시게.
여기에서까지 말하기를 주저하는 것은
적절하지 않을지도 모르기 때문에.

4) "손자들(die Enkel)"들은 아직 미성년인 사람들이나 괴테의 손자들을 말한다.

5) 이 행에서 "그대(du)"가 세 번 나오는데, 모두 독자를 가리킨다.

세계사 속에 살아가는 사람은
어느 순간을 주목해야 하는가?
여러 시대를 들여다보려고 노력하는 사람만이
그 시대들에 대해 말하고 시를 쓸 자격이 있다.

“악인들이 무엇을 꾀하는지 내게 말해 봐라.”
자신에게 유리한 하루를 얻기 위해
다른 사람의 하루를 망쳐 버리는 일.
그 일을 그들은 하루를 번다고 말하네.

“그대가 지금 새로 불을 붙이는
의도는 도대체 어디에 있는가?”
내 말을 더 이상 들을 수 없는
사람들[6]이 그걸 읽게 하기 위함이네.

긴 하루 내내 나는 잘 지냈고,
짧은 밤도 잘 보냈다.[7]
새날을 맞이하러 깨어나 보니
태양이 막 떠오르고 있었다.

"그대의 학생들이 그대에게 묻고 싶어 한다.
우리는 기꺼이 지상에서 오래 살고 싶은데
그대는 우리에게 어떤 가르침을 주려고 하는가?" —
늙어 가는 것이 요령이 아니라,
늙어 가는 것을 견디는 것이 요령이다.

6) "내 말을 더 이상 들을 수 없는 사람들(die mich nicht mehr hören können)"은 후세 사람들을 말한다.

7) 자신이 오래 살아왔음과 나폴레옹 시대의 "밤(Nacht)"이 끝났음을 의미할 수 있고, 35~36행은 ≪서동시집≫을 쓰던 시기에 정신적으로 "회춘"했음을 말할 수도 있다.

어떤 사람이 전력을 다하고 나면
그러면 마침내 성공을 거두게 된다.
만약 신이 인간의 힘과 소유물을
그에게 의지를 펼치도록 주셨다면.

나는 젊은 시절에 높이 우거진
소나무 숲을 심었다.
그 숲은 내게 이렇게 기쁨을 주는데! ―! ―! 사람들은
그 숲을 곧 땔감으로 베어 버리게 될 것이다.

무딘 도끼 소리가 나면, 모든 손도끼가 번쩍인다.
떡갈나무가 쓰러지면, 각자 자기 몫을 베어 간다.[8]

늙은 사람은 언제나 리어왕과 같다.[9] ―
손에 손을 잡고 함께 일했고, 다투었던 것은
이미 오래전에 사라져 버리고 말았다.
그대와 함께 그대로 인해 좋아했고 괴로웠던 것도
어디 다른 곳에 달라붙어 버렸다.
청춘은 늙은이들 생각해서 여기 있지만,
'청춘아, 오너라 나와 함께 늙어 가자' 하고
요구하는 것은 어리석은 일인지도 모른다.

8) 이 2행은 고대 그리스의 희극 작가 메난드로스(Menandros, BC 342?~BC 291)의 말인데, 격언 형태로 전해지고 있다.

9) 셰익스피어의 4대 비극 중 하나인 <리어왕(King Lear)>(1608)에서 늙은 왕은 유산을 물려주기 전에 자기 딸들에게 자신을 얼마나 사랑하느냐고 묻는다. 거짓말하거나 아첨한 딸은 늙은 왕의 마음에 들어 유산을 물려받지만, 정직하게 말한 막내딸 코델리아와 대신 켄트 백작은 유산을 물려받지 못하거나 추방당한다. 코델리아를 진심으로 사랑한 프랑스 왕이 그녀를 데리고 간다. 그러나 큰딸 고네릴과 둘째 딸 리건은 유산을 물려받자마자 아버지를 홀대해 결국 리어왕은 몇몇 기사들과 함께 궁전에서 쫓겨나고, 자신의 어리석음에 미쳐 버린다. 코델리아는 아버지를 구하기 위해 영국에 선전 포고하고 싸우지만 결국 영국군에 잡혀 감옥에 갇힌 채 죽는다. 전쟁은 끝나지만, 리어왕은 결국 자신의 어리석은 결정에 후회하다 죽는다.

좋은 것을 받고, 보여 주려면
노인이여! 여행을 떠나라. —
중년의 사람들이
내 친구들이 되고,
좋은 모임의 사람들도,
멀리 그리고 넓게,
또한 멀리서도
사람들은 내게서 배웠다,
변치 않는 마음으로.
그들이 나로 인해 고생하지 않았다면,
나는 그들에게 용서를 빌 것이 없다.
개인으로 내가 새로 찾아가는 거니까.
우리는 서로 주고받을 계좌가 없으니,
둘이서 낙원에 있는 것과 같으리라.[10)]

10) 괴테의 젊은 시절 친구들은 이미 죽었거나 소원해졌다. 괴테는 특히 여행을 통해 새로운 친구들을 많이 사귀었는데, 예를 들어 이탈리아에서는 하인리히 마이어(Heinrich Meyer), 비교적 늦게 하이델베르크의 줄피츠 부아서레(Sulpiz Biosserée)와 친교를 나누었으며, 매년 보헤미아의 휴양지에서 사람을 많이 사귀고 지속적으로 관계를 유지했다.

이 세상에 올바른 길이란 없다.
그대는 헛되이 정직하고 성실하다.
세상은 우리를 길들이려고 한다, 게다가 제대로.

성스러운 사람들로부터 그리고 현명한 사람들로부터
가르침을 받을 수 있어서 나는 정말이지 즐거웠다.
그러나 그 가르침이 짧게 이루어져야 했을지도 모른다.

길게 말하는 것은 내 마음에 들지 않는다.

새롭게 사귄 친구들과는 젊은 시절에 사귀었던 프리드리히 하인리히 야코비(Friedrich Heinrich Jacobi)나 스위스의 신학자 라바터(Lavater)처럼 종교적 문제 등으로 소원해질 필요가 없었다. 그래서 새로 사귄 친구들과는 “서로 주고받을 계좌(Konto mit einander)”가 없다고 했다(72행).

끝에 가서 사람들이 무엇을 노려야 하는가?
세상을 알고, 또 세상을 경멸하지 않는 것이다.[11]

그대가 삶을 나만큼 오랫동안 살았다면
나처럼 삶을 사랑하려고 노력해 보게나.

내가 부지런히 노력했던 것을 85
이제 조용히 내려놓아야 한단다.
내가 모든 것을 인정해야 한다는데,
내가 더 잘 알고 있는데도 말이다.[12]

---

11) 괴테가 세상을 대하는 기본적인 태도를 보여 준다.

12) 뉴턴의 색채론을 추종하는 사람들의 요구에 대해 반론을 제기하는 것으로 추측된다.

지혜를 자랑하고 뽐내기를 그만두어라.
겸손함이 그대에겐 더 칭찬받을 것이다.
그대가 젊은 시절의 실수를 범하자마자
그대는 노인의 실수들을 저질러야 한다.

사랑할 때는 연적들을 허락하지 않는다.
그러나 괴로울 때는 그들을 찾고 품는다.
삶의 파도는, 파도에 파도가 몰려오면서,
한 사람 한 사람 차례대로 데리고 온다.
　고독하거나 아니면 또 둘이 있거나,
사랑하고 있거나, 괴로워하게 되거나,
이전이나 이후에 서로
한 사람이 다른 사람과 헤어지게 되리라.

살아가며 그대에게 어울리지 않는 것에
그대는 꼭 명성을 좇을 필요는 없을 것이다.
그대가 겨우 백 년은 유명하겠지만,

그 이상은 누구도 그대에 대해 말할 수 없기 때문이다.

아름다운 삶으로 신들이 그대를 보내 주시면,
즐겁고 기분 좋게 즐기게나!
불안하게 그대를 다른 방향으로 돌리는 것 같아도,
기분 나쁘게 받아들이지 마라. 모두에게도 그렇게 보인다.

덧없는 것은 아무것도 없다,
그런 일이 비록 일어났을지라도!
우리는 불멸하기 위해
그래 여기에 존재한다.

내가 지난날 정당한 방법으로
이 벌을 받았단 말인가?
나는 먼저 조상들에게서 그걸 견뎌 냈고,

지금은 손자들에게서 그걸 견뎌 내야 한다.

“누가 다수에게 저항하려 하겠는가?”
나는 다수에게 저항하지 않고, 그냥 내버려 둔다.
다수는 떠돌며 움직이고, 흔들리다 황급히 사라진다.
다수가 마침내 다시 하나가 될 때까지.

“왜 그대는 그걸 설명하지 않고 그냥 내버려 두는가?”
그들이 날 이해하지 못하는 것이 나와 무슨 상관이 있나?

“한번 말해 봐라, 어떻게 그대는 미친 듯이 날뛰는
청춘의 오만한 존재들을 그렇게 태연하게 받아 주는지?”
물론 그들이 참을 수 없는 존재일지도 모르지만,
나 또한 그렇게 참을 수 없는 존재였을지도 모르니까.

젊은이들이 떠들 때 나는 기꺼이 들어 준다.
새로운 것은 소리가 울려 퍼지지만, 낡은 건 덜커덩거린다.

"그대는 왜 신출내기 바보들 사이에 끼어
부득부득 그들을 제압하려 하지 않는가!"
내가 명예롭게 늙지 않았다면,
내가 어찌 젊은이들을 참아 주려 하겠는가!

"그럼 우리는 어떻게 해야 하나?
우리에게 말해 봐라, 요즈음 말이다."
그대들이 하고 싶은 걸 하면 된다.
다만 그걸 내게 물어서는 안 된다.

"사기꾼 같은 놈아, 너는 어떻게
모두와 사이좋게 지내는 것이냐?"
비록 내 맘에는 안 든다 해도
그런 재능을 부정하진 않는다.

어떤 사람이 자신을 과대평가해도
그 사람이 별에 닿을 수는 없다.
그 사람이 자신을 너무 낮추면,
그때는 모든 것이 곧 같게 된다.

그대들의 방식대로 계속 밀고 나가,
그래서 그물처럼 세상을 덮어 보아라![13]
활발하게 살아가는 사람들 사이에서
나는 삶에서 승리하는 법을 알고 있다.

13) 아무 쓸모 없는 죽은 이론으로 '그물을 치는 일'을 말한다.

나는 병든 것을 좋아하지 않는다.
작가들은 우선 건강해져야 한다.

내가 인간의 잘못을 지적하면, 그 말은
이런 뜻이다, "스스로 옳은 일을 하라".

"힘이 센 그대는 그렇게 가만히 있지 마라.
비록 다른 사람들이 망설이며 물러나더라도."
악마를 겁주려는 사람은
크게 소리를 외쳐야 한다.

"그대는 행복했던 나날에도

가끔은 몹시 괴로워했다!"
나는 결코 잘못 생각하지 않았다.
그러나 자주 오산했다.

산과 계곡을 넘어서,
매번 오류에 오류를 거듭하며,
우리는 다시 넓은 들판으로 나간다.
하지만 거기는 너무 멀고 넓다.
그래서 우리는 짧은 시간 안에
새로이 미로와 산을 찾게 된다.

우리 자신을 속이지 않고, 어느 정도 마음을
감춘 상태에서 이루어지는 대화가 있는가?
그렇다면 그 대화는 진실과 거짓말의 잡탕이지만,
그것은 가장 내 입맛에 맞는 요리다.

재미있는 모임에서 담배 파이프를 찾지만
결코 발견하지 못하는 놀이를 그대는 아는가?
왜냐하면 사람들이 그 파이프를, 그 사람 모르게,
양복 상의의 뒷면 주름에 묶어 놓기 때문이지.
말인즉, 그 사람 엉덩이에 매달려 있는 것이다.

바보 같은 사람들과 사는 건 그대에게 어렵지 않을 걸세.
그대 주위에 정신 나간 사람들을 불러 모으게나,
그러고 잘 생각해 보게, 당장 그대는 조심스러워질 걸세.
바보 같은 사람을 지키는 자신들도 역시 바보라는 사실에.

나는 많은 모순이 시끌벅적한 곳에서
걸어 다니기를 제일 좋아한다.
아무도 다른 사람이 — 얼마나 재미있는가! —
옳은 일에 실수하는 것을 허용하지 않는다.

종족들은 다른 종족들과 맞서려 하지만,
한 종족은 다른 종족이 할 수 있는 것을 할 수 있다!
하지만 모든 뼈에는 골수가 있고,
그리고 모든 셔츠에는 남자가 들어 있다.

칠면조 수컷은 자기 모이주머니에
황새는 자기 긴 목에 기쁨을 느낀다.
냄비는 난로를 꾸짖는데,
검은 것은 둘 다 똑같다.

모두가 거들먹대며 걸어가는 모습을 얼마나 보고 싶은지.
그 사람이 공작의 날개를 활짝 펼 수 있으면 좋으련만.

"왜 근엄한 사람들만은
내 마음에 들지 않는가?"
사람들이 몇몇은 뚱뚱하다 생각하는데,
그 사람은 그냥 부어 있을 뿐이다.

저기 그들이 말을 타고 간다! 누가 말을 멈출 것인가!
도대체 누가 말을 타고 가지? 오만과 무지다.
말을 타고 가게 내버려 둬라! 지금이 좋을 때다.
창피와 수치가 뒤에 말을 타고 앉아 있으니.

"그대에게 어떻게 해서 그렇게 빨리
명예와 불명예가 무성하게 자라났는가?"
늑대가 숲에 남아 있어도
욕을 먹지 않을지도 모른다.[14]

14) 204~205행은 독일 속담이다. 시인은 202~203행에서 던진 질문에 속담을 그대로 인용하고 있다.

친구들

오! 절망의 한탄을 거두어라,
가장 힘든 날들이 지나면
다시 즐겁게 즐기게 되니까.

욥

너희들은 나를 조롱하고 싶구나.
생선을 물에 넣고 끓이면
맑은 샘물이 흘러도 무슨 소용이냐?

늙은 멍청이들과 그대는 무얼 하려는가?
그들은 채울 수도 없는 단추들인데.

잘못 생각하고 그들에게 둘러싸여 있다면,
현명하게 도망치려고 시도해라.

그대는 넓은 벌판으로 나가 구원을 받을 것이다.[15]
그대는 아무도 그대 쪽으로 끌어당겨서는 안 된다.
  하지만 젊은 시절의 생각으로 만나는
그 모든 것이 즐거우리라,
가르침을 받아라, 그러면 축복받으리라!
그리고 그대에게도 이익이 되리라.

그대는 안전한 곳에 있고 싶어 하는구나.
나는 내 내면에서 다투는 것을 좋아한다.
왜냐하면 우리가 의혹을 품지 않는다면
즐거운 확신은 도대체 어디에 있겠는가?

"그대는 사람들이 그대의 신념에서 무엇을

15) 불타고 있는 집의 이미지를 연상시킨다. 즉, 지난날의 오류 속에서 사는 사람들은 그 집에 내버려지고, 아무런 선입견 없이 "넓은 벌판(ins Freien)"으로 뛰쳐나오는 사람들은 구조(가르침)받게 된다.

그대 뜻에 따라 영원으로 보내 주길 바라는가?"
그 사람은 어떤 조합에도 속하지 않았으니,
끝까지 애호가[16]로 남으리라.

"하지만 그대는 한 번은 이것을 한 번은 저것을 했다.
그것은 진지했나, 아니면 그것을 재미로 했나?"
내가 정말 열심히 했다는 사실은,
무슨 일이 있어도, 신은 아실 것이네.

"왜 그대에게서는 모든 것이 가치와
중요한 의미를 잃어버리는가?"
행동하는 것은 관심을 끌지만
이미 한 일은 그렇지 않다네.

16) "애호가(Liebhaber)"는 긍정적인 의미의 아마추어라는 의미로, 확고한 지위를 가진 학자들보다 훨씬 편견 없이 독자적으로 판단하는 사람을 말한다.

“이렇게 여유롭고 이렇게 신중하다니!
그대가 아쉬워하는 것이 있다. 솔직히 말해 봐라.”
나는 만족한다.
그러나 만족에도 불구하고 내 기분은 편치 않다.

그대는 인생의 즐거움이 어디에 있는지 아는가?
즐겁게 살아라! ㅡ 만약 안 되면, 만족하며 살아라.

온순한 크세니엔 2

바키스의 예언들과 섞여 있다.[17)]

17) ≪괴테 시선 3≫ <바키스의 예언들(Weissagungen des Bakis)> (452~477쪽) 참조. <온순한 크세니엔 2>에서는 성찰과 행동, 신비주의, 인도 예술과 신화 이야기, 언론의 자유, 소인 근성, 개혁과 개조를 주제로 다루고 있다.

우리는 너무 고대의 시 형태에 머물렀는지 모른다.
이제 우리는 훨씬 현대적으로 그 시를 읽으려 한다.

"옛날에 그대는 자랑하는 것과는 너무 거리가 멀었다.
그대는 어디서 그렇게 지나치게 자랑하는 것을 배웠나?"
동방에서 나는 자랑하는 것을 배웠다.[18]
그러나 내가 돌아온 후부터, 서방에 있으면서
나는 위안을 찾을 수 있는 수백 명에 이르는
동방의 사람들을 보고 있고 또한 보았다.

그리고 사람들이 뭐라고 생각하든
나는 아무 상관도 없다.
나 자신을 하나로 합치고 싶어도,

18) 괴테는 ≪서동시집≫을 쓰기 위해 동방에 관한 많은 책을 읽었다. ≪괴테 시선 6≫ 해설 참조. 251행의 "동방의 사람들(Orientalen)"은 유럽에서 동방을 연구하는 학자들을 말한다.

하지만 우리는 둘이다.[19)]
그리고 활발하게 활동할 때도
우리 한 명은 여기에 다른 한 명은 저기에 있다.
한 명은 머무는 것을 좋아하고,
다른 한 명은 떠나는 것을 좋아한다.
하지만 자신을 이해하는 데는
한 가지 조언이 있을 수 있다. 즉,
즐거운 마음으로 인식하고 나서
재빨리 실행에 옮겨라.

그러나 비록 실행이 때때로
완전히 엉뚱한 결과를 가져오더라도,
예상치 못하게 성공하는 것을
우리가 급히 쫓아가게 만든다.

19) ≪파우스트≫에서 파우스트가 "두 개의 영혼이 내 가슴에 살고 있다(Zwei Seele wohnrn, ach! in meiner Brust)"(1112행)라고 말했듯이, 괴테는 인간과 세계를 원심력과 구심력 또는 심장의 수축과 이완으로 대표되는 "양극성"의 원리로 파악했다. 즉, 양극적 성격이 한 인간 안에 동시에 존재한다는 것이다.

그대들이 어떻게 생각하거나, 생각해야 할지는
내가 상관할 일이 아니다.
그대들이 좋아하거나 가장 좋아하는 것을
나는 부분적으로 해냈다.
해야 할 일이 많이 남아 있으니,
누구도 태만하게 쉬어서는 안 되리라. ―
내가 하는 말은 나와 그대들을
파악하기 위한 고백이다.
세상은 매일 더 넓어지고 더 커진다.
그래서 더 완벽해지고 나아지게 한다!
세상은 더 나아지고 또 더 완벽해져야 한다,
세상이 모두를 반갑게 맞아 주지 않는 한.

성좌(星座)처럼,
서두르지 않고,
쉬지도 않고,

각자가 질 짐 주위를
돌아라.

나는 희망에 가득 차 있고
아주 맑고, 아주 순수하다.
그리고 내가 어떤 실수를 한다 해도,
그것은 실수가 아닐 수도 있다.

그렇다, 그것은 정상이다,
사람이 생각할 때,
무슨 생각을 하는지
다른 사람들은 모르는 것이.
모든 생각은 선물받은 것 같으니.

"왜 사람들은 여러 고통을 겪는가,

더욱이 죄도 없이? —
아무도 우리의 말을 들어 주지 않으니까."
  적극적으로 활동하던 사람이 떠나면,
모든 일은 직책들이 차지하는데,
그래서 일에 더 이상 생기가 없다.[20]

"몇 가지는 우리가 이해할 수 없다."
계속 살아가기만 해 봐라, 이해하게 될 거다.

"어떻게 그대는 그대 자신을 파악하는 법을 알고 있나?"
내가 비난하는 것을 나 스스로에게도 인정해야 한다네.

20) "모든 일은 직책들이 차지하는데(alles ist Pfründe)"라는 말은 모든 "직책(Pfünde : 녹을 받는 성직자의 자리, 하는 일도 없이 수입이 좋은 자리)"은 한 사람을 먹여 살리는 '자리'라는 의미다. 그래서 성실하게 활동하는 사람이 세상을 멀리하고 물러나 있으면, 세상은 움직이지 않고 경직된다고 괴테는 말한다.

“바키스가 다시 살아났다!”[21]
그렇다! 내가 보기에 모든 나라에서 그렇다.
어디서나 바키스의 무게는 더 나간다,
여기 운율에 맞춘 짧은 시에서보다.

신께서 자신의 모습대로
인간을 만들어 내셨다.
그러고 신께서 직접 내려오셨는데,
아이고, 친절하고 관대하시게도 말이다.
  야만인들이 스스로
여러 신들을 만들려고 했다.
단지 그 신들은 형편없어 보였고,
용보다 더 혐오스럽게 보였다.

21) 나폴레옹 전쟁이 끝나고 왕정복고 시대 때, 특히 신(新)경건주의와 가톨릭에서 신화를 복구하려는 움직임도 나타났다. 이어지는 테마는 인도의 신화 이야기를 수용하는 것과 관련 있다.

누가 이제 수치와 조롱을
계속 부추기려 하겠는가?
신이 괴물들로
변해 버렸는가?[22]

그래서 나는 이번만은 신들이 있는
넓은 홀에 어떤 짐승도 두지 않으리라![23]
불쾌한 코끼리 코,
휘감겨 있는 뱀 무리,
우주의 늪 깊이 있는 태초의 거북이,

22) 이 시부터 낭만주의자들의 인도 숭배에 대한 괴테의 비판이 시작된다. 괴테는 이 시기에 ≪서동시집≫에 동방에 대한 자신의 열광을 담았지만, 자신의 눈에 흉측하고 혐오스럽게 보였던 인도 종교의 신상(神像)들은 단호하게 거부했었다.

23) "신들이 있는 넓은 홀(Götter-Saal)"은 모든 신들을 모신 신전인 판테온(Pantheon, 萬神殿)이다. 이 신전은 괴테에게 특별한 의미가 있었는데, 왜냐하면 그 안에 신들의 불확정적인 모습들이 모두 모여 있기 때문이다. 그래서 당시 낭만주의자들이 퍼뜨리던 인도의 신화 이야기와 종교 예술은 여기서 배제해야 한다는 것이다.

한 몸통 위에 많은 왕의 머리들,
이런 것들은 우리를 분명히 절망에 빠뜨릴 것이고,
순수한 동방은 이런 것들을 삼키지 않을 것이다.

동방은 이미 이런 것들을 오래전에 삼켰고,
칼리다사[24]와 다른 시인들은 헤치고 지나갔다.
그들은 시인의 섬세함으로 사제들의
찡그린 얼굴에서 우리를 해방해 주었다.
나도 인도에 살고 싶다,
석공만 없었다면 말이다.

24) 칼리다사(Kalidas, Kālidāsa, 390?~460?)는 드라마 <샤쿤탈라(sákuntalā)>와 서사시 ≪메가두타(Meghadūta)≫를 쓴 고대 인도의 시인이다. 괴테가 인도의 신화 이야기와 석상들에 반감을 느꼈던 것과는 반대로 인도 문학은 높게 평가했다. <서동시집의 더 나은 이해를 위한 메모와 논문들>(≪괴테 시선 6≫ 참조)에서 괴테는 인도 문학의 "훌륭함"에 대해 이렇게 말한다. "이(인도) 시 문학 속에는 순수한 인간성, 고귀한 풍습, 쾌활함과 사랑이 달아나 숨어 있는데, 카스트 제도에 의한 갈등, 환상적인 종교적 괴물들, 이해하기 어려운 신비주의로 힘들어진 우리 마음을 위로해 주고, 그래도 결국에는 그 시 문학 속에 인류의 구원이 보존되어 있음을 우리에게 확신시켜 주기 위해서다."

무엇을 사람들이 더 재미있게 알고 싶어 하겠는가!
사람들은 샤쿤탈라와 나라[25]에게 입을 맞춰야 한다.
그리고 구름의 전령 메가두타를
누가 영혼의 친구에게 보내려고 하지 않겠는가!

"그대는 건강을 회복한 사람들이 칭찬하는 것,
철분이 함유된 약제와 이를 다루는 현명한 사람들을
그토록 단호하게 멀리하고 미워하려는가?"
신께서 내게 더 고귀한 인간성을 부여하셨기에,
나는 엉터리 성분들이 내게
잘못 작용하게 내버려 두고 싶지 않다네.[26]

25) 나라(Nala)는 서사시 ≪마하바라타(Mahabbarata)≫에 나오는 사랑 이야기로 예나대학의 동방학 교수였던 코제가르텐(Kosegarten)에 의해 1820년에 독일어로 번역되어 출간되었다.

26) 1772년경에 프란츠 메스머(Franz Mesmer)가 인체에 미치는 자석의 영향을 연구했고, 그러면서 자력이 손으로 쓰다듬으면 한 사람에게서 다른 사람에게 전도된다는 사실을 발견했다. 그래서 이런 사람들을 339행에서 "(이를) 다루는 현명한 사람들(die handhabenden Weisen)"이라고 했다. 이를 근거로 사람들은 동물의 자력에 관한 학설을 치료술로 발전시켜서 한동안 호평을 받았다. 네스 폰 에젠베크(Nees von

---

배꼽이 나더러 옆으로 재주넘기를 하라거나,
물구나무를 서 보라고 내 귀에 속삭였다면
내가 깜짝 놀랄지도 모르는 것처럼,
그런 일은 쾌활한 젊은이들에게나 어울리겠지.
우리 같은 늙은이들은 그러나
머리를 가능한 한 위에 두려고 한다.

Esenbeck)가 괴테에게 자신의 책 ≪자력에 의한 수면과 꿈의 발전사(Entwicklungsgeschichte des magnetischem Schlafs und Traums)≫(1820)를 보냈을 때 괴테는 이렇게 편지를 썼다. "제 생각에, 제가 아주 활발하게 활동할 때 가스너(Gaßner)와 메르저(Merser)가 큰 관심을 끌었고, 아주 활발한 영향을 널리 주었지요. 그리고 저는 라바터의 친구였는데, 이 사람은 이러한 자연의 경이로운 현상에 종교적 가치를 부여했습니다. 그래서 제가 거기에 흥미를 느끼게 되는 것이 아니라 마치 이러한 흐름에 다가갈 생각도 하지 않으면서 그 옆을 걸어가는 사람 같은 태도를 취했다는 사실이 가끔 이상하게 느껴질 때가 있습니다"(1820. 7. 23). 그러니까 이 격언에서 제기하는 이의는 치료의 수단이 너무 초보적이고 '동물적인' 방법에 근거를 두고 있다는 점이다.

독일 사람들은 좋은 사람들이다.
모두가 옳은 일만 하겠다고 말한다.
옳다는 것은 그러나 무엇보다도 나와
내가 잘 아는 사람들이 칭찬하는 일이어야 한다.
나머지 것은 번거로운 일이고,
나는 이것을 차라리 무시해도 되는 일로 여긴다.

나는 대중에 대한 반감이 하나도 없다.
그러나 대중이 언젠가 궁지에 빠지면,
그들은 악마를 추방하기 위해 틀림없이
악당들과 폭군들을 부르게 될 것이다.[27]

---

27) 이 격언은 프랑스 혁명이 나폴레옹의 등장으로 끝난 것과 관련될 수 있다. 그러나 이 격언을 쓰던 시기에는 나폴레옹과 승리를 거듭하던 동맹국들을 "악마"와 연결할 수 있다.

60년 전부터 나는 심하게 헤매는 것을 보고 있고,
그리고 나도 함께 그 안에서 많이 헤매고 있다.
여러 미로[28]가 이제 그 미로를 혼란에 빠뜨리기에
그대들을 위해 아리아드네는 어디에 있어야 하는가?[29]

"이런 일이 얼마나 더 계속되어야 하는가!
그대는 게다가 종종 불합리한 상황에 빠지는데,[30]
우리는 그런 그대를 이해할 수 없다."
그래서 내가 회개를 하는데.

28) "여러 미로(Labyrinthe)"는 미로가 특히 중요한 역할을 했던 당시의 학문적 명제를 말하고 있는 것으로 추측된다. 360행 "60년 전부터 나는 심하게 헤매는 것을 보고 있다"라는 말도 예를 들어 뉴턴의 추종자들이 색채에 관한 뉴턴의 이론에 사로잡혀 잘못 생각하고 있음을 말하는 것으로도 볼 수 있다.

29) 그리스 신화에서 아리아드네는 테세우스가 인신 공양을 받던 괴물 미노타우로스를 죽이기 위해 미로로 얽힌 동굴로 들어갈 때 그에게 실을 주어 그 실을 따라 동굴을 빠져나오게 했다.

30) "불합리한 상황(Abstruse)"은 원래 '부조리한(absurd)' 상황을 의미하지만, 노년의 괴테는 이 단어를 부정적으로 쓰지 않고, '말로 표현할 수 없는' 영역으로 과감하게 나아가는 생각을 표현할 때 사용했다.

이것도 과오에 속한다네.
그대들은 나를 예언자로 바라보게나!
생각은 많이 하고, 느낌은 더 많이,
그러나 말하는 것은 적게.

내가 말하려고 했던 것을
어느 검열도 막지 못한다![31]
그대들은 사려 깊게 언제나
모두에게 도움이 되는 말만,
그대들과 다른 사람들이 해야 할 말만 해라.
내가 그들에게 확약하건대, 우리가
오랜 세월 동안 몰두하는 것만큼
그대는 말하게 될 것이다.

31) 여기서부터 언론의 자유에 대한 크세니엔이 시작된다. 1816년 5월 5일에 바이마르 대공국에서 언론의 자유가 헌법으로 보장되었다. 그 결과로 다른 곳에서는 검열을 통과할 가능성이 거의 없던 글들이 바이마르 대공국에서 인쇄되었다. 그래서 바이마르는 과격한 급진주의의 안식처라는 명성을 얻었다.

오 달콤한 언론의 자유여!
이제 우리는 마침내 즐겁다.
이 자유는 이 도서 박람회 저 도서 박람회로
기분 좋은 환호성을 지르며 문을 두드리고 있다.
자, 우리가 모든 것을 인쇄하고,
그리고 앞으로도 마음대로 하도록 해라.
다만 아무도 투덜대서는 안 되리라,
우리처럼 생각하지 않는 사람은.

신성한 언론의 자유가 그대들에게 어떤
유익함과 장점과 많은 결실을 제공하는가?
이로 인해 확실한 모습을 그대들은 띠게 된다,
여론에 대한 깊은 경멸 말이다.[32)]

32) 1816년에 바이마르에서 언론의 자유가 헌법으로 보장되자, 자유주의 작자로 괴테와 관계가 불편했던 코체부(Kotzebue, 1761~1819)가 바이마르로 돌아와서 1817년 11월부터 잡지 ≪문학 주간지≫를 발행

누구나 모든 것을 견뎌 낼 수는 없다.
어떤 이는 이것을, 어떤 이는 저것을 꺼린다.
왜 나는 인도의 신상들이 내겐
공포를 안겨 준다고 말해선 안 되는가?
부조리함이 구체화해 있는 것보다
더 끔찍스러운 일은 인간에게 일어날 수 없다.[33]

했다. 하인리히 루덴(Heinrich Luden)은 코체부가 러시아 황제에게 비밀리에 독일 사정을 보고했던 문건을 입수해 자신이 발행하던 ≪네메시스≫에 실었는데, 루덴은 코체부의 부주의로 그 비밀 보고서를 손에 넣었다. 이 잡지는 코체부의 개입으로 배포되지는 않았지만, 견본으로 인쇄한 것은 사람들 사이에 퍼지게 되었다. 괴테는 코체부와 불편한 관계였지만 비등하는 코체부에 대한 혐오감을 걱정스럽게 지켜보았다. 그리고 코체부가 바이마르에 계속 머물러 있으면 분명히 아주 불쾌한 일이 일어나리라고 생각했다. 결국 코체부는 만하임으로 옮겼지만, 그곳에서 1819년 예나대학의 급진주의 학생인 잔트(Sand)에게 암살당했다. 잔트는 "예나대학은 코체부에게 사형 선고를 내렸다"는 유인물을 지니고 있었는데, 예나대학 교수들이 이 유인물의 인쇄에 동의했고, 결국 코체부의 암살로 이어졌다.

33) 이 시부터 이어지는 세 편은 다시 인도의 신상에 대한 날카로운 비판을 주제로 하고 있다.

어리석은 말은 많이 할 수 있고,
그런 말을 쓸 수도 있다.
몸과 영혼을 죽이지 않게 되면,
모든 것은 옛날 그대로 유지된다.
그러나 어리석은 일이 눈앞에 나타나면
마법과 같은 권능을 행사하게 된다,
그것이 감각을 꼼짝 못하게 붙들기 때문에[34]
정신은 하인으로 남게 된다.

나는 이런 것들도 소중하게 여기지 않으련다,
믿을 수 없이 움푹 들어간 텅 빈 곳들,[35]

34) 괴테는 1815년 9월 19일 하이델베르크의 젊은 친구인 부아서레(Boisserée)에 대해 이렇게 말했다. "그는 인도의 전설에 들어 있는 무한한 정신과 지혜를 매우 높이 평가하지만, 다만 인도의 그림들은 꼭 보고 있어야 하는 것은 아니라는 겁니다. 그 그림들은 저주가 나올 만큼 환상을 바로 파괴해 버릴지도 모른다고 말입니다."

음침한 그곳에서 북적거리며 사는 사람들,
입과 긴 주둥이를 유치하게 놀리는 것을 말이다.
이상한 무늬 장식의 눈썹들,
그것은 불쾌한 형상물이다.[36]
아무도 이것들을 모범으로 삼아선 안 되리라,
코끼리 사원과 흉측한 얼굴들의 사원들을.
그들은 성스러운 생각을 웃음거리로 만드니,
사람들은 자연도 신도 느끼지 못하리라.

나는 이것들을 영원히 몰아냈고,
여러 머리의 신상들은 내게서 파문을 당했다.[37]

35) 동굴 안에 만들어진 사원을 의미한다.

36) 410~411행에서 "이상한 무늬 장식의 눈썹들,/ 그것은 불쾌한 형상물이다(Verückte Zierrat-Brauerei,/ Es ist eine saubre Bauerei)"는 원문을 직역하면 '이상한 무늬 장식의 양조장,/ 그것은 청결한 건축물이다'라고도 번역할 수 있으나, 인도의 신상들을 흉측스럽게 생각했던 괴테의 생각에 따르자면 시의 문맥상 어색하므로, 'Brauerei'는 'die Braue(눈썹)'라는 단어에서 파생된 '눈썹들'로, 'Bauerei'는 '형상물'로 번역했다. 'sauber'라는 단어는 '깨끗한, 정결한'이라는 뜻도 있지만, 반어적으로 '부도덕한, 지저분한, 불쾌한'이라는 뜻도 있다.

그래서 비슈누와 카마, 브라흐마, 시바 신,
게다가 원숭이 하누만까지.[38]
이제 나는 나일강에서 우쭐해야 하고,
개 머리를 한 신을 위대하다고 해야 한다.
오, 내가 그래도 내 집 홀에서
이시스와 오시리스를 쫓아내면 좋으련만![39]

37) 부아서레는 1822년 1월 5일 괴테에게 이렇게 편지를 썼다. "인도의 괴물들을 숭배하는 것에 대해, 그리고 자력을 어리석게 다루는 것과 크세니엔에 울분을 터뜨리는 멍청한 다른 사람들에 대해 시인이 어떻게 자신의 불쾌감을 나타내는지는 다른 한편으로 우리를 매우 즐겁게 해 주었습니다. 그리고 사람들이 또한 지나칠 정도로 모으고 있는 이집트의 찡그린 얼굴들도 선생님의 저주에 포함을 시킨 모습을 보았으면 좋겠습니다." 그래서 괴테는 이 크세니온을 1822년 1월 15일 부아서레에게 보낸 편지에 동봉했다. 바로 앞의 크세니온(406~415행)도 이런 계기로 쓴 것으로 보인다. 이 두 시는 괴테가 ≪온순한 크세니엔≫을 발표했던 ≪예술과 고대≫에는 실리지 않았다.

38) "원숭이 하누만"은 괴테가 젊은 시절에 알고 있었던 인도의 힌두교 대서사시 ≪라마야나(Ramayana)≫에 나온다. 이 대서사시는 코살라 왕국의 왕자 라마찬드라의 무용담과 시타 왕비의 정절 그리고 바나라의 왕 하누만의 충성, 마왕 라바나의 포악함을 다루고 있다.

39) 여러 비유가 중첩되어 있는데, "이 신성한 홀들에서(in diesen heiligen Hallen)"와 "오 이시스와 오시리스(O Isis und Osiris)"는 시카네더(Schickaneder)가 각본을 쓰고 모차르트가 작곡한 <마술 피리> 에 나오는 말로, 괴테가 1790년대에 2부 대본을 써 보려고 시도했다.

그대들 훌륭한 작가들이여, 그대들은
시대에 온순하기만 하구나!
그들은 셰익스피어마저
결국 무기력하게 만드는구나.

그대들은 해석할 때 신선하고 활기차게 하라!
그대들이 그렇게 하지 않으면, 뭔가 덧붙여 해석한다.[40]

당시에 비밀 결사대를 표시하던 이집트의 세계가 새로운 모습으로 괴테에게 다가온다. "이시스"는 행정 관리들을 화나게 했던 잡지의 이름이기도 했다. 그래서 이 크세니엔에는 언론의 자유라는 테마도 함께 포함되어 있다. 잡지 "이시스"는 가끔 "오리시스(Orisis)"라는 이름으로 발행되기도 했는데, 이 두 신은 개의 머리를 한 이집트의 신 아누비스(Anubis)와 함께 잡지의 제목을 장식하고 있었다.

40) 이 두 행은 따로 자주 인용되는 말로, 인도와 이집트의 찡그린 얼굴을 한 신상들과 문맥상 가까워서 신화 연구가를 풍자하는 요구로 이해할 수 있다.

어떤 사람에게 일어나는 일은
다른 사람에게도 일어난다.
아무도 이렇게 배우지 않았다면,
떠돌아다녀서는 안 된다.
그러나 불쌍한 녀석은
여기저기서 나타나는데,
여성들은 무엇이 그에게 유익한 것인지,
파도에 파도가 몰려온다는 것을 알고 있다.[41]

“나는 전쟁터로 나간다!
영웅은 어떻게 행동하는가?”
전투를 앞두고는 대담하고,

41) 이 크세니온부터 ‘삶의 규칙’으로 느슨하게 묶을 수 있는 주제가 이어진다. 모든 사람에게 권장하는 “떠돌아다니는 것(wandern)”(433행)은 ≪빌헬름 마이스터의 편력 시대≫에서 “편력”의 의미로 생각할 수 있다. 436~437행은 매우 칭찬받을 만해 보이는 그런 특권을 가진 젊은 방랑자들에 베풀어 주는 여성들의 선행을 암시한다.

전투에서 이기면 자비롭고,
귀여운 아이들에겐 사랑하는 마음으로.
내가 군인이라면
이것이 내 충고일 것이네.
"국민을 이끌 기준을 하나 제시해 보라!"
지상에서,
평화로울 땐,
각자 자기 문 앞을 쓸게 하고,
전투에서,
패배하면,
숙영하는 것을 참고 견디게 하라.

만약 젊은 사람이 부조리하면,
그 때문에 오랫동안 고통에 빠진다.
노인은 부조리해서는 안 되는데,
삶이 노인에게 너무 짧기 때문이다.

"왜 그대는 우리더러 지나치게 꼼꼼하다고 했는가!
너무 꼼꼼한 사람[42]이 불합리할 뿐인데."

내가 그대들을 너무 꼼꼼한 사람이라고 부르려면,
나는 먼저 자신에 대해 생각해 볼 수 있어야 한다.

티투스, 카이오는 잘 알려진 사람들이다![43] —
하지만 내가 자세히 들여다보면,
한 사람이 다른 사람과 너무 비슷해서,
결국 우리 모두 지나치게 꼼꼼한 사람들이다.

42) "꼼꼼한 사람(Pedant)"은 르네상스 이후로 광범위하게 교육을 받은 사람과 반대되는, 한 분야에만 전문적 지식을 갖춘 편협한 사람을 말한다.

43) 티투스(Titus, 39~81)는 로마 황제의 이름이고, 카이오/카이우스(Caius, ?~296)는 로마 교황의 이름이기도 하고 로마 법학자의 이름이기도 하며, 로마의 법률 서적과 논리 서적의 개별 사례들에 나오는 임의의 이름들이다.

나는 이 사실을 나를 위한 풍부한 이익으로 만든다.
그래서 나는 자신 있게 지나치게 꼼꼼한 사람이다.

그대의 일을 할 때는 그 일을 제대로 하고.
그대가 하는 분야에 꼭 매달려서 존중해라.
그러나 그대가 다른 사람의 일을 형편없다고 여기면,
그대 자신은 지나치게 옹졸한 사람이 된 것이다.

어떤 사람이 어떻게 생각해도 상관없다.
어떤 사람이 행동하는 것은 별개의 문제다.
어떤 사람이 일을 잘한다면 잘된 일이다.
그렇게 일하지 않으면, 나쁜 상태로 머문다.

해가 거듭될수록
사람들은 여러 낯선 일들을 경험해야 한다.
그대는 그대가 살아가는 방식대로 살려고 하는데,
그래서 그대는 언제나 그냥 그대로 머무는 것이다.

내가 주님의 길을 알고 있다면
그 길을 정말 기꺼이 걸어갈지도 모른다.
나를 진리의 집으로 이끌어 준다면,
맹세코, 그 집에서 다시 나가지 않을 것이다.

"그대의 말에 칭찬과 존경을 표하리라.
우리에게 그대는 노련한 사람으로 보인다."
이 말이 어제에 관한 말처럼 보여도,
실제는 오늘에 관한 말이라네.

그대들에게 가장 좋은 말을 내가 털어놓고 싶다.
그대들은 먼저 자신의 거울을 들여다봐야 한다.

그대들은 아름답게 화장한 신부(新婦)처럼
이 모습으로 즐겁게 머물렀다.
물어보아라, 그대들이 바라보는 모든 것을
정직한 얼굴로 그대들이 사랑하는지를.

그대들이 말이나 글에서 거짓말을 했다면,
다른 사람에게나 그대들에게나 독이 된다.

X는 한 번도 진실한 것을 찾으려고 노력하지 않았고,
모순적인 것에서 진실한 것을 발견했다고 생각했다.[44]
이제 그는 모든 것을 더 잘 안다고 생각하는데,

그러나 그는 진실한 것을 다르게 알고 있을 뿐이다.

"그대의 말은 옳지 **않다**!" 그럴 수도 있다.
하지만 그렇게 말하는 것은 큰일이 아니다.
그대들이 나보다 **더** 옳다! 라고 하면 그건 큰일이다.

저기에 그들은 여러 다른 방향에서 오고 있다.
북쪽, 동쪽, 남쪽, 서쪽 그리고 다른 지역에서.
그리고 이 사람 저 사람을 비난한다. 즉,
그 사람이 자신들의 뜻대로 행동하지 않았다고!
그리고 그들이 인정하지 않는 것을
나머지 사람들도 똑같이 싫어해야 한다고.
그러나 늙은 내가 왜 슬퍼지는가?

44) 이 크세니온과 이어지는 두 크세니엔은 진실한 것을 자신의 노력으로 이끌어 내지 않고 모순적인 것에서 이끌어 내는 비판을 겨냥하고 있다.

내가 좋아하는 것을 사람들이 좋아하지 않는다고.

하지만 좋아하는 것은 언제나 그대로 남는다.
말할 때도 그렇고, 생각할 때도 그렇다.
마치 우리가 아름다운 여성들에게
역겨운 여성들보다 더 선물을 주듯.

우리가 경의를 표하는 뭔가도 마찬가지다,
비록 우리가 그걸 제대로 이해하지 못하더라도.
우리는 그런 것을 알아보고, 그 이유를 들면서
그걸 옆으로 치워 버리는 것을 좋아하지 않는다.

"그대들은 말해 봐라! 어떻게 우리가 진실한 것을
우리에게 거북하다는 이유로
그것이 꼼짝도 하지 못하도록

관 속에 넣어 버릴 수 있나?"
이런 수고는 그렇게 힘들지 않을 것이네,
세련된 독일의 여러 지역에서는.
그대들이 진실한 것에서 영원히 벗어나고 싶으면,
말로 그것을 그냥 질식시켜 버리게나.

사람들은 언제나 반복해서 말해야 한다,
내가 말하는 대로 나는 그렇게 생각한다고.
내가 이 사람 저 사람의 마음을 아프게 한다면,
그 사람도 솔직히 내 마음을 아프게 하면 된다.
좋다 귀찮게 굴어라! — 신문이 내게 말한다 —
건드릴 수 없는 위엄 있는 곳에서는,[45]
이 사람이 저 사람에게, 격한 말로,
마음대로 준비해서 말한다.
어떤 사람이 준비해서 하려는 말은
다른 사람에게 적용하기 어려워서,

45) 특히 영국 의회(Parlament)에서 벌어지는 논쟁을 두고 하는 말로 추측된다.

이편에도 저편에도 꾸짖어야 한다.
이제 이것이 시대의 정신이다.[46]

그대들은 노인인 나를 곤란한 상황에 빠뜨리고 있는가?
내가 다시 아이라도 되었나?
내가 미쳤는지 아니면 다른 사람들이
미쳤는지 나는 모르겠다.

"그대가 여러 경우에 왜 그렇게
크게 슬퍼하는지 말해 봐라."
사람들은 이루어 놓은 것을 모두
뒤집어 놓으려고 애쓰기 때문이다.

---

46) 이 크세니온은 의회주의에 대한 괴테의 생각을 말하고 있다.

"그러나 뒤집어 놓을 수 있다는 것은
그것도 뭔가를 이루어 놓는 것인지도 모른다.
그대에게 명예를 걸고 묻건대
우리는 무엇부터 시작해야 하는가?"

뒤집는 것은 멀리까지 이어지지 않는다.
우리는, 솔직하고 즐겁게 말해서,
양말을 왼쪽으로 돌려서,
그렇게 그걸 신고 다닌다.

그런데 그들이 잘못된 것을 고쳐야 하면
그들은 처음부터 다시 시작한다.
그들은 항상 참된 것을 다루지 않고,
잘못된 것으로도 뭔가를 했다고 생각한다.

그때 사람들은 또다시 가만히 있는데,
이것 역시 제대로 작동하지 않으려 한다는 이유다.

아무도 꼭 뛰어들 필요는 없다,
비록 최고의 재능을 갖췄더라도.
독일인들이 이 말을 고맙게도 알아듣는다면,
그들은 시간이 필요하다고 할 것이다.[47]

유용한 것은, 비록 잘못된 것이더라도,
매일, 이 집 저 집으로 영향을 미친다.
유용한 것은, 진정에서 우러난 것이면,

47) "뛰어든다(herein rennen)"라는 말은 괴테의 작품을 읽고 이해한다는 의미다. 괴테는 1821년 1월 22일에 수상 폰 뮐러에게 이렇게 말한 바 있다. "예의 바른 독일 사람들은 언제나 평소와 다른 작품을 소화하고 서서히 생각해서 성찰할 때까지 시간이 필요한지도 모릅니다."

시대를 초월해서 영향을 미치게 된다.

온순한 크세니엔 3[48]

48) <온순한 크세니엔 3>에서는 개성, 불멸, 진리, 예술, 노년을 주제로 다루고 있다.

계속해서 바키스여
당신의 은총을 베풀어 주오.
예언자의 심오한 말은
종종 글자 맞추기일 뿐이니.

그대가 시인임을 증명하려고 한다면,
꼭 영웅이나 목동들만 칭송할 필요는 없다.
여기가 로도스다. 춤춰 봐라 이 녀석아.[49]
그리고 기회가 되면 시 한 편 써 보아라.[50]

49) 이솝의 우화에 자기가 로도스섬에서 공중제비를 잘 돌았다고 허풍을 치는 사람에게 주위 사람들이 "여기가 로도스다. 공중제비를 돌아봐라!(Hic Rhodus, hic salta!)" 하고 말했다는 대목을 비유하는 말인데 '지금 여기'가 중요하다는 의미로 격언처럼 쓰인다. 라틴어 'saltare'는 '공중제비를 돌다'라는 의미도 있지만 '춤을 추다'라는 의미도 있어 괴테는 이 크세니온에서 '춤춰 봐라'라고 했다.

50) "기회가 되면 시 한 편 써 보아라(Und der Gelegenheit schaff' ein Gedicht)"라는 말은 '기회시(das Gelgenheitsgedicht)'를 써 보라는 말인데, 주로 왕이나 귀족을 위해 시인이 쓰는 시를 말한다. 괴테도 바이마르 궁정에 있으면서 많은 기회시를 썼다. 그래서 1821년 10월 14일에 음악가 첼터(Zelter)에게 보낸 편지에 앞으로 사람들이 기회시를 존중

사람들은 개성[51]에 대해 흠을 잡는데,
합리적일 때도 있지만 뻔뻔할 때도 있다.
그럼 그대들은 그대들을 기쁘게 해 주는
그대들 마음에 드는 자기 개성 말고 뭘 가지고 있나?
그 개성도 다른 사람들이 흠잡는 개성이리라.

하는 법을 배우게 되리라고 기대했다.

51) 여기서 개성(Persönlichkeit)은 한 개인이 가진 특성과 인격이나 인품을 의미하는데, 괴테는 특히 그의 ≪색채론≫에 있는 <뉴턴의 개성>이라는 절(節)에서 이 개념을 가치 중립적으로 사용했음을 분명하게 보여 주고 있다. "단일체라고 느끼는 모든 존재는 자신이 처한 원래의 상태에서 나눠지지 않고 쭈그러들지 않은 상태를 유지하려고 한다. 이런 특성은 자연이 준 영원하고 필수적인 선물이다. 그래서 각 개별 존재는 저 아래에 있는 밟으면 꿈틀거리는 벌레에 이르기까지 성격(Charakter)을 가지고 있다고 말할 수 있다. 이런 의미에서 우리는 성격이 약한 사람에게, 심지어 비겁한 사람에게조차 특정한 성격을 부여해도 된다. 즉, 그 사람은 다른 사람들이 무엇보다 소중하게 여기는 명예나 명성도 자신의 본성에 속하지 않으면 자기 개성을 유지하기 위해 포기하기 때문이다." 개성에 대해서는 ≪서동시집≫(≪괴테 시선 6≫) <줄라이카 편>에 나오는 시 <평민이나 하인이나 정복자들은…> 참조.

쓸 만한 사람은 말없이 조용히 있으면,
침묵 속에 이미 뭔가가 나타나게 된다.
자신이 원하는 대로 행동하는 것은 중요한데,
하지만 결국에는 인격이다.

"그대는 무엇을 죄라고 부르는가?"
다른 사람들이 생각하듯,
내가 생각해 보건대,
사람들이 허용할 수 없는 것이다.

신께서 내게 다른 것을 원하셨다면,
그랬다면 나를 다르게 만드셨을 것이다.
그러나 내게 재능을 주셨다는 것은
나를 많이 신뢰하셨다는 말이다.
나는 재능을 오른쪽 왼쪽에서 사용하는데,
어떤 결과가 나올지는 모르겠다.
만약 이 재능이 아무에게도 유익하지 않으면,

신께서 틀림없이 신호를 주실 것이다.

하늘에 계신 우리 아버지의 식탁에서
그대들은 열심히 먹고, 마음껏 마셔라.
'보라, 여기 티블루스가 누워 있다!'라고 한다면,[52)]
선과 악을 다 먹어 치운 상태이기 때문이다,

누구도 내게 말하지 마라,
내가 여기서 살아야 한다고.
이곳은 바깥에 있는 것보다
내게는 더 외롭게 느껴진다.

52) "보라, 여기 티블루스가 누워 있다(Ecce jacet Tibullus!)"는 말은 고대 로마의 시인 티블루스(BC 55?~BC 19?)가 직접 말해 둔 자신의 묘비명이다. 그는 두 권의 시집을 냈는데, 1권은 거의 엘리아라는 여성에 대한 사랑과 실연을 노래한 시들이고, 2권은 창녀 네메시스의 불행한 사랑을 노래한 시들이었다.

진정한 대화는
아침이나 저녁에 오래가지 않는다.
우리가 젊었을 때는 단조롭고,
사람이 늙으면 훨씬 단조로워진다.[53)]

“늙은 달아, 떠 있을 때마다
너는 아주 뒤로 물러나 있구나.
친구들도, 마지막에는 연인들도
틀에 박힌 말밖에 하지 않는구나.”[54)]

---

53) 이 크세니온은 1822년 출판된 괴테의 ≪전적으로 자연 과학을 위해(Zur Naturwissenschaft überhaupt)≫ I권 4장 <색채론(Chromatik)>의 모토로 쓰였다.

54) 인용 부분이 609행에서 끝나는 판본도 있다. 이 크세니온은 ‘늙은이가 되면 모임에 점점 드물게 나타나는데, 이 모임에서 그에게 틀에 박힌 말밖에 하지 않기 때문이다’라는 의미로 이해할 수 있다.

"그대는 자신을 그대의 크세니엔에서
더없이 불쾌한 충동에 내맡겼다."
스물두 살에 베르테르를 썼던 사람이
예순두 살에 어떻게 살려고 하겠나![55]

먼저 우리는 노래한다. 사슴이 자유롭게
숲속을 뛰어다닌다. – 룰루랄라 노래 부르며 –
매우 기분 좋게.
그러나 벌써 걱정스러워 보이는데,
사슴(Hirsch)에서 새끼 사슴(Hirsche L)이 되면
이놈은 오히려 죽어야 한다!
살아서 숲에서 그러나 빽빽한 숲속의 공포에서
이놈은 이때 그곳에서 빠져나갈 줄 모른다.
이런 일은 새끼 사슴을 목표로 한다.[56] –

55) 괴테는 ≪젊은 베르테르의 슬픔≫을 실제로는 2년 뒤인 스물네 살 때 썼다. 그러나 이 소설의 배경이 되었던 베츨라에서의 경험은 스물두 살 때 했다.

우리의 옛날이여 만세!!!

그대들은 모든 일을 깊이 잘 생각해 봤는가?
하루가 잘 마무리되는 순간

56) ≪시와 진실≫ 11장에 괴테의 친구였던 야코프 미하엘 라인홀트 렌츠(Jakob Michael Reinhold Lenz, 1751～1792)가 익살스럽게 번역한 셰익스피어의 <사랑의 헛수고(Love's Labour's Lost)> 4막 2장에 나오는 묘비명이 여기서 인용되어 있다. "아름다운 공주님은 활을 쏘아/ 새끼 사슴의 생명을 맞혔다./ 새끼 사슴은 무거운 잠에 빠져/ 불고기를 제공할 것이다./ 사냥개는 멍멍! − 사슴(Hirsch)에 L 한 자를 더하면/ 새끼 사슴(Hirschel)이 된다./ 그러나 로마자 L을 더하면/ 50마리의 사슴이 된다./ 나는 두 개의 L을 덧붙여 Hirschell이라고 써서/ 100마리의 사슴을 만들어 낸다." 이 크세니온 620행 "사슴에서 새끼 사슴이 되면(Wird aus dem Hirsch ein Hirsche L)"에서 "사슴(Hirsch)"이라는 단어에 L을 붙이면 "새끼 사슴(Hirschel)"이라는 단어가 되지만, 소문자로 쓰지 않고 대문자 L을 사슴이라는 단어와 한 칸을 띄어 쓰면 '새끼 사슴'이라는 의미와 로마자 L이 뜻하는 '50'이라는 의미를 동시에 나타내게 된다. 624행에서도 "이런 일은 새끼 사슴을 목표로 한다(Das geht auf einen Hirsche LL hinaus)"라고 했는데, 여기서도 '새끼 사슴'이라는 의미와 로마자 LL이 뜻하는 '100'이라는 의미가 동시에 들어 있다. 이것은 바로 앞의 크세니온(612～615행)처럼 자신의 나이 "스물둘(XXII)"과 "예순둘(LXII)"에 대한 유희적인 재해석으로 볼 수 있다.

여분의 날은 남아 있지 않다.
사유 능력과 인지력은 고귀하고도 폭넓지만,
그래도 그대들에게, 적절할 때,
불합리한 일도 즐겁게 될 것이다.

그대가 실패하더라도[57] 슬퍼하지 마라.
결함은 사랑하는 것으로 이어지기에.
그대가 오류에서 벗어날 수 없으면,
그대는 다른 사람들을 용서하게 되리라.

젊은 사람들은 실수한 것들이
불이익을 가져오면 매우 놀란다.
그들은 정신을 차리고 후회하려고 한다!
늙으면 놀라긴 하지만 후회하진 않는다.

57) "그대가 실패하더라도(Fehlst du)"는 '그대가 그곳에 없더라도'라는 의미도 있다.

"어떻게 하면 내가 바라건대 오래 살 수 있는가?"
항상 가장 훌륭한 것을 위해 노력해야 한다.
알려지지 않은 훌륭한 일을 많이 행해라.
그런 일에는 시간과 영원함의 기한이 없다.

오래된 것들은 좋지 않은 것들이지만,
나는 그런 것들을 무시하지 않는다.
비록 새로운 것들이, 칭찬받을 만큼,
훨씬 더 좋다고 하더라도 말이다.

"오류들이 우리를 괴롭혀야 하는가?
우리의 행복은 생각해 보지도 않았나?"
그대들은 원래 반쯤 이룬 것이라고 말해야 했다.
반쯤과 반쯤을 합쳐도 전체를 이루지 못하니까.

양피지에 사랑과 미움이 쓰여 있는데,
우리는 오늘날에도 미워하고 사랑한다.
미움이 그 먼 옛날부터 온 것이 아니라면,
사랑과 미움이 도대체 어디서 오는 것이란 말인가!

그대들은 어떤 말이라도 반쯤만 말하지 마라,
보충하려면 얼마나 괴로운가!
그대들은 어떤 말이라도 대충만 말하지 마라.
진실한 것은 있는 그대로 입에서 입으로 퍼진다.

"그대는 완전히 떠나지는 말고,
우리 모임에서 안정을 찾아라!
모든 것이 예전이나 다름없지만,
좀 더 혼란스러워졌을 뿐이다."

그러나 사람들이 중요하다고 여기는 것은
모두 허약한 근거 위에 세워져 있다.

그런 어려움에서 나를 위로하는 것은,
똑똑한 사람들은 자기 먹을 빵을 발견하고,
성실한 남자들은 자기 나라를 지키고,
아리따운 아가씨들은 리본을 엮는다는 사실이다.
이런 일들이 앞으로도 계속 이어진다면
세상은 멸망할 수가 없으리라.

“어떻게 해서 그대는 세상을 좋아하는가,
그대가 세상의 모든 것을 알고 있기 때문인가?”
아주 잘 알고 있지! 최악의 일이 벌어져도
내가 그걸 알고 있기에 나는 불쾌하지 않다.
이런저런 일이 나를 슬프게 할 수 있다면,
나는 그런 것들을 시로 쓸 수 없었을 것이다.

호수가 단단한 죽으로 굳어져
게다가 평평한 것을 나는 보았다.
그 속으로 돌을 하나 던져 넣어도
어떤 동그라미도 만들어 낼 수 없었다.
  성난 바다가 부풀어 오르는 것을 보았다.
바다는 거품을 일으키며 해변으로 몰려왔지만,
바위 밑으로 파도는 산산조각이 나면서
마찬가지로 아무런 흔적도 남기지 않았다.[58]

300년[59]이 지나갔고
다시 돌아오지도 않을 것이다.

58) "단단한 죽(der starre Brei)"은 활기 없는 대중을, 그리고 "성난 바다(Ein Wut-Meer)"는 흥분한 대중을 의미하는데, 이 두 집단에는 아무런 영향도 미칠 수 없음을 말하는 듯하다.

59) 루터가 종교 개혁을 시작했던 1517년 이후 300년이 지났음을 말한다.

그 300년은 솔직하게 말해서, 악한 것과
선한 것도 함께 가져가 버렸다.
하지만 이 두 가지도 그대들에게
아직 넘치도록 충분히 남아 있다.
그대들은 죽은 것과는 관계를 끊고,
우리가 살아 있는 것을 사랑하게 하라!

지나간 일보다 더 연약한 것은 없다.
그러니 벌겋게 달궈진 쇠처럼 과거를 다루어라.
지나간 일이 그대에게 곧 증명하게 되기 때문에,
그대도 뜨거운 시대를 살아가고 있다는 사실을.

300년이 문 앞에 와 있다.
사람들이 이 모든 세월을 함께 경험하게 된다면,
그 세월이 지나면 우리가 함께 30년 뒤에[60]
경험하고 있는 것을 알게 되리라.

사랑과 열정은 순식간에 흘러갈 수 있다.
그러나 호의와 친절은 영원히 승리할 것이다.

"그대, 사랑스런 사람아, 점점 멀어져 가는구나,
얼마나 많은 것들이 우리에게서 사라져 버렸던가!"
비록 그대들이 나를 아쉬워하지 않아도,
그대들은 항상 나를 그리워하게 되리라.

한 남자가 눈물 흘리는 것을 아예 잊어버려도,
자신에게는 영웅으로 보일 수 있다.
하지만 마음속에서 갈망하며 요란한 소리를 내면,
어느 신이 그에게 울게 하리라.[61]

60) 1789년에 발발한 프랑스 혁명 후의 30년, 즉 1819년까지 있었던 일을 말한다.

"그대는 불멸을 염두에 두고 있다.
그 근거를 우리에게 말해 줄 수 있나?"
물론이지! 가장 중요한 이유는 우리가
불멸을 생각하지 않고 살 수 없다는 것이다.[62]

---

61) 괴테의 드라마 <토르크바토 타소>(1789) 마지막 장면에서 "그리고 인간이 자신의 고통 속에 입을 다물고 있으면/ 어떤 신이 내가 어떻게 고통을 당하고 있는지 말하게 했소"(3432~3433행)라고 타소가 안토니오에게 말한다. 이 대목은 <비가(Elegie)>(1823)의 모토가 된다.

62) 1823년 10월 19일 바이마르 궁정의 수상 폰 뮐러가 괴테와의 대화를 이렇게 전한다. "라인하르트가 티불루스 책을 선물한 것이 티불루스의 묘비명 '보라, 여기 티불루스가 누워 있다!(Ecce jacet Tibullus!)'(598행 참조)라는 말과 개인적 영속성에 대한 믿음에 관한 대화로 이끌었다. (괴테는) 생각하는 존재에게는 자신이 존재하지 않는다고 생각하거나 생각이나 삶을 중단하는 생각이 불가능하다고 말했다. 각자가 자신 속에 아주 무의식적으로 불멸의 증거를 가지고 있다는 것이다. 그러나 자신을 객관적으로 드러내려 하거나 독단적으로 개인의 영속성을 입증하려고 하는 즉시, 그리고 저 내면의 인식을 속물처럼 장식하려고 하는 즉시, 자신은 모순 속으로 사라져 버린다고 했다."

생각이 뭔가를 붙잡아서 생각해 나가면,
펜은 이에 따라 서둘러 자유로이 써 내려간다.
스쳐 가는 이미지가 떠올라도,
다만 그것을 유지할 수는 없다.

아주 정직한 우리의 모든 노력은
그걸 의식하지 않은 상태에서만 가능하다.
장미가 찬란한 태양을 알아보고,
꽃을 피우고 싶은 것과도 같다.

눈이 태양처럼 밝지 않으면
그 눈은 결코 태양을 바라볼 수 없다.
우리 안에 신의 고유한 힘이 없으면,
우리가 어찌 신적인 것에 황홀해할 수 있겠는가?

수천 권의 책에서 진실이나 우화로
그대에게 보이는 것이 무엇이든,
그 모든 것이 사랑과 하나가
되지 않으면 바벨탑에 불과하다.

세상에서 가장 좋은 것은
감사하지 않아도 되는 것이다.
돈이 없는 건강한 사람은
반쯤 병든 상태다.

행복하다! 안전한 길을 따라서
조용히 정착하는 사람은.
열린 공간에서는 행운의 여신이
바이올린을 켤 때만 춤출 수 있다.

그대는 착각하고 있다, 솔로몬이여!
나는 모든 것이 공허하다고 말하지 않는다.[63]
그래도 노인에게는 포도주와
돈주머니는 아직 남아 있다.

어디서나 좋은 포도주를 마신다.
어떤 병이든 술꾼에겐 충분하다.
하지만 즐겁게 마셔야만 한다.
그래서 나는 정교한 그리스 술잔을 원한다.[64]

---

63) 이 시는 구약 성서의 <전도서(코헬렛)> 1장 2절 "전도자가 이르되 헛되고 헛되며 헛되고 헛되니 모든 것이 헛되도다"라는 구절을 암시한다.

64) 여기서부터 크세니엔의 주제는 당시 유행하던 낭만주의의 기독교적 예술에 반대되는 고전주의적인 예술로 넘어간다.

예술가들이여! 눈에다 풍부한 색상과
완전한 원형 모양을 보여 주기만 해라!
그것이 사람들의 심성에 좋을 것이니,
건강해라 그리고 건전하게 활동해라![65]

그대들은 음침한 어리석음이 돌아다니는 곳에서 도망쳐라.
그 어리석음이 이해하지 못하는 것을 열렬히 받아들여라.
무서운 이야기들이 몰래 들어왔다 놀라 도망치고,
그리고 끝도 없을 정도로 길게 이어지는 곳에서.[66]

단테의 지옥에서 온 썩은 내 나는 녹색 그림을

65) "풍부한 색상과 완전한 원형 모양(Farben-Fülle. reines Rund)"은 괴테의 "색채론"에 따르면 사람들의 눈에 완벽한 조화라는 인상을 불러일으킨다. 인간의 "감각적-윤리적" 욕구에 일치하는 이런 작용은 건전한데, "고대 그리스와 로마" 예술가들의 건전함을 전제로 한다.

66) 기괴하고 무서운 이야기를 다루던 낭만주의 문학을 비유해 표현한 것으로 보인다.

그대들 주위에서 멀리 쫓아 버려라.[67]
맑은 샘물을 위해 자연 그대로의 것과
근면함을 마침내 불러들여라.

그리고 사랑하는 아들들아, 그렇게
그대들의 상태를 유지하기만 해라.
선한 것, 사랑스런 것, 아름다운 것,
삶은 생명의 끈이기 때문이다.

---

67) "단테의 지옥에서 온 썩은 내 나는 녹색 그림(Modergrün aus Dantes Hölle)"에 대해 1817년에 발간된 ≪예술과 고대≫ 1권 2호에 실린 주석에는 "베를린 전시를 위해 운반되었지만 전시되지는 못한 단테의 ≪신곡≫의 모티프를" 19세기 초에 독일의 낭만파 화가가 그린 그림을 묘사하고 있다고 적혀 있는데, "사람 크기의 녹색 피부를 한 인물인데, 잘린 목에서 피가 솟아나고 있고, 뻗고 있는 오른손에 자기 머리를 잡고 있다. 이 머리는 안에서 타고 있어 등불로 사용되고 있다. 거기서 빛이 나와 몸을 비춘다"고 자세하게 설명하고 있다.

"그대는 유언장[68]을 쓸 생각도 하지 않는가?"
결코! — 사람들은 삶과 헤어지듯이
그렇게 젊은이와 늙은이들과도 헤어져야 하는데,
그들은 유언장을 모두 다르게 평가하게 될 테니까.

"그대는 정말 사람들이 그대에 대해
듣고 읽는 것에 대해 관심이 있는가?"
우리를 불쾌하게 만드는 것을 두고
우리더러 농담도 하지 말라는 것이냐?

그들은 서로 이기주의자를 헐뜯는다,
모두가 자기 삶을 연명하려고만 한다고.

68) 여기서 "유언장(ein Testament)"은 개인적인 재산에 관한 것이 아니라 정신적인 메시지를 말한다. 지금까지 괴테의 반대되는 많은 진술과 모순되는 이 거부는 실제로 의도한 유언장의 효과에 대한 자신의 회의를 나타내고 있다.

이 사람 저 사람을 이기주의자라고 한다면,
그대 자신도 이기주의자라고 생각해라.
그대가 자신의 방식을 유지하려 한다면,
스스로 그대의 이익을 중히 여겨야 한다!
그러면 그대들은 전부 자기들에게만
도움이 되는 비밀을 갖게 될 것이다.
하지만 이런 사람을 그대들에게 받아들이지 마라,
뭔가 되기 위해 다른 사람에게 해를 끼치는 사람을.

"그렇게 복잡한 놀이를 할 때
내 마음은 정말 불안해진다."
사람들이 너무 많이 있고,
그리고 하루는 너무 길다.

76년이라는 세월이 꽉 차게 지나갔다.
그리고 이제 내 생각에 평화를 즐길 시간이다.
날이 갈수록 본의 아니게 점점 더 현명해지고,

사랑의 신은 전쟁의 신에게 환호성을 지른다.[69)]

"왜 그들은 저 뻔뻔한 빗자루들[70)]을
마지막에는 남겨 두는가?"
어제는 그렇지 않았는데,
오늘은 뻣뻣하고 단단하다고 주장하니까.

악의적인 일이 일어날 수 있다.
그대는 차분하게 머물며, 조용히 있어라.
그들이 그대의 움직임이 없다고 한다면,
그들의 코앞에서 돌아다녀라.[71)]

69) "사랑의 신은 전쟁의 신에게 환호성을 지른다(Amor jubilert und Mars den Krieger)"라는 말은 '사랑의 신 아모르가 전쟁의 신 마르스 전사를 퇴직시킨다'로 해석할 수도 있다. 즉, 유럽에서 나폴레옹 전쟁이 끝나고 다시 평화가 찾아온 것을 암시할 수도 있다.

70) "저 뻔뻔한 빗자루들(jene unbescheidenen Besen)"은 모든 전통을 '쓸어 치워 버리는' 급진적 혁신주의자들을 말한다.

다년간 내가 그대들을 믿어도 될지 모른다!
또한 명백한 사실을 쉽게 알아볼 수 있을지 모른다,
시간 자체가 소모되지 않고, 그리고
항상 경고하면서 조금씩 가르친다면.
누가 현명한 사람이고, 누가 멍청한 사람인가?
우리는 모두 예전이나 똑같다.

"그대에게 무슨 일이 있는가? 그대는 불안해하지 않고,
그렇다고 편하지도 않으며, 그대가 마치 자기 수면에
빠져 있다고 느낄 만큼 흔들거리는 듯한 표정을 짓는다."
노인은 아이처럼 단잠을 잔다.
그리고 우리가 여하튼 인간이기에

71) 시노페 출신의 디오게네스더러 엘레아에서 온 제논(Zenon)이 움직이지 않았다고 하자, 디오게네스가 그의 앞을 이리저리 걸어 다녔다는 일화를 빗대서 말하는 것이다.

우리는 모두 화산에서 잠을 잔다.[72]

72) "자기 수면(磁氣睡眠, magnetischer Schlaf)"은 최면 상태를 말한다. 이 크세니온에서는 <온순한 크세니엔 3> 338~343행에서 거부했던 자기(磁氣) 치료술이 인간 존재를 심각하게 위협하는 이미지로 작용하고 있다.

온순한 크세니엔 4[73)]

73) <온순한 크세니엔 4>에서는 젊은 사람들, 특히 젊은 문인들, 아내 크리스티아네, 다른 사람들에게 유용함, 다수의 정치, 진실성을 주제로 다루고 있다.

온순한 크세니엔이 항상 마음대로 하게 내버려 둬라,
시인은 한 번도 허리를 굽힌 적이 없다.
그대들은 미친 베르테르가 마음대로 하게 내버려 뒀으니,
이제 노인이 미친 것도 알게 될 것이다.

시인은 장점이 있다.
교회 신도들이 시험하고 연습하니 말이다.[74]
그래서 그들은 시인의 재판관이기도 하다.
이렇게 시인은 욕먹었다가, 칭찬도 받으니,
그래서 항상 시인으로 남는다.

내 일기장에는 뒤집개질

74) 신약 성서의 <데살로니가 전서> 5장 21~22절의 구절과 유사하다. "범사에 헤아려 좋은 것을 취하고 악은 어떤 모양이라도 버리라." 또 <로마서> 2장 18절에 율법을 배워서 사리를 분별할 줄 안다고 자신하지만, 자신은 그 율법에 따라 행동하지 않는 유대인에 대한 꾸짖음과도 관련 있는 듯이 보인다.

소리가 나리니,
달력보다 더 쉽고
꽉 차게 잘 쓰이는 것도 없으리.[75]

"내가 외쳐도, 아무도 내 말에 귀 기울이려 하지 않는다.
그런 사람들을 위해 내가 말을 할 가치가 있었을까?"
아무도 더는 순종하고 싶어 하지 않는 법이다,
모든 사람이 대접을 잘 받고 있다면 말이다.

"군주는 언제 자신의 기쁨을 맛보게 될 것인가?"
만약 군주가, 심사숙고해서, 그의 말을 알아듣는
성실한 사람들에게 명령하고,
그들에게 뭔가를 성취하게 해 준다면.

75) 괴테는 1817년까지 미리 인쇄된 메모할 수 있는 달력을 일지를 적는 데 이용했지만, 여기서는 일지를 쓰는 것을 말하는 것이 아니라, 은유적으로 날마다 크세니엔을 쓰는 작업을 말하는 듯하다.

"누가 쓸모없는 사람인가?"
명령을 내릴 수 없고 복종도 할 수 없는 사람이다.

"말해 봐라, 왜 사람들이 그대에게서 떠나가는가?"
그들이 나를 미워해서 그렇게 한다고 생각하지 마라.
나도 누군가와 대화를 나누고 싶은 835
마음이 사라지려고 한다.

코를 그렇게 높이 치켜들어도, 괜찮을 수도 있다.
만약 그 이상 내밀면, 그들은 아무것도 볼 수 없다.

어떤 사람이 그러하면, 그가 믿는 신도 그러하다.

그래서 신도 그렇게 자주 조롱거리가 되었다.

내가 가 버린다면 손실은 더 커지게 될 것이다!
내가 머문다 해도, 더 나은 것도 없게 될 것이다.

"한 번이라도 솔직하게 말해 보게.
그대는 어느 때가 독일 문학에서
가장 추잡한 시대라고 생각하는가?"
우리는 많은 면에서 위대하지만,
여기저기에 매우 유감스럽게도
불충분한 것이 그대로 드러난다.[76]

76) 괴테는 1810년에서 1820년 사이의 독일 문학(낭만주의 시대)을 특히 부정적으로 평가했는데, 괴테는 이 시기가 "유능하고 활기찰" 것으로 생각했으나, "불평이 많고, 타협이 없고, 권력 지향적이고, 제멋대로이며, 조잡한 것을 추구한다"고 평가했다. 845행의 "추잡한(verfänglich)"이라는 말에는 '휩쓸려 들어가기 쉬운', '위험한', '음란한'이라는 의미도 있다.

"용서하게, 그대는 내 마음에 들지 않네,
그리고 나를 꾸짖지는 말게, 모든 사람이
칭찬하고 칭송하는 곳에서 그대는 얼굴을 찌푸리네!"
사람이 앞에서 하나를 덮어씌우면
다른 하나가 뒤쪽에서 삐져나오게 되는데,
그것을 예의범절이라고 불러야 한다네![77]

"말해 보게, 이렇게 잘게 자른 시를
쓰는 것이 그대 마음에 드는지를?"
그대들은 자세히 쳐다봐라, 교양 있는 세상을 위해
이것 말고는 다른 어떤 것도 시작하거나 쓸 수가 없네.

---

77) 여기서 괴테는 농담조로 엉덩이를 암시하고 있는데, 누군가의 억누를 수 없는 비판과 연결되어 있다.

"무슨 이유로 그대는 젊은이들을 그렇게
업신여기며 그대에게서 떼어 놓으려 하는가?"
그들 모두는 나무랄 데 없이 잘하네,
하지만 그들은 배우려고 하지는 않네.

사랑스러운 젊은 친구들은
모두가 한통속이다.
이들은 나를 자기들 스승이라 부르면서,
그러고는 자기들 마음대로 행동한다.

기묘한 행동으로 사람들은
고통을 많이 나타낸다.
아무도 어떤 사람이 되려고 하지 않고,
누구나 이미 대단한 사람이 되어 있으려 한다.

"그대는 옛것에서 벗어나고 싶지 않은가?
새로운 것이 심지어 전혀 중요하지 않은가?"
사람들은 항상 다시 배워야 할지 모른다, 다시 배워야!
그리고 다시 배우면, 그땐 살아 있지 않다.

"우리 젊은이들을 위해서 뭔가 말해 주시오."
자! 나는 그대 젊은이들을 진심으로 사랑하고 있소!
왜냐하면 내가 젊은이로서 분별력 있었을 때
나도 나 자신을 지금보다 더 사랑했으니까.

나는 아무것도 부러워하지 않고, 그냥 내버려 둔다.
그래서 언제나 여러 사람처럼 자신을 유지할 수 있다.
그러나 젊은이들의 치열을 부러워하지 않고 바라보는 것,
이것이 늙은 내가 가장 힘들어하는 점이다.

예술가들이여! 고상하게 보이려면
자기 자랑을 겸손하게 해야 한다.
그대가 오늘 칭찬받으면, 내일은 비난받는다.
그래서 언제나 대가를 치르게 한다.

어렸을 때 나는 세상이 아주 매력적이라는
말을 교훈으로 삼았다.
마치 그 말이 아빠 엄마인 것처럼 말이다.
그러고 나서 — 난 그 말을 다르게 생각했다.

영리한 사람들은 내 마음에 들지 않는다.
(나는 때때로 나 자신을 탓하기도 한다.)
그들은 지나치게 서두르면서도
자신들의 행동이 신중하다고 말한다.

"후손들은 테렌티우스를 다르게 읽고,
흐로티위스도 다르게 읽는다."
내가 이제 인정해야 하는 이 금언은
후손인 나를 화나게 할지도 모른다.[78]

78) 푸블리우스 테렌티우스(Publius Terentius, BC 185?~BC 159)는 고대 로마의 극작가로 수많은 금언을 남겼고, 휘호 흐로티위스(Hugo Grotius, 1583~1645)는 네덜란드의 법학자로 국제법의 아버지로 불린다. 바로크 시대의 학자였던 흐로티위스에 관해 유명한 일화가 전하는데, 사람들이 당시 학교 교재였던 테렌티우스의 작품을 흐로티위스가 아직도 계속 즐겨 읽는다고 비난하자 이렇게 대답했다고 한다. "이 책을 우리는 아이 때 다르게 읽고, 어른일 때 또 다르게 읽는다." 괴테는 ≪시와 진실≫에서도 이 일화를 언급했다. 괴테는 1830년 10월 8일 일기에 이렇게 쓴다. "테렌티우스를 계속 읽었다. 아주 섬세한 도시적인 연극. 그래서 반쯤 비도덕적인 주제들을 다루고 있어 대단히 놀라웠다. 또한 짧게 나누어진 대화, 극장의 규모, 관객과의 거리도 아주 적합했다. 전반적으로 최고의 순결, 신선함, 줄거리의 분명함. 다른 아이(괴테 자신), 다른 흐로티위스." 유명한 작품을 다시 읽을 때마다 새로운 것을 깨닫게 된다는 생각은 1822년 8월 8일에 음악가 첼터에게 보낸 편지에도 나타난다. "호메로스를 요즘 읽으면 10년 전에 읽을 때와 다르게 보입니다. 이렇게 호메로스는 항상 다르게 보이게 될지도 모르겠습니다." 이렇듯 자신의 작품도 후손들이 결국 지금과 다르게 읽을 것이기에 자신을 "화나게 할지도 모른다"(898행)고 시인은 유머러스하게 말한다.

“그렇게 저항해라! 그것이 그대를 고상하게 해 줄 것이다.
그런데 그대는 휴식 시간도 되기 전에 쉬려고 하는가?”
뭔가를 비난하기에 나는 너무 늙었지만,
뭔가를 하기에 나는 아직 충분하게 젊다.

“그대는 별스러운 사람이다.
그대는 왜 이렇게 보는 것에 잠잠한가?”
내가 칭찬할 수 없는 것에 대해
나는 말하지 않는다.

“여러 가지 바쁜 일을 하면서
그대는 부적절하게 처신했다.”
그런 비정상적인 생각을 하지 않았다면,
나는 여기까지 오지 못했을지도 모른다.

“그대가 반쯤 성취했던 것을
나와 다른 사람들에게 알려 주게!”
그런 것은 우리를 헷갈리게 만들기 때문에
우리는 그것을 태워 버리려고 한다.

“그대는 우리에게 뭔가를 베풀어 주려고도 하지 않는다.
그대는 여러 사람이 할 수 있는 것을 할 수 있지 않은가?”
만약 그들이 나를 오늘 다 써 버릴 수 있다면,
나는 그들에게 꼭 알맞은 사람이다.[79]

그 모든 것은 내 영역이 아니다. —

79) 915~927행까지 세 편의 격언은 “세상”과 “오늘”에 맞춰진 세상의 요구에 순응해서 유용한 사람이 되라는 말을 점층적으로 거부하고 있다.

내가 왜 많은 걱정을 해야 하는가?
물고기들이 연못에서 미끄러지듯 헤엄치지만,
작은 배를 신경 쓰지는 않는다.

세상을 이용하려는 사람 말고는
꼭 세상과 함께 살 필요는 없다.
그가 쓸모 있고 말수가 적다면,
그는 세상이 원하는 것을 하기보다
차라리 자신을 악마에게 맡기는 게 낫다.

“무엇보다 앞서 내가 그대에게 무얼 가르쳐 줄까?”
나는 내 특유의 한계를 뛰어넘고 싶다.

그들은 기꺼이 자유로워지고 싶어 한다.
어느 시기나 그것은 마찬가지일 수 있다.

그러나 그것이 온통 뒤죽박죽일 때는
어떤 성자에게 도움을 간청하게 되고,
그러면 옛날 성자들은 우리를 구해 주려 하지 않는다.
그래서 사람들은 급히 다른 새 성자를 만들어 내는데,
배가 난파하면 누구나 이 다른 성자밖에는
자신을 구해 줄 수 없다고 한탄한다.

과도한 삶의 고통이
거의, 거의 나를 압박한다!
모든 사람이 그런 상태에서 벗어나길 바라지만,
그러나 누구도 자기 자신을 마음대로 하지 못한다.

그리고 비록 폭군을 찔러 죽인다 해도,
언제나 잃어버리는 것도 너무 많다.
사람들은 카이사르에게 제국을 허락하지 않았지만,
제국을 어떻게 다스릴지도 몰랐다.

그러나 왜 신세계의 무정부 상태가
심지어 내 마음에 들기까지 하는가?
각자 자기 뜻대로 살아가게 되면,
그것은 나의 이득이기도 하다.
나는 각자 노력하게 내버려 둔다,
나도 내 뜻대로 살아가기 위해서.[80)]

거기서 사람들은 솔직하고 즐겁게 살 수 있고,
누구의 언행이 옳았다고 인정받지 않으며,
그렇다고 누구의 언행이 옳았다고 다시 인정하지도 않고,
한 번은 잘했다가, 한 번은 잘못하며,
그러나 전체적으론 보다시피,
세상이 돌아가면서 항상 뭔가가 일어난다.
지금까지 지혜로운 일, 멍청한 일도 일어났지만,

80) 바로 앞의 크세니온에서 말했던 것과 모순되게 여기서 화자는 당시의 무정부 상태에서 자신의 이익을 얻으려고 노력한다.

이런 것을 사람들은 세계의 역사라고 부른다.
브레도 씨의 책[81]에 따라 미래의 시대들은
도표로 만들어지게 될 것이다.
그 도표를 보고 젊은이들은 열심히
자신들이 결코 이해할 수 없는 것을 공부할 것이다.

세상이 어떻게 돌아가는지 —
무슨 일이 일어났는지 사람들은 아는가?
그리고 종이에 적혀 있는 것은
거기에 그냥 적혀 있는 것일 뿐이다.

세계 지배에 대해 — 나는 밤새도록

81) 고트프리트 가브리엘 브레도(Gottfried Gabriel Bredow, 1773~1814)가 쓴 ≪19세기 연대기(Chronik des 19. Jahrhundert)≫(1804년부터 간행)와 ≪도표로 보는 세계사(Weltgeschicht in Tabellen)≫(1801년부터 간행)를 말한다.

그 형태들을 곰곰이 생각해 보았다.
전쟁할 때는 엄숙한 전제 군주를 나는 사랑하고,
승리한 뒤에는 사려 깊은 군주를 사랑한다.
그러고 나는 모든 신하가 당장 그의 옆에서
그리고 그와 함께 기뻐하지 않기를 바란다.
그러면 내가 기대하는 대로, 군중이 내게로 와서,
나를 거칠게 밀려드는 군중 속 이곳저곳으로 데려간다.
그때부터 나는 모든 자취를 잃어버린다. —
이로써 신께서 내게 어떤 가르침을 주시려는 것일까?
우리는 모두 겨우 잠깐만 우리 자신을
지배할 수 있다는 사실이다.

나는 그대들을 비난하지도 않으며,
나는 그대들을 칭찬하지도 않는다.
그러나 나는 농담하고 있다.[82]

82) "나는 농담을 한다(ich spaße)"는 것은 이 크세니엔을 쓰는 것을 말하는데, 코담배와 같은 이 "온순한 크세니엔"은 멍청함이나 광기를 치료하는 수단이 되고 있다.

이 농담은 영리한 녀석의
얼굴로 그리고
코로 날아간다.

그가 엄청나게 크게 재채기하면,
그 뒤에 무엇이 튀어나올지 그리고
그가 무엇을 할지 누가 알겠는가?
그러나 그 후에 다른 사람에 대한 고려,
이해심, 분별력, 가능한 한 진심으로,
이런 마음을 갖는 것이 옳은 일이다.

사람들이 그대들을 계속해서 많은 말로 가르쳐야 하나?
그대들은 한 번도 자발적으로 판단하지 못하는가?
그들은 이가 덜덜거릴 정도로 추위에 떨고 있는데,
이것이 나중에 그들이 비판이라고 부르는 것이라네.[83]

"그대는 게다가 이상한 말까지 하는구나!"
그들을 주시해 보기만 해 봐라, 그들은 소수다.
산문으로 가장 멋진 삶을 말할 수 있다면,
시와 운율은 고발을 당하게 될 것인가?

"그대는 한가한 얼굴로, 쾌활하게
눈을 크게 뜨고 걸어간다!"
그대들은 모두 아무짝도 쓸모없는데,
왜 내가 무슨 일에 쓸모 있어야겠는가?

"그대는 왜 그렇게 건방진가?
평소에 사람들이 그렇다고 비난하지 않았나?"

83) 이 크세니온은 검열을 받으려는 책 제작자들에게 그런 검열은 개인적인 관심사에 비해 냉혹하게 이를 덜덜 떨게 하는 것일 뿐이라고 말하고 있다.

나는 기꺼이 겸손해지고 싶을지도 모른다,
그들이 나를 그냥 내버려 두기만 한다면.

내가 멍청하다면, 그들은 나를 인정할 것이다.
내가 옳다면, 그들은 나를 비난하려 할 것이다.

누구도 내게서 확신을 빼앗아서는 안 된다. 1010
이 사실을 더 잘 아는 사람은 이 말을 믿고 싶을 것이다.

이런 사람은 만족하지 못한다,
자기 가슴을 들여다보는 사람은.

"우리가 병이 나면 당장

무슨 지시에 따라야 하는가?”
항상 가장 건강한 사람들만 생각해라,
그들은 원할 때 몸을 쭉 펼 수 있다.

부러움은 그 부(富)가 옳다고 증명해야 한다.
부러움은 절대 빈 창고로 들어가지 않기 때문이다.[84]

누가 시기하는 마음을 터뜨려야 하면,
그대는 찡그린 얼굴을 하지 마라.

부(富)가 그대에게 넉넉하게 흘러들면,
다른 사람들도 넉넉하게 즐기게 해라.

84) “부러움은 절대 빈 창고로 기어들어 가지 않는다(Neid kriecht nie in leere Scheuern)”는 속담이 있다.

"그대의 선물이 혹시 도착했을까?"
그들은 그 선물을 별로 나쁘게 생각하진 않았네.

빌어먹을! 그녀는 소홀히 넘길 수 없다,
내가 멀리서 느껴져서 하는 말이다.
이제 그들은 그녀가 그대들을 유혹한다며
그 불쌍한 여인을 꾸짖는다.
그대들, 빌어먹을 놈들은
천국의 타락을 기억해라!
그 아름다운 여자가 그대들을 분명히 붙잡고 있다면,
그녀가 그대들에게 전부라고 여겨지는 것이다.[85]

85) 추측건대 율리아네 폰 크뤼데너(Juliane von Krüdener, 1764~1824)를 말하는 것 같다. 괴테는 1818년에 그녀에 대한 시를 쓴 적도 있다. 그녀는 처음에 무절제한 생활을 했다가, 그런 경험을 바탕으로 ≪발리에리에(Valierié)≫라는 자전적 소설을 썼는데, 이 소설은 주인공이 경건주의로 넘어가는 것을 보여 준다. 그녀는 자신이 예언자이고

우리와 함께 있는 것이 그대 마음에 들지 않으면,
그대의 동방의 세계로 가거라.[86)]

나는 참한 아내를 얻길 원한다. 그녀는
모든 일을 너무 정확하게 따지지는 않지만,
동시에 나를 가장 잘 이해해 줄지도 모른다.
어떻게 하면 내 마음이 가장 편한지 말이다.[87)]

유령을 불러내는 여자라고 자칭하면서 때때로 러시아의 황제 알렉산드르 1세에게 영향을 미쳐, 나폴레옹에 대항하는 "신성 동맹"을 맺는 데에도 협력한다. 그러다 그녀는 1818년 이후 여러 나라에서 추방을 당한다. 1818년에 쓴 괴테의 시는 그녀가 그런 경력을 쌓을 수 있게 한 당시의 광신적인 신(新)경건주의 경향을 향한 것이기도 하다.

86) "그대의 동방의 세계(deine östliche Welt)"는 괴테의 ≪서동시집≫을 말한다. 그러니까 이 크세니온은 다른 사람이 괴테에게 하는 말이다.

87) 이 크세니온부터 1054행까지는 괴테의 아내였던 크리스티아네 불피우스(Christiane Vulpius, 1765~1816)를 기념해서 쓴 것으로 보인

만약 신이 계시고 여신이시라면
내 노래는 작은 노래가 아니리라.

내게는 신이 계시고, 작은 여신이
노래 속에 순수하게 보존되어 있다.

그러니 그대들은 그 기억을 내게

다. 그래서 신분이 낮았던 크리스티아네에 대한 세인들의 멸시와 괴테를 "속였다"라는 말에 대해 여기서 방호벽을 치고 있다. 또한 ≪파우스트 2부≫에서 파우스트가 메피스토펠레스의 도움으로 고대 그리스에 가서 미인의 대명사인 헬레나를 데리고 지상으로 돌아와 그녀와의 사이에 유포리온(Euphorion)을 낳고 살았지만, 유포리온이 절벽에서 날려다가 추락해 죽자 헬레나가 지하의 세계로 다시 돌아가는 장면과도 연결할 수 있다.

즐거운 유산으로 남겨 두어라.

“그녀는 그대를 오랫동안 속여 왔는데,
이제 그대는 그녀가 환상이었다는 것을 안다.”
그대는 현실에 대해 무얼 알고 있는가,
그렇다고 그녀가 내 사람이 아니란 말인가?

“그대는 가엽게도 속았다.
이제 그녀는 그대를 혼자 내버려 둔다.[88]”
그러나 그것이 비록 환상이었다 해도
그녀는 내 팔에 안겨 있었는데,
그렇다고 그녀가 내 사람이 아니란 말인가?

---

88) 괴테의 아내 크리스티아네는 1816년 6월 6일에 죽었다.

우리는 온갖 좋은 가르침을 듣기 좋아하지만,
헐뜯고 욕하는 것이 훨씬 더 많다.

그대가 너무 잘살고 있다고 생각하지는 마라.
경고를 받은 사람은 반쯤은 구원받은 셈이다.[89]

포도주는 사람을 즐겁게 하고 재치 있게 해 주는데,
불을 붙이지 않은 향은 냄새를 맡을 수 없다.

그대가 향의 냄새에 자극을 받으려 한다면
불붙은 석탄을 아래에 놓아두어야 한다.

89) 이탈리아와 프랑스에 이런 속담이 있다.

내가 누구의 더 나은 운명을 샘내지 않느냐고?
그것은 거짓으로 꾸민 재능을 가진 사람들인데,[90)]
이 재능도, 저 재능도, 최고의 재능이 아니어서
그들은 억지로 애써 보아도 아무것도 이루지 못한다.

"언제 그리고 어떻게인지 더 분명하게 말해라.
그대는 우리에게 항상 분명하게 말하지 않는다."
이 사람들아, 그대들은 알고 있지 않은가?
그것을 내가 그때는 그렇게 생각했다는 것을.[91)]

90) "거짓으로 꾸민 재능(erkünstelte Talente)"이라는 말은 괴테가 1823년 10월 25일에 에커만에게 당시 신예 작가들(특히 낭만주의 작가들)의 재능에 대해 "억지로 끌어낸 재능(forcierte Talente)"이라고 말한 것과 관련된다.

91) 창작 과정에서 자기도 모르게 지나가는 순간에 쓴 것들을 작가가 모두 가장 잘 해석해 낼 수는 없음을 말하고 있다.

"우리는 끊임없이 오류의
끈에 묶여 괴로워한다."
그대들은 이해할 수 있는 말들을
얼마나 많이 오해했던가?

이해할 수 없는 단어에
그대들은 의미를 부여했다.
그리고 그런 일이 계속되고 있으니,
용서해라, 그러면 그대들도 용서받을 것이다.

그대들은 내 삶을 그냥 전체로,
내가 살아가는 대로 받아들여라.
남들은 술에 취해 늦잠을 자지만,
내가 취한 것은 종이에 쓰여 있다.

빌리는 것보다 구걸하는 것이 낫다!
왜 이 두 사람이 걱정해야 하는가?
한 사람이 걱정하더라도 정직하게 생각하면,
다른 사람이 기분 좋고 즐겁게 와서 베푼다.
이것은 부채에 대한 최고의 이자이고,
이 이자를 채무자와 채권자는 잊어버린다.[92]

"나는 가난한 사람이다.
그러나 내가 보잘것없다고 여기지 않는다.
가난은 숨길 일이 아니다,
가난하게 살아갈 수 있는 사람이라면."

92) 여기서부터 1096행까지의 세 크세니엔에서 "거지"의 모티프는 정신적으로 창작하는 예술가 또는 철학자와 관련 있다. 경제적으로 종속되어 있음을 의미하는 "구걸하는" 예술가는 일방적으로 받기만 하는 듯이 보이지만, 실제로는 '정신적인 것'을 주는 사람들, 즉 "고상한 거지들(Erlauchte Bettler)"(1093행)이다.

고상한 거지들을 나는 알고 있었다.
그들은 예술가와 철학자라고 불렸다.
하지만 내가 알기로 음식값을 뽐내지 않고
이들보다 더 잘 내는 사람은 없다.

“왜 그대는 우리에게서 멀어졌는가?”
내가 항상 플루타르코스를 읽었기 때문에.[93]
“그래서 그대는 무엇을 배웠는가?”
그들이 모두 사람들이었다는 사실을.

카토는 다른 사람들을 처벌하려고 했다,[94]

93) 플루타르코스/플루타르크(Plutarchos/Plutarch, 46~119?)는 많은 전기를 썼는데, 특히 ≪영웅전(Bioi Paaralleloi)≫은 고대 그리스와 로마 영웅들의 생애를 기록했다. 괴테는 노년에 이 책을 여러 번 읽었다.

그런데 그는 두 사람씩 자는 것을 좋아했다.

그래서 그는 좋지 않은 시기에
며느리와 아들과 사이가 나빠져,
젊은 여인 하나를 데리고 왔다.
이런 생활은 그에게 전혀 어울리지 않았다,
마치 프리드리히 3세 황제가
아버지답게 말했듯이 말이다.[95]

"그대는 많은 사람과 이야기하면서 자신에 대해
무엇을 가장 훌륭하다고 칭찬하고 싶은가?"

94) 카토(Marcus Porclus Cato, BC 234~BC 149)는 대(大)카토라고도 부르는데, 특히 풍기 감찰관으로서 고대 로마의 도덕적 엄격함을 대표한다. 그는 늙어서 약간의 사치스러운 삶을 즐겼다고 한다.

95) 신성 로마 제국의 황제 프리드리히 3세(1452~1493 재위)는 '늙은 남자에게 젊은 여인을 붙여 주는 것이 그 남자를 "정중하게(höflich)" 죽게 하는 확실한 수단'이라고 말했다.

엄격한 사람인 카토가 우쭐댔는데,
플루타르코스는 그에게 그걸 지적해 주려고 했다.

행실이 바른 자식들을 낳을 수는 있다,
그 부모가 행실이 바르다면 말이다.

내가 우리 집에서 견뎌 내는 것을
낯선 사람은 첫날에 알아보지만,
자기 마음에 들게 바꾸지 않는다.
비록 그가 백 년을 머물지 몰라도.

세상이 어떤 모습을 하더라도
하루는 항상 하루를 속인다.[96]

반면에, 사람들은 듣는 것을 좋아하지 않는다,
하루가 하루를 망칠 때는 말이다.[97]

나는 그대들 모두에게 부담이다.
몇몇 사람은 미워하기까지 했다.
그러나 그것에 대해 걱정할 필요가 없다.
늙음과 젊음을 내가 개의치 않았던 것이
늙어서도 내 마음에 들 뿐만 아니라,
젊었을 때도 내 마음에 들었기 때문이다.

---

96) "하루는 항상 하루를 속인다(Der Tag immer belügt den Tag)"라는 말은 "하루는 다른 하루를 가르친다(Dies diem docet)"라는 라틴어 속담을 대체한 것이다.

97) "하루가 하루를 망칠 때면(wenn der Tag den Tag zerstört)"이라는 말은 '하루의 일과가 그 사람의 시간을 빼앗으면'이라는 의미다.

자기 자신과 상의하는 것이
언제나 가장 좋을 것이다.
밖에서도 좋고, 집에서도 좋다,
여기저기에 귀를 기울이고,
두고두고 그대 자신을 통제해라,[98]
그러면 늙은이와 젊은이가 그대 말을 들으리라.

크세니엔은 온순하게 돌아다니지만,
시인은 자신이 온순하다고 생각지 않는다.
하지만 그대들이 더 매운 것을 좋아한다면,
난폭한 애들이 깨어날 때까지 기다려라.

시빌레처럼 내가 나이 들어서
내 얼굴을 자랑해야 한다니!

98) “통제하다(kontrollieren)”는 1행에서 말하는 “두고두고 자기 자신과 상의하다(mit sich selbst zu Rate gehen)”라는 말과 같은 의미다.

얼굴에 살이 빠지면 빠질수록
당신은 얼굴을 더 자주 칠하려고 하는구려![99]

"오늘이 가까이 있는가? 멀리서 왔는가?
왜 오늘이 그대를 굴복시키기가 그렇게 힘든가?"
오늘이 그렇게 진지하지만 않으면
나는 아마 저녁에 즐겁게 즐길 것이다.

사람들이 모두 함께 말참견하게 되면

99) 괴테는 1826년 8월 12일에 여행 중이던 도자기 화공 루트비히 제버스(Ludwig Sebbers)가 자신의 초상화를 그리는 몇 시간 동안 앉아 있어야 했는데, 이 시로 그 상황을 농담조로 말하고 있다. 1행의 "시빌레(Sibylle)"는 고대 그리스 신화에 나오는 무녀로 아폴론으로부터 예언력을 부여받고, 황홀경 상태에서 수수께끼의 형태로 신탁을 알렸다고 한다. 그리고 시빌레의 예언을 담은 책들은 적게 남아 있을수록 값어치가 더 나가게 되었다. 그래서 괴테는 "인생은 시빌레의 예언서들과 같다. 더 간결하면 할수록, 더 값어치가 있다"라고 말했다.

그때 사람들은 누구의 말도 듣지 않는다.
끊임없이 다른 사람은 또한
다르게 말하게 될 것이다.
그러면 무엇이 그들의 말을
이해할 조언이 될 것인가?
그대가 한 사람 한 사람을 모른다면
그 조언은 이해되지 않을 것이다.

신께서는 올곧음마저 마음에 새기셔서,
곧은길 가는 사람은 아무도 죽지 않았다.

그대가 경건한 체하는 진리의 길을 걸어가게 된다면
그대 자신과 다른 사람을 절대 데려가지 않을지 모른다.
위선적인 언행은 거짓됨 또한 참아 내게 하니,
그 때문에 나는 위선적 언행을 싫어한다.

그대는 멀리 돌아다니기를 갈망하고,
재빨리 날아가기를 준비하고 있다.
자신에게 충실하고, 다른 사람들에게 충실해라,
그러면 비좁은 곳도 충분히 넓어지리라.

그대의 마음 말없이 순수하게 유지하고
그리고 그대 자신에게만 욕하도록 하라.
그대가 인간이라 느끼면 느낄수록
그대는 신들과 더욱 비슷해지리라.

귀찮고 덧없는 하루살이 공간 같은
신문을 어디에 이용할 수 있겠는가?
우리가 조용한 공간에 있는 것이
더 편하지 않다면 몰라도!

우리에게 일어나는 가장 좋지 못한 일을
우리는 그날 배우게 된다.
어제의 일에서 오늘을 보는 사람은
오늘이 자신에게 깊은 고통을 주지 않고,
오늘의 일에서 내일을 보는 사람은
활동하게 되겠지만 걱정하지 않게 될 것이다.

그대에게 어제가 분명하고 또 열려 있다면,
그대는 오늘도 힘차고 자유롭게 활동하리라
그래서 내일을 기대할 수도 있으리라.
똑같이 행복한 내일이 될 것이라고.

온순한 크세니엔 5[100)]

100) <온순한 크세니엔 5>에서는 좋은 것과 나쁜 것, 그리고 영국의 과학자 아이작 뉴턴과 목사이자 1821년 출판된 괴테의 ≪빌헬름 마이스터의 편력 시대≫를 비판한 푸스트쿠헨(Pustkuchen)을 주제로 다루고 있다.

그대는 짧은 시간도 헛되이 지나가게 하지 말고,
그대에게 일어나는 것을 이용해라.
불쾌함도 삶의 일부분이니,
불쾌함을 크세니엔은 담아야 하리라.
모든 일은 운율과 노력을 얻을 만하리라,
사람들이 그것을 제대로 구분할 줄 안다면.

그대들이 잘 지내고 있기를, 형제들이여,
이 사람이든 저 사람이든[101] 모두가!
나는 세계 시민이자,
바이마르 주민인데,
나는 이 고귀한 사람들에게
내 교양으로 인해 적임자임이 밝혀졌다.[102]

101) "이 사람이든 저 사람이든(Oner und Aner)"은 특정한 철학이나 이론을 독단적으로 추종하는 사람들을 말하는데, 예를 들어 "칸트학파" 또는 "헤겔학파"에 속한 사람들이다.

102) 이 시는 정치적으로 중요하지 않은 평범한 바이마르 사람들을 칭찬하면서 시작해서, 바이마르에서는 "세계 시민"으로 살아갈 수 있다고 하는데, 이 말은 바이마르와 다른 도시, 시스템, 전통에 속한다고 느

그리고 뭔가 더 적합한 것을 아는 사람은
그걸 다른 곳에서 가져와도 좋다.

“그대는 어디로 눈을 돌리고 싶은가?”
바이마르와 예나로, 양쪽 끝에
좋은 것이 많이 있는
커다란 도시로.

그대들은 내게 새로운 것을 전혀 말하지 않는다!
나는 의심의 여지 없이 불완전했다.
그대들이 나를 비난하는 것을, 멍청한 악마들아,
나는 그대들보다 그 사실을 더 잘 알고 있다!

끼는 모든 사람을 상대로 하는 말이다. “세계 시민(Weltbewohner)”이라는 말은 세계 문학과 세계 문화에 대한 괴테의 이념들과 밀접한 관계에 있는 자신의 “교양(Bildung)”을 암시한다.

"내게 말해 봐라! 그대의 적들에 대해
그대는 왜 아무것도 알려고 하지 않나?"
내게 말해 봐라! 그대는 혹시 사람들이
…[103] 곳으로 발을 내딛는지.

유대인

그들은 계속 길을 만드는데,
아무도 여행 경비 때문에 여행할 수 없을 때까지!

대학생

학문도 마찬가지일 것이다.
학문 하나하나가 제 사람들을 괴롭히니까.

---

103) 이 부분은 원문 텍스트에도 점선으로만 되어 있다. 추측건대 적들이 자신에 대해 비판을 쏟아 내는 것을 암시하는 행동을 속되게 표현하려 했던 듯하다.

"그렇다면 무엇이 학문인가?"
학문은 삶의 힘일 뿐이다.[104)]
학문을 하는 그대들은 삶을 만들어 내지 않는데,
삶이 먼저 생명을 만들어 내야 한다.

"극장 건물은 그렇다면 어떤가?"
나는 거기에 대해 정말 잘 알고 있다.
불이 가장 잘 붙는 것을 함께 몰아넣는데,
그러면 즉시 불이 붙는다.[105)]

104) "학문은 삶의 힘일 뿐이다[Sie(=Wissenschaft) ist nur des Lebens Kraft]"는 '사람들은 삶의 힘이 되는 것만을 진정한 학문으로 여긴다'라는 의미로 이해할 수 있다.

105) 바이마르 극장이 1825년 3월 22일에 화재로 소실되었다. 그래서 괴테는 1825년 5월 1일 에커만에게 이렇게 말했다. "새로 지을 극장도 결국 새로 장작을 쌓아 올리는 일일 뿐입니다. 이 장작더미도 조만간에 어떤 우연한 일로 다시 불이 붙을 겁니다." 아니면 극장이 관객들을 쉽게 흥분시킨다는 의미로도 해석할 수 있다.

"하지만 극장이 어떻게 사람들을 그토록 자극하는가?
왜 사람들이 다시 극장으로 달려가는가?"
방금 창밖으로 내다보는 사람보다
조금 더 많은 것처럼 보일 뿐이다.

≪대화 백과사전≫이라고 부르는 것은 당연하다.
왜냐하면, 대화가 제대로 되지 않으면,
누구나
대화를 위해 그 사전을 이용할 수 있기 때문이다.[106]

---

106) ≪대화 백과사전(Konversations-Lexikon)≫은 1796년부터 발간되었고, 1802년부터는 브록하우스(Brockhaus) 출판사에서 발간되어 유명해졌다. 이 백과사전은 "교제 사전(Verkehrswörterbuch, 사람들과 교제할 때 참고하는 사전)"으로서 대화를 위한 지식을 제공하는 것을 과제로 삼았다. 괴테는 이 크세니온에서 대화에 참여하는 대신에 이 사전을 읽는 것이 더 낫다고 충고하는 듯이 보인다.

어떻게 우리가 거기서 잘 지낼 수 있단 말인가?
우리는 외부도 내부도 찾지 못했는데.[107]

그런데 우리는 거기서 무엇을 찾았는가?
우리는 위도 아래도 모르는데.[108]

107) 1229행부터 1236행까지는 밀접한 관련이 있다. 여기서 유감스럽게 생각하는 그 ≪대화 백과사전≫의 부족한 점은 방향 감각이 상실되어 있다는 것이다. 이런 점은 <에피레마>(≪괴테 시선 7≫ 참조)에서 다른 사람들의 잘못된 문제 제기에 대한 괴테의 생각에서도 분명하게 나타난다. <에피레마>에서 이렇게 말한다. "그대들은 자연을 관찰하면서/ 항상 하나를 전체처럼 여겨야 하리라./ 그 안에 아무것도 없고, 그 밖에 아무것도 없다./ 안에 들어 있는 것이 밖에 있는 것이기 때문이다"라고 했고, <최후통첩>에서는 "그래서 내가 마지막으로 말하는데,/ 자연은 씨도 껍질도 갖고 있지 않다/ 그대는 가장 많이 성찰해 보아라, 그대가 씨앗인지 아니면 껍질인지!"라고 했다. 이런 시에서 암시한 내용이 1236행에서 말하는 '풍부한 생각'과 연결될 수 있다.

108) "위(oben)"는 하늘 위를 말하고, "아래(unter)"는 지상을 말한다. 즉, "위와 아래 사이(zwischen oben und unten)"는 하늘과 땅 사이의 세상을 의미한다.

단어만이 이 불안정한 것을
가지고 노는 것 같다.
하지만 한 단어가 그렇게 강한 영향을 미치면,
생각은 풍부해진다.

그들이 그대의 바구니에서 조금씩 떼어먹는다면,
그대는 주머니에 뭔가를 꼭 간직하고 있어라.

까마귀들이 그대 주위에서 큰 소리로 우는 것이 싫다면,
교회 첨탑 위에 뾰족한 꼭지가 있어야 할 필요는 없다.[109]

109) 까마귀들은 나라마다 길조 또는 흉조라는 이미지가 있지만, 여기서는 부정적인 의미로 '자신을 비판하는 사람들'로 해석할 수 있다. "교회 첨탑 위의 뾰족한 꼭지(Knopf am Kirchturm)"는 하늘을 향해 뾰족하게 솟아 있는 교회의 첨탑에 붙어 있는 여러 장식을 말하는데, 닭이나 공 모양의 장식 또는 풍향계가 달려 있다. 따라서 '그대가 주위에서

사람들은 죽은 사람에게 그들의 명예로운 옷을 입히는데,
그들도 죽으면 우선 향유를 바르게 되는 건 생각지 않는다.
사람들은 폐허를 그림같이 아름답다고 흥미롭게 보는데,
그들도 마찬가지로 망가진다는 것은 느끼지 못한다.[110]

그리고 친구들이 썩고 있는 곳이
대리석 기둥 아래에서인지,
아니면 탁 트인 잔디 아래에서인지
그것은 중요하지 않다.

까마귀들이 우는 것이 싫다면, (까마귀들이 앉을 수 있는 이런) 교회의 첨탑 장식도 꼭 있어야 할 필요가 없다', 즉 '까마귀들이 그대 주위에서 크게 우는 것도 그대는 당연하게 받아들여라'라는 의미로 이 크세니온을 이해할 수 있다.

110) 괴테는 여기서 낭만주의자들이 죽음과 폐허를 숭배하는 것을 비판하고 있는데, 이런 경향이 현재 아주 위험한 영향을 미치고 있다고 보았다.

살아 있는 사람은 깊이 생각해야 하리라,
비록 하루가 그더러 친구들에게
절대로 썩지 않는 것을 선사했다고
그에게 투덜대더라도 말이다.

"그대는 그 모든 것을 깊이 생각해 보지 않았는가?
우리는 우리 모임에서 그 모든 것을 생각해 보았는데."
나도 그것을 그대들 마음에 들게 해 주었을지도 모른다,
그랬다면 아무것도 된 것이 없었을 것이다.

나는 여전히 그대들과 멀리 떨어져 있고,
키클롭스같이 음절을 먹어 치우는 그대들을 싫어한다.[111]

111) 키클롭스는 ≪오디세우스≫에 나오는 외눈박이 괴물이다. 괴테는 1813년 2월 8일 빌헬름 훔볼트에게 보낸 편지에서 요한 하인리히 포스(Johann Heinrich Voß, 1751~1826)를 "하이델베르크의 키클롭스"라고 불렀는데, 포스는 고대 그리스의 운율을 독일어로 모방하는 것을 집중적으로 연구했다. 그래서 이 시에서는 그를 "음절을 먹어 치

나는 그대들에게서 배운 것이 하나도 없지만,
그대들은 그것을 언제나 나보다 더 잘 알고 있었다.

젊은이는 관심이 나누어져 있어서
잘 잊어버리고,
노인은 관심이 부족해서
잘 잊어버린다.

"이 비양심적인 인간과 관계를 당장 끊어라,
이 사람이 그대에게 못된 짓을 했는데,
그대가 어떻게 그와 함께 살 수 있겠는가?"
나는 그 사람에 대해 더는 신경 쓰고 싶지 않았다.
나는 그를 관대히 봐주었지만,
그를 용서하지는 않았다.

우는 사람(Sylbenfresser)"이라고도 했다.

"그런 표정을 짓지 마라!
그대는 왜 세상에 넌더리가 나는가?"
그 누구도 자기 옆과 주변에
무엇이 있는지 모른다.

"내 자식들을 어떻게 가르쳐야 할까?
쓸모없고, 해로운 것을 가려내는 법을
내게 가르쳐 다오!"
하늘과 땅에 대해 가르쳐 주어라.
자식들은 그 말을 결코 이해하지 못하게 될 것이다!

제발 비난하지 마라! 그대는 무얼 탓하는 것인가!
그대는 등불을 들고 결코 찾아내지 못할
사람의 흔적을 뒤쫓고 있다.[112]

그대는 그를 찾아내기 위해 무슨 일을 감행하려는 것인가!

악한 사람들을 꾸짖어서는 안 된다.
그들은 착한 사람들 옆에 서게 될 것이다.[113]
그러나 착한 사람들은 알게 될 것이다,
자신들이 누구를 조심스럽게 경계해야 하는지를.

"선사 시대에 인간들이 있었다고 하고,
그 인간들은 짐승들과 함께 있었다고 한다."

---

112) 시노페의 디오게네스는 밝은 대낮에 등불을 들고 거리를 걸어 다녔다. 그래서 사람들이 왜 그러냐고 물었더니 "나는 사람을 찾고 있다"라고 대답했다. 여기서는 주장이 너무 높게 설정되어 있다는 자기 경고로 읽을 수 있다.

113) 악한 사람들이 결국에는 착한 사람들이 서 있는 저울 받침대의 맞은편 받침대 위에 서게 된다는 의미다.

"그들은 그대를 언제나 함부로 다루는데,
그런데도 그대는 내게 전혀 말하지 않는가?"
축복받은 상속자 무리 가운데 ×××[114]
그 회사는 언제나 신용을 얻고 있다.

오누이 같은 신문들은
어떤 모습을 띠게 될까,
고루한 사람들을
바보 취급하고 싶을 때는?[115]

114) 원고의 이 자리에는 분명히 사람 이름이 있었으나 면도칼로 잘라내고 이 표시로 대체되어 있다. 그래서 이 이름은 괴테와 불편한 관계에 있었던 니콜라이(Nicolai) 또는 코체부(Kotzebue) 또는 포스(Voß)일 것으로 추정된다. ≪온순한 크세니엔≫은 1796년에 쓴 ≪크세니엔≫과는 다르게 어떤 특정인에 대해 험담하는 것을 지양하고, 보다 일반적으로 이해되는 것을 목표로 했기 때문으로 보인다.

115) 당시에 발행되던 신문들에 대한 괴테의 강한 반감이 나타나고 있다.

그대들은 그 의사를 용서해라! 이번만큼은
그가 자기 자식들과 살고 있기 때문이다.
병이 곧 자본인데,
누가 그 자본을 줄이고 싶어 하겠는가!

"보잘것없는 우리 재능을 가지고
우리는 대단하게 자랑해 왔다.
그리고 우리가 대중에게 주었던 것에
그들은 언제나 돈을 지급했다."

깊은 신앙은 언제나 결속시키는 역할을 한다.
그러나 신을 모독하는 일은 그 이상이다.

사려 깊은 사람들이 방황하는 것을 그대는 볼 수 있다.
즉, 그들이 이해하지 못하는 일을 할 때 말이다.

유골도 여러 번 충격을 받게 된다.
유골은 움직이지 않지만, — 결국 부서진다.[116]

성(聖) 요한 축일에 놓는 불은 허용된다고 하니,
기쁨이 절대 사라지지 않겠구나!
빗자루는 점점 무디게 쓸리고,
그리고 남자아이들은 항상 태어난다.[117]

116) 이 크세니온은 "물 항아리는 깨어질 때까지 우물에 간다"는 속담과 비슷한 의미다.

117) "성 요한 축일에 놓는 불(Johannis-Feuer)"을 위해 특히 젊은이들이 다 쓴 '마른 가지로 만든 빗자루'를 이전부터 모았다. 이 크세니온을 쓰게 된 동기는 예나 경찰이 젊은이들이 1년 동안 성 요한 축일에 불을 붙일 빗자루들을 모으는 것을 금지하려고 했기 때문이었다. 괴테는 1827년 1월 17일에 에커만과의 대화에서 이렇게 말했다. "내가 창문을

잘못된 것을 그대는 항상 칭찬할 수 있지만,
그 대신에 그대는 즉시 대가를 치르게 된다!
그대는 그대의 더러운 연못 위에서 수영하는데,
그러면 그대는 서툰 사람들의 수호성인이 된다.
좋은 것도 비난할 수 있다고? 시도해 봐도 좋다!
그대가 과감하게 감행해 보면 될 것이다.
그러나 사람들이 그런 낌새를 알아차리고,
그대를 진창으로 차 넣어 버려도 자업자득이다.

그런 무뢰한은 모두
두 번째 무뢰한에 의해 처리된다.

내다보면 거리를 쓰는 빗자루와 그 주위를 돌아다니는 젊은이들의 모습에서 영원히 망가지고 있는 세계와 젊은 층으로 교체되는 세계를 변함없이 보게 됩니다. (…) 아이들은 언제나 아이들로 남으니 시간이 가도 항상 비슷합니다. 그래서 성 요한 축일에 불을 놓는 것을 금지하지 말아야 하며, 사랑스런 아이들의 즐거움을 망쳐서는 안 됩니다."

언제나 그냥 얌전히 있기만 해라,
아무도 그대에게 뭔가 해를 끼치지 않는다.

이리 오시오! 우리는 식탁에 앉읍시다,
누가 그런 어리석음에 감동하겠소이까!
세상은 게으른 물고기처럼 흩어지니,
우리는 이런 세상에 향유를 바르고 싶지 않소이다.[118)]

현명한 사람이라면 내게 말해 봐라,
뒤범벅 잡탕[119)]이 무얼 말하는지를.
그런 양다리 걸치는 것은

118) 세상의 상태에 대해 부정적인 이 비판은 ≪파우스트≫에 수록되지 않은 메피스토펠레스의 말이다. 여기에는 빈정대듯 "순간을 즐겨라(carpe diem)"라는 의미가 담겨 있다.

119) "뒤범벅 잡탕(Misch-Masch)"은 '불분명한 태도 표명'을 말하는데, 다음 크세니온에 나오는 "복잡하게 섞인 많은 빈말 잔치(viel gequirlte Phrasen-Flor)"와 비슷한 의미다.

아무 소용이 없고, 마음에 들지도 않는다.

그대들은 우리를 삐딱한 시선으로 바라본다.
그대들은 앞으로 흔들리고, 뒤로도 흔들린다.
그리고 그대들이 한 줄에 한 줄을 쌓아 올릴 때마다
그대들은 독자의 허약한 귀를 복잡하게 섞인
많은 빈말 잔치로 무리하게 잡아당기지만,
그대들의 밧줄로 우리를 묶어 두지 못한다!
바이마르 예술 친구들 일동,
그 모임의 명사수들과 함께
이 친구들은 한동안 활동할 것이다.[120]

---

120) 이 크세니온에서 "그대들"은 바로 앞의 크세니온보다 훨씬 분명하게 낭만주의 문예지인 ≪예술 잡지(Kunstblatt)≫를 발행하던 사람들을 말한다. 이 잡지는 루트비히 쇼른(Ludwig Schorn)이 1820년부터 코타(Cotta) 출판사에서 발행했다. 원문 텍스트에서는 1341행에 "Die W. K. Fs"라고 서명이 되어 있는데, 이는 "바이마르의 예술 친구들(Weimarer Kunst Freunde)"의 약자로, 이 모음에 괴테도 속해 있었다.

그 무미건조한 시인[121]은
비난할 줄밖에 모른다.
그래, 존경할 줄 모르는 자는
고상해질 수도 없다.

"그러면 그대는 이 사람들도 인정해라,
그대는 평소에 판단할 때 관대했다!"
이 사람들은 형편없는 시인들이 훨씬 더
나아지지 않는다고 꾸짖어서는 안 된다.[122]

---

121) "그 무미건조한 시인(Der trockene Versemann)"은 순수한 시인과 반대되는, 시구를 인위적으로 만드는 사람을 말하는데, 그리스 6각운에 맞춰 인위적으로 독일어로 옮기려 했던 요한 하인리히 포스를 말하는 것으로 추측된다.

122) 사람들이 요구하고, 시인 자신도 평소에 길러 왔던 관용을 편협함에 관련해서는 거부하고 있다.

그대는 그대의 장점을 비록 알고 있지만
사람들의 기분을 즐겁게 만들어 줄 줄 모른다.
그대는 증오와 반감의 씨를 뿌리고 있는데,
그런 것들은 싹이 트기도 한다.[123]

누군가가 뭔가에 익숙해지려고 한다면
선한 것과 아름다운 것에 익숙해져라.
사람은 옳은 일만 해야 할 것이다,
나쁜 사람은 결국 굴복하고, 결국 남을 섬기게 된다.

누군가는 등을 약간 구부려도 된다.
그러면 교활한 놈은 살짝 뛰어서
악마처럼 그 등에 업힌다.

123) 앞의 두 크세니엔과는 다르게 이 크세니온은 재능을 갖추고는 있지만, 마음이 불안정해 증오와 반감을 유발하는 시인을 향하고 있다.

그대가 백 년 동안 불을 숭배한다고 해도,
그러고 불에 뛰어들면, 불이 그대를 완전히 먹어 치운다.

“달력에는 달이 있다고 하는데,
그러나 길에서 달을 볼 수 없다.
경찰은 왜 그 사실에 신경 쓰지 않는가!”
　여보게, 그렇게 빨리 판단하지 말게나!
그대는 엄청나게 똑똑하고 재치 있게 행동하는데,
그대 머릿속이 밤처럼 어두워지면 말일세.

그대들 판관들과 남의 흠만 보는 사람들[124]아,

124) “남의 흠만 보는 사람들(Splitterrichter)”은 마태복음 7장 3절 “어찌하여 형제의 눈 속에 있는 티는 보고 네 눈 속에 있는 들보는 깨닫지 못하느냐?”에 나오는 사람을 말하는 것처럼 보인다. 이런 사람은 바로

모든 것을 작게 쪼개지만 말아라!
왜냐하면, 가장 형편없는 시인이라도
확실히 그대들의 스승이 될 것이기 때문이다!

나는 그것이 그렇다는 데 개의치 않는다.
그러나 그런 사실이 나를 기쁘게 한다고
나는 거짓말을 해야 할지도 모른다.
내가 그걸 이해하기도 전에 그냥 말해 버렸고,
그러나 이제 나는 여러 가지를 깨닫게 되는데,
우리에게 새로운 길을 보여 주기 위해
왜 내가 지금 침묵해야 하는가?[125)]

앞의 크세니온에서 자기 머릿속이 밤처럼 어두워서 달이 보이지 않는다고 투덜대는 사람과도 일맥상통한다.

125) 이 크세니온은 19세기에 들어와서 사람들이 괴테의 초기 작품들과 고전주의 시기의 작품들을 본보기로 삼아 노년의 작품들과 대비해 온 사실과 관계가 있는 듯이 보인다. 괴테가 노년에 인식한 새로운 길을 사람들은 알아차리지 못했다는 비판이 담겨 있다.

그것은 보잘것없는 일이지만,
더 쓸모 있게 될 것이다.
항상 같은 지점을 밟지 않으면
그대들은 계속 걸어가게 된다.[126]

요즈음 많은 기적적인 치료법이 있지만,
솔직하게 말해, 의심스러운 치료법도 있다,[127]
자연과 예술은 위대한 기적들을 만들지만,
아울러 사기꾼들도 있는 법이다.

---

126) 바로 앞의 크세니온에 나오는 "새로운 길" 모티프를 이어서, 여기서는 자신의 후기 작품을 이해하지 못하고 과거의 작품에 정체하고 있는 사람들에게 더 날카롭게 대항한다.

127) 여기서는 다시 당시에 유행하던 자력을 이용한 치료법에 대해 말하고 있다. 괴테도 처음에는 이 치료법에 매료되었지만 동시에 의심도 했다. 자연과 예술을 통한 치료법에서는 사기꾼도 이득을 본다.

이런 사람들을 상대하는 것은
사실 큰 부담이 되지 않는다.
그대가 그들에게 최선을 다해 준다면,
그들도 그대를 정말 잘 이해하게 될 것이다.

오, 세상이여, 네가 쩍 벌린 입 앞에서는
선한 뜻도 무너져 버린다.
어느 검은 바닥에 빛이 비치면,
사람들은 더는 빛을 보지 못한다.

사랑이 아니라 단지 존경심으로만
우리는 그대와 하나가 될 수 있다.
오 태양이여, 빛나지 않은 채
그대의 효과를 나타내면 좋으련만![128)]

128) 이 크세니온의 마지막 2행은 1~2행에 대한 반응으로 이해할 수 있다. 그래서 앞의 2행은 따옴표가 있으면 더 의미가 통할 듯이 보인다.

그들은 위대한 사람들을 존경하고 싶어 할지 모른다,
비록 위대한 사람들이 동시에 사기꾼들이라도 말이다.

우리
너 미친 녀석아, 솔직히 고백해 봐라,
사람들이 너의 여러 실수를 지적했다고.
그 사람
그래, 그렇다! 하지만 내 실수를 원래대로 돌렸다.
우리
그런데 어떻게?
그 사람
그래, 다른 사람들이 하듯이 했지.
우리
그렇다면 그걸 어떻게 시작했나?
그 사람
나는 새로운 실수를 저질렀고,

그러자 사람들은 너무 화가 났지.
자신들이 옛날 실수를 잊어버리는 경향에 말이지.

몇몇 사람은 바이올린을 엉터리로 연주하면서,
자신이 자리를 잡았다고 생각하는데,
자연 과학 연구에서도 마찬가지다.
자신의 힘을 약간 발휘하고는,
자기 바이올린을 켜면서 자신이
두 번째, 세 번째 오르페우스라고 생각한다.
각자 연주하면서 자신의 운을 시도해 보지만,
결국엔 소란스러운 엉터리 음악일 뿐이다.[129]

---

129) 여기서부터 자연 과학을 연구하는 사람들에 대한 테마가 시작된다. 1417행에서 "두 번째, 세 번째 오르페우스"는 자신이 뛰어난 바이올린 연주자라고 생각한다는 의미다. 오르페우스는 그리스 신화에서 현악기를 처음 만들어 연주한 사람으로 여겨진다.

모두가 말하려고 하고,
누구나 살아가고 싶어 한다.
나만 말하지도 말고,
행동하지도 말란 말인가?

그들은 오래전부터 엉터리 빵[130]을 씹고 있다.
우리는 농담 삼아 우리가 더 잘 안다고 말한다.

그것은 오래된 죄악 가운데 하나다.
그들은 계산하는 것을 발명하는 것이라고 말한다.

그들은 권리를 많이 가지고 있었기 때문에

130) "엉터리 빵(der schlechte Bissen)"은 뉴턴의 색채론을 말한다. 괴테는 자신의 색채론을 내세우며 뉴턴의 색채론과 치열하게 싸웠다.

그들의 부당함도 정당하게 부여받았다고 말한다.

그리고 그들의 학문이 정확하기 때문에
그들 중 누구도 불분명하지 않다고 말한다.

누구도 웃으면 안 된다!
그 사람들에게서 떨어져 나가도 안 된다!
그 사람들은 모두 자신들이
할 수 없는 일을 하려고 한다.

그대가 **능력이 있다**면, 당연히 좋은 일이다.
그러나 그대는 그것을 **이해도** 해야 한다.
할 수 있다는 것, 그것은 대단한 일이다,
그래야 원하는 것이 뭔가를 **만들어 내리라**.

여기에 지나치게 형편없는 시인이 누워 있다.
제발 그가 절대 부활하지 않았으면 좋겠다.

사람들이 내게 생명을 기꺼이 허락할 때까지
내가 망설여야 했다면,
나는 지상에 있지 않을지도 모른다,
그들이 행동하는 것을 보면
그대들이 내 말을 이해할 수 있듯이.
그들은 뭐처럼 보이려고
내 이론을 부정하고 싶어 한다.

세상이 그 이론을 옆으로 치워 버리더라도,
소수의 제자는 그 이론을 찬미하게 될 것이다.
많은 사람이 그대의 이론을 인정하지 않았어도,
그 제자들은 그대의 생각에 사로잡혀 있으니까.[131]

순수한 운율은 누구나 바라는 것이다.
하지만 순수한 생각을 유지하는 것은
모든 재능 중에 가장 고귀한 재능이자,
내게는 어떤 운율보다도 소중한 것이다.

가장 좋아하는 강약격 운율을
시행에서 몰아내고,
마침내 한 행이 생겨날 때까지
가장 성가신 강강격 운율을

131) 이 시는 약간 수정되어 괴테가 발행하던 잡지 ≪형태론을 위해(Zur Morphologie)≫(1820년 2권)에 수록되었는데, 자연 과학자 카스파 프리드리히 볼프(Caspar Friedrich Wolff, 1735~1794)를 추모하기 위해 쓴 것이다. 볼프는 노년의 괴테처럼 당시 지배적인 이론이었던 전성설(前成說, die Lehre der Präformation : 생물의 각 부분이 세포 속에 이미 존재하고 있다는 학설)과 반대되는 후성설(後成說, Epigenese : 생물의 각 부분이 나중에 생겨난다는 학설)을 주장했다.

그 자리에 마련해 주는 것은
끊임없이 나를 불쾌하게 만들 것이다.
운율이 사랑스럽게 흐르게 해 다오,
그 노래와 나를 이해해 주는 눈길을
내가 즐기게 해 다오.

"그대는 틀림없이 속임수를 쓰고 있는데,[132]
그런 그대가 너무 태연해 보인다.
그러니 거리낌 없이 솔직하게 그들에게 말해 봐라,
그대가 그들에 대해 어떻게 생각하는지를."
　나는 내가 찾던 것을 열심히
노력해서 찾아냈다.
내가 그 사람들에게 화를 냈다는 것을
아는 사람이 있어도 나는 상관하지 않는다.

---

132) 여기서는 괴테의 색채론을 말한다.

나는 나 자신을 위해 충분한 지식을 습득했다,
비록 아무리 많은 모순이 발생한다 해도 말이다.
그들이 내 생각에 해를 입혔으면서도,
그들은 내 이론을 반박했다고 말한다.

조용히 있기만 해라! 내일 아침까지만이라도,
그가 원하는 것을 아무도 모르기 때문에.
이 무슨 소동이고, 이 무슨 번거로운 수고인가!
나는 당장 앉아서 조용히 잠이나 자련다.

말하고 있는 모든 생각[133]도
하나로 통일되지 않는다,

133) "말하고 있는 모든 생각(Alles auch Meinende)"은 현상 자체를 인식하지 않고 뉴턴의 색채론을 비판 없이 수용하는 사람들을 의미할 수도 있다.

왜냐하면 드러나는 현상이
더는 보이지 않기 때문이다.

로이힐린[134)]! 누가 자신을 그와 비교하려 하는가,
그의 시대 때 중대한 징조였는데!
제후들과 도시들 전체를
그의 인생 역정은 헤쳐 나갔고,

134) 중세 말기의 인문학자 요하네스 로이힐린(Jahannes Reuchlin, 1455~1522)은 쾰른대학의 신학부로부터 이단자로 의심을 받았다. 그 이유는 성경을 제외한 히브리어로 된 모든 책(1490행)을 불태우려는 것을 저지하려고 했기 때문이었다. 그는 1514년에 ≪유명한 사람들의 편지들(Epistolae virorum clarorum)≫을 발표했는데, 그의 생각에 동의하는 사람들의 편지라는 뜻의 책이었다. 그러자 크로투스 루바에누스(Crotus Rubaenus)와 울리히 폰 후텐(1499행)이 ≪의심스러운 사람들의 편지들(Epistolae viroum abscurorum)≫(1515~1517)을 발표하면서 로이힐린을 지지했다(1498행), 이 책에서 두 사람은 로이힐린을 공격하는 쾰른대학의 신학자들을 조롱했다. 또한 당시의 종교 개혁 시기에 독일 기사로 선제후를 공격했던 프란츠 폰 지킹겐(Franz von Sickingen, 1481~1523)도 로이힐린을 옹호했다. 그래서 "의심스러운 수도복을 입은 자들(die obskuren Kutten)"은 '빛을 어둡게 만드는'이라는 'obscur'의 원래 의미대로 괴테에게 뉴턴의 색채론을 추종하는 사람들로 보였다.

거룩한 책들을 그는 열어 보였다.
하지만 사제들은 움직일 줄 알아서
모든 것을 나쁜 것으로 널리 이끈다.
그들은 여기저기서 자신들처럼 어리석고
터무니없는 모든 것을 찾는다.
이런 사람들은 나를 만나려고 하겠지만,
나는 지붕 아래 있으니, 비가 내리게 놔둔다.
"왜냐하면 나에게 해를 입히려고 괴로워하는
의심스러운 수도복을 입은 자들에 맞서
내게도 울리히 후텐과 프란츠 폰 지킹겐으로
만반의 준비가 되어 있기 때문이다."

견습생에 대해서도 그들은 흠을 잡더니,
이제 편력자에 대해서도 흠을 잡고 있다.[135]
전자는 일찍 배우거나 늦게 배웠고,

135) "견습생(Lehrling)"은 괴테의 소설 ≪빌헬름 마이스터의 수업 시대(Wilhelm Meisters Lehrjahre)≫를, "편력자(Wandrer)"는 ≪빌헬름 마이스터의 편력 시대(Wilhelm Meisters Wanderjahre)≫를 말한다.

후자는 다른 사람이 되지 않는다.
두 사람은 좋은 사람들 사이에서
강력하고, 기분 좋고 은근한 인상을 주고 있다.
그러니 각자 자신의 방식대로 배워라,
그러니 각자 자신의 기질대로 돌아다녀라.

* * *

아니다, 그런 일로 내 감정이 상하지 않을 것이고,
나는 그것을 하늘이 내린 선물로 여길 것이다!
내게 적들이 있기 때문에
나 자신을 훨씬 보잘것없다고 생각해야 한단 말이냐?

* * *

내가 왜 왕실주의자냐고?
그 이유는 아주 간단하다.
시는 시인으로 명성을 얻었으며,
항해는 자유로웠고, 맘대로 깃발을 달았기에.
그러나 모든 걸 나 혼자 해야 했고,
아무에게도 물어볼 수 없었다.

늙은 프리츠[136]도 무얼 해야 할지 알고 있었으니,
누구도 그에게 무슨 말을 할 필요가 없었다.

"그들은 그대에게 박수를 보내려고 하지 않았다.
그대는 한 번도 그들의 취향에 맞춰 준 적 없었다!"
그들이 나를 평가할 수 있었다면
나는 지금의 내가 아닐지도 모른다.

사람들은 어리석은 일을 사방으로
퍼뜨리려고 노력한다.
그런 일은 짧은 기간 속일 수 있겠지만,
사람들은 곧 얼마나 나쁜지 알게 된다.

---

136) "늙은 프리츠(der alte Fritz)"는 프로이센의 계몽 군주 프리드리히 2세(1712~1786)를 말한다.

"그 사이비 편력자[137]는, 멍청하게도,
자신의 형제자매들을 모은다."
여러 편의 복음서도 있고,
속물들도 복음서를 가지고 있다고 한다.

그대들 고귀한 독일인들은
성실한 교사가 그대들을 위해 무슨
의무를 견뎌 내야 하는지 아직 모른다.
　무엇이 도덕적인지 보여 주려고,
우리는 아주 솔직하게

137) "그 사이비 편력자(der Pseudo-Wandrer)"는 1821에 발표된 괴테의 ≪빌헬름 마이스터의 편력 시대≫를 풍자하기 위해 목사인 푸스트쿠헨(Johann Friedrich Wilhelm Pustkuchen, 1793~1834)이 같은 해 같은 제목으로 내놓은 ≪빌헬름 마이스터의 편력 시대≫를 말한다. 같은 해 푸스트쿠헨은 "편력 시대" 2권을, 1822년에 3권을 내놓았다. 이후 4권(1827)과 5권(1828)이 출판되었지만 완결되지는 않았다. 당시에는 한 편의 장편 소설이 출판 기술상의 이유로 여러 권으로 나누어 출판되었다.

제멋대로 **위조**한다.[138]

우리에게 이에 대한 권리와 직위가 있으며,
목적은 수단을 정당화한다.

우리가 예수회를 저주하더라도,[139]
그것은 우리의 관습에 들어맞는다.

이 패거리에게 당연한 호칭 아닌가?

138) "위조하다(ein Falsum zu begehen)"라는 말은 괴테가 푸스트쿠헨이 쓴 "편력 시대"를 자신의 작품을 위조한 것으로 본 사실과 관련 있다.

139) 예수회(die Jesuiten)의 도덕성에 대한 비난은 기독교 목사인 푸스트쿠헨에게 큰 부담이 된다.

위조가 정당한 수단이 될 것이고,
그것은 숭고하다고 느끼는
경건한 독일 민족에게 아첨하는
것이란 걸 그들도 이미 알고 있다,
자신들에게 어울리는 걸 모두 잃어버렸을 때는.
하지만 내게 해를 입히려고 골머리를 앓는
의심스러운 수도복 입은 사람들에 맞서
내게 울리히 후텐과 프란츠 폰 지킹겐으로
만반의 준비가 되어 있어야 할 것이다.

그대들은 내 작품을 헐뜯고 있는데,
그대들이 도대체 무슨 짓을 했던가?
정말이지, 파괴는
부정하면서 시작된다.
하지만 그대들의 날카로운 빗자루를
그 파괴는 헛되이 고생시키고 있다.
그대들은 거기에 있지도 않았는데!
그 파괴가 어디서 그대들을 만났다면 모를까?

여기저기 끊임없이 흠을 잡아야 하고,
아주 지엽적인 것을 물고 늘어지면서
내게 조그만 전쟁을 선포하고 있다.
하지만 그대들은 자신들의 명성만 손상한다.
그대들은 낮은 수준에 머물지 마라,
나는 그 수준을 이미 오래전에 넘어섰다.

"적인 그들이 그대를 위협하고 있고,
날이 갈수록 그 위협이 커지고 있는데,
그대는 어찌 전혀 두려워하지 않는가!"
그 모든 것을 나는 무표정하게 보고 있다.
그들은 내가 최근에 벗어 버린
뱀의 껍질[140]을 잡아당기고 있다.
그리고 그다음 껍질도 충분히 시간이 되어서

140) "뱀의 껍질(Schlangenhaut)"은 괴테가 자주 '회춘'이나 '다시 태어남'을 느낄 때 사용하던 이미지다.

나는 그 껍질을 곧 벗어 버리고,
새로운 신들의 나라에서
활기차고 젊게 새로 걸어 다닐 것이다.

너희들 착한 아이들아,
너희들 불쌍한 죄인들아,
내 외투를 잡아당겨라[141] —
제발 싸움만은 그만두어라!
내가 부글부글 끓게 되면,
외투를 떨어뜨릴 것이다.
그 외투를 잽싸게 붙잡는
그 사람은 새로운 활력을 얻으리라.

---

141) 이 시의 원고에 적혀 있는 제목은 “새로운 엘리사에게(Dem neuen Elisa)”였다. “내 외투를 잡아당겨라(Zupft mir am Mantel)”라는 말은 구약성서 <열왕기하> 2장 13~15절에서 엘리사가 예언자 엘리야가 떨어뜨린 겉옷을 들자, 엘리야의 힘이 엘리사에게 넘어와 요단강을 건너는 장면을 비유해 말하고 있다.

모세의 시체를 두고 축복받은 자들이
저주받은 마귀들과 다투었다.[142]
그의 시체가 그들 가운데 있었지만,
그들은 소중히 여길 줄 몰랐다!
언제나 언급되는 마이스터가
이미 검증된 지팡이를 다시 잡고,[143]
푸스트리히의 유령들[144]을 내리치면,
천사들이 그를 무덤으로 데리고 갈지도 모른다.

142) 모세의 시체에 관해서는 외경 유다의 편지 9행에 이렇게 나와 있다. "미카엘 대천사조차 악마와 모세의 시체를 두고 다투며 논쟁을 벌이고 있을 때 감히 저주를 퍼붓지 못했다. 그는 단지 '하느님이 너를 벌하실 것이다'라고만 말했다."

143) 지팡이를 들고 있는 방랑하는 빌헬름은 동시에 지팡이를 들고 있는 모세의 모습과 같다.

144) "푸스트리히의 유령들(Pustrich-Geister)"에서 푸스트리히는 이교도들이 믿는 불을 내뿜는 신의 이름인데, 푸스트쿠헨을 놀리고 있다.

온순한 크세니엔 6[145)]

145) <온순한 크세니엔 6>에서는 자연 과학, 특히 색채론, 지질학, 기상학, 괴테 자신의 고백을 주제로 다루고 있다.

그대들은 내가 이상하게 알리는 것을
인정하고 실천에 옮기려고 노력해라.[146]
살아오면서 잘못을 저질렀던 그 선량한
사람을 그대들이 꾸짖을 자격이 있는가?

시인은 그 누구도 괴롭히려 하지 않고,
빨리 날아가는 것을 대담하게 따라간다.
누군가 다르게 생각하고 싶다면,
그래 그 길은 충분하게 넓다.

너희들은 몇몇 쌍으로 있기보다
차라리 무리를 짓게 몰려들어라.[147]

146) 여기서도 예언자 바키스가 말하는 음조로 시작한다. 시인도 자기 시대의 예언자다.

147) "온순한 크세니엔"에게 하는 말이다. 이 시에서 크세니엔은 모기들과 비교되고 있다.

나를 위해 페이지를 비워 두지 마라!
주위를 윙윙거리며 날아라, 그러면 잘되리라!
모기들도 두서너 명을 산발적으로 무니,
너희들이 당장 무리를 이룰 필요는 없다.

내가 혼자 있을 때가 많아서
평소에는 말을 적게 하곤 한다.
그러나 글쓰기를 좋아하기 때문에
내 독자들이 참아 주었으면 한다!
즉, 받아쓰게 하길 좋아한다는 말이다.
그러나 그것도 일종의 말하는 것이다.
그러면 내가 시간을 낭비하지 않고,
아무도 나를 방해하지 않을 것이니.

눈으로 날아다니는 모기들을 보는 것이나
근심을 바라보는 것은 완전히 똑같다.
우리가 아름다운 세상을 들여다보면

거기에 회색 거미줄이 걸려 있다.
거미줄은 세상을 덮지 않고 그냥 앞을 지나간다.
세상 모습은 방해를 받지만, 더 흐리지만 않으면 된다.
선명한 세상은 여전히 선명한 세상으로 지속되는데,
단지 눈에만 좋지 않게 전달될 뿐이다.

그대의 불행을 견뎌 내라, 그대가 할 수 있는 한,
그대의 불운에 대해 아무한테도 불평하지 마라.
그대가 친구에게 어떤 불행에 대해 불평하면,
그 친구는 그대에게 똑같이 한 다스만큼 되돌려 준다!

어떤 조합에도 가입할 수 없다.
그러려면 질서 정연하게 줄 설 줄 알아야 한다.
그들이 좋아하는 것, 그들이 싫어하는 것을
그들이 그렇게 하도록 내버려 두어야 한다.
그들이 알고 있는 것을 인정해야 하고,
그들이 모르는 것을 꾸짖어야 하며,

예부터 내려오는 것을 계속 이어 가고,
새로운 것을 지혜롭게 저지해야 한다.
그러면 그들은 그대에게 고백하게 될 것이다,
그들도 그대가 가는 길 옆으로 걸어가겠다고.

그렇게 될 수도 있겠지만, 그들은 성직자 티를 내며
그대더러 가입을 취소하라고 강요하게 될지도 모른다.

그대들 거부당한 구혼자[148]들이
음이 맞지 않는 키타라를 멈추지 않는다면,
나는 완전히 절망할 것이다.
이시스 신은 베일을 쓰지 않고 나타나지만,
인간의 눈엔 초점을 흐리게 하는 내장(內障)이 있다.[149]

148) 자연 과학을 연구하는 괴테의 경쟁자를 말한다.

149) "음이 맞지 않는 키타라(die schlechtgestimmte Leier)"는 사람들이 뉴턴의 색채론을 추종하는 것을 말한다. 1642행의 "이시스(Isis)"는 이

역사적 상징들 —
그것을 중요하게 여기는 사람은 어리석다.
그는 항상 텅 빈 곳으로 찾아들어 가서
풍요로운 세상을 놓치고 만다.[150]

숨겨진 신성한 것을 찾지 마라!
베일 뒤에 숨어 굳어 있는 것은 그대로 두어라!
그대가 살고 싶다면, 착한 바보여,
그대 뒤로 탁 트인 바깥을 내다보기만 해라.[151]

집트의 나일강을 주관하는 풍요의 여신인데, 여기서는 자연을 대변한다. 그러니까 뉴턴의 추종자들이 베일을 쓰지 않고 나타나는 자연을 제대로 파악하지 못하는 것을 비판하고 있다.

150) 괴테는 “역사적 상징들(die geschichtlichen Symbole)”보다 불가해한 자연의 현상을 지금 생생하게 경험하는 것을 더 중요하게 생각했다.

151) 괴테가 직접 쓴 원고에는 “상징주의자에게(Dem Symboliker)”라는 제목과 1826년 3월 2일이라는 날짜가 적혀 있다. 이 시는 추측건대

하나의 상태인 영원한 빛을 나누는 것을
우리는 어리석다고 여겨야 한다,[152]
비록 그대들의 오류는 충분하지만.
밝음과 어둠, 빛과 그림자를
사람들은 영리하게 짝지을 줄 알아서,
색의 세계는 정복당했다.

이 두 가지는 서로를 너무 사랑해서,

당시의 신화 연구가 게오르크 프리드리히 크로이처(Georg Friedrich Creuzer)와 관련 있는 것으로 보이는데, 크로이처는 ≪모든 민족의 상징성과 신화들≫이라는 책에서 모든 상징과 신화 이야기는 단일신을 숭배하는 원시 종교에서 나왔다고 주장해서 동시대인들에게 신화의 의미 해석에 넓은 여지를 제공했다. 괴테도 이 이론에 때때로 흥미를 보였지만 점점 거리를 두게 되었다.

152) 뉴턴이 스펙트럼으로 빛을 나눈 것을 말한다. 그래서 뉴턴의 추종자들은 빛을 여러 색의 빛이 합쳐 있는 것으로 파악했다.

서로가 없이는 존재할 수 없다.
하나가 다른 하나에 전념해서,
여러 화려한 자식들이 만들어진다.
영원한 눈으로 즐겁게 바라봐라,
플라톤이 처음부터 알고 있었던 것을.
왜냐하면 그것이 자연의 내용물이며,
내부에 적용되는 것이 외부에도 적용되니까.[153]

친구들이여 어두운 방에서 달아나라.[154]
그곳은 그대들에게 빛을 무디게 하고,
그리고 아주 딱하고 참담하게도
비뚤어진 시선에 굴복하는 곳이다.
수십 년 동안 미신을 숭배하는

153) 괴테의 ≪색채론≫에 들어 있는 <플라톤 편>에 이런 시가 있다. "즐거운 마음으로 정확하게 관찰해 보라/ 플라톤이 밝음과 어둠을 잘 알고 있었던 것을./ 플라톤은 현재 우리가 분명히 알듯, 철학자 가운데 멍청한 사람은 아니었다."

154) 빛을 작은 구멍이나 프리즘을 통해 어두운 공간으로 비추는 광학 실험자들을 말한다.

사람들은 충분히 있었으니,
그대들 스승들의 머릿속에 든
유령[155]과 망상과 기만은 그대로 두어라.
만약 맑은 날 눈길을
파란 하늘로 돌리고,
시로코[156] 바람에 태양신의 마차가
붉은 보랏빛으로 내려올 때,
그대들이 자연에 경의를 표한다면
눈과 마음이 건강해짐에 즐거워진다.
그러면 색채론의 일반적이고
영원한 기초를 인식하게 된다.

이것을 그대는 그들에게 설득하지 못할 것이다.

155) "유령(Gespenst)"은 뉴턴이 빛을 굴절시키기 위해 사용한 스펙트럼(Spectrum)을 말한다. 괴테는 뉴턴의 색채론을 비판할 때 이 단어를 자주 사용했다.

156) 시로코는 사하라 사막에서 지중해를 넘어 불어오는 더운 바람이다.

그들은 그대를 심지어 바보로 여길 것이다,
멍청한 눈으로, 멍청한 생각으로 말이다.
빛 속에 들어 있는 어둠을
그대는 영원히 이해할 수 없다.
그대가 이 사실을 그 사람들에게 맡겨야 한다면,
그들은 그걸 증명하겠다고 나설 것이다.
신이여 그 선량한 제자들에게 자비를 베푸소서!

많은 사람이 반박하고, 조건을 내걸면서,
날카롭게 논쟁하는 것을 뽐내려고 애쓴다.
나는 그런 데서 아무것도 얻어 낼 수 없다.
그 사람들이 나와 다르게 생각한다는 것 외에는.

사람들이 왕들을 해치듯,
화강암도 밀려나게 된다.
아들인 편마암은 이제 아버지가 된다!
또한 편마암의 몰락도 가까워졌다.

플루토의 삼지창이 벌써 땅속 깊이
혁명을 일으키려 하기 때문이다.
검은 악마 덩어리 현무암은
저 깊은 지옥에서 배출되어,
바위와 돌과 땅을 갈라놓으니,
오메가는 알파가 되어야 한다.
그래서 세상은 지질학적으로
물구나무를 서게 될지도 모른다.[157]

점잖은 베르너가 등을 돌리자마자
사람들은 포세이돈의 제국을 파괴한다.[158]

157) 여기서부터는 지질학에 관한 크세니엔이 시작된다. 지질학자들은 지질 형태의 원인을 물이라고 주장하는 수성론(Neptunismus)과 화산 활동이라고 주장하는 화성론(Plutonismus/Vulkanismus)으로 나누어졌는데, 괴테는 수성론에 기울었다. 이 이론을 근거로 점진적 사회 개혁론(수성론/국가의 개혁 정책)과 급진적 사회 개혁론(화성론/혁명)으로도 나누어졌다.

158) 수성론자인 아브라함 고트로프 베르너(Abraham Gottlob Werner)는 1817년 죽었다. 포세이돈은 바다의 신이고, 헤파이스토스는 불을 다스리는 신으로 라틴어로는 불카누스(Vulcanus)라고 부른다.

모두가 헤파이스토스에게 머리를 조아린다 해도,
나는 당장 그렇게 할 수 없다.
나는 그 이후를 짐작할 수 있기에.
나는 이미 여러 세계관을 고백할 기회를 놓쳐 버렸다.
그래서 새로운 신들이나 우상들
그들 모두를 똑같이 미워한다.

원래 자신이 갖고 있던 뜻을
그대에게서 빼앗지 못하게 해라!
많은 사람이 믿는 것은
쉽게 믿을 수 있다.
물론 분별력을 가지고
그대는 열심히 노력해야 하리라.
분별 있는 사람이 알고 있는 것을
알아내기는 어렵다.

더 많이 인지할수록, 더 많이 알수록,

모든 것이 원을 그리며 돌고 있다는 것을 깨닫는다.
먼저 저것을 가르치면, 다른 사람은 이것을 가르치지만,
그러나 이제 지구 내부를
불층과 물층이 지배한다는 사실이
아주 분명해졌다.
그래서 지구 표면에
불과 물이 부족하지 않다는 것이다.
만약 한 요소가 오래전에 이미 고갈되었다면
그 요소가 도대체 어디서 나오겠는가?
그래서 생각했던 것보다 빨리
키르허 신부가 다시 등장했다.[159)]
그러나 나는 이 말을 부끄러워하지 않으련다,
우리는 영원히 이 문제들을 더듬어 알게 되리라고.

---

159) 예수회 신부였던 아타나시우스 키르허(Athanasius Kircher)는 자신의 저서 ≪지구의 내부(Mundus subterraneus)≫(1665)에서 지구 내부에 물을 담고 있는 차가운 층과 불을 담고 있는 뜨거운 층이 있다고 설명했다. 괴테의 일기에는 이 책을 1825년에 바이마르 도서관에서 빌려 읽어 보았다고 기록되어 있다.

나는 지구 내부에 있다는 이글거리는 불도,
바다같이 엄청나게 많은 물도 인정하지 않는다.
하지만 중력은 어디에서도 지배한다.
죽어서 안식을 취하라고 저주하지도 않는다.
살아 계신 하느님으로부터 생생하게
모든 것을 움직이는 정신을 통해
그 중력은 변하지만, 수시로 변하지는 않고,
언제나 그 자체 안에서 움직인다.
자세히 보기만 해라! 그대들은 파악하게 되리라!
수은계가 오르고 내리면, 중력이
잡아당길 때는 기압이 무거워지고,
멀리 밀어낼 때는 가벼워지는 것을.[160]

그대들의 가르침은 내게 충분하지 않다.

160) 괴테는 "중력(Schwere/Schwerkraft)"을 천체에서 맥박처럼 수축하고 팽창하는 것으로 생각했다. 그래서 이 시와 그다음 두 시에서는 중력이 물에 미치는 영향을 다루고, 그러고 나서 인생의 항해로 확장해서 그 안에서 자신의 위치를 다루고 있다.

대기의 수축과 팽창은
누구나 생각할 수 있는 일이다!
나는 수은계만 따르려고 하는데,
왜냐하면 기압계가 좌지우지하면서
날씨를 마음대로 변화시키기 때문이다.

서쪽은 대기를 지배할 수 있어서
폭풍과 조수를 동쪽으로 몰고 올 수 있는데,
만약 수은계가 나른해 보일 때는 말이다.
동쪽으로부터 물과 불 모든 자연의 힘이
미쳐 날뛰는 것은 차단되어 있다,
만약 수은계가 잠에서 깨어 올라간다면 말이다.

인생은 각자의 별 안에서 산다.
그 별은 다른 별들과 스스로 선택한
순수한 궤도를 돌아다니길 좋아한다.
지구 내부에서는 우리를 밤으로

인도해서 다시 낮으로 이끌어 주는
힘들이 맥박을 치듯 약동하고 있다.

무한한 것 안에서 같은 것이
반복적으로 영원히 발생해서,
수천의 갖가지 둥근 천장이
서로 단단히 닫히게 되면,
삶의 즐거움이 모든 일에서 흘러나온다
가장 작은 별에서든, 가장 큰 별에서든.
그래서 그 모든 절박함이나 모든 다툼도
주 하느님 안에서 영원히 쉬게 되리라.[161]

밤마다 선한 유령들이 떠돌아다닐 때,
그대 이마에서 유령들을 떼어 내고 자라.

161) 개인을 움직이는 질서 정연한 정신은 전체를 관통해서 흐르고, 움직임이자 동시에 휴식이라는 말이다.

달빛과 반짝이는 별들이
영원한 우주와 함께 그대에게 비칠 때,
그대는 이미 육체가 없는 것 같을 테니,
신의 옥좌에 과감하게 도전해 보게나.

그러나 낮이 되어 세상이
다시 제 발로 서게 되면,
낮은 그 밤의 모습을 그대에게
거의 채워 주고 싶지 않을 테니,
정오에 벌써 아침의 꿈이
이미 정말 이상하게 변하리라.

그대는 삶에서나 지식에서나
철저하고 순수하게 항해하려고 노력해라.
폭풍과 조류가 부딪치고, 잡아당겨도,
이것들은 그대의 주인이 되지 않는다.
나침판과 북극성, 정교한 시계

그리고 태양과 달을 그대는 잘 알고 있다.
그러니 그대 방식에 따라 조용히
기뻐하며 그대의 항해를 완료해라.
특히, 그대가 꺼리지 않는다면,
길이 그 자리에서 맴도는 곳에서
세계를 항해하는 사람은 자신이
출항했던 항구를 만나게 되리라.

아주 작은 모임도 무척 유익하다.
그 작은 모임을 잘 가꿀 줄 안다면.

아이의 눈빛이 욕심에 차서 쳐다볼 때면,
아이는 아버지 집이 지어진 것을 발견한다.
그리고 귀가 비로소 익숙해지면,
귀에 모국어 소리가 들리게 된다.
가까이 있는 이것과 저것을 알아보게 되면,
아이에게 멀리서 벌어진 이야기를 만들어 준다.

아이에게 예절을 가르치고, 아이는 성장한다.
아이도 이제 모든 일이 끝났다고 생각한다.
사람들은 아이의 이런저런 점을 칭찬하며,
아이가 뭔가 되고 싶어 할지도 모른다고 말한다.
아이가 어떻게 활동하고, 만들어 내고, 사랑해야 하는지
그 모든 것은 이미 작성되어 있고,
게다가 더욱 고약하게도 인쇄까지 되어 있다.
그때 이 젊은 친구는 머리를 숙인 채
마침내 분명하게 깨닫게 된다.
자신이 단지 다른 사람과 같은 존재라는 사실을.

나는 전통에서 벗어나
완전히 독창적으로 살고 싶다.
그러나 그런 큰 시도는
약간의 고통으로 이어진다.
토착민으로서 나는
최고의 영광으로 생각했다.
나 자신이 너무 이상하지 않을
정도로 전통이 된다면 말이다.[162]

나는 아버지로부터 체격과
진지한 삶의 자세를 물려받았고,
어머니로부터는 쾌활한 성격과
이야기를 지어내는 즐거움을 물려받았다.
선조들은 아주 아름다운 여성들을 좋아했는데,[163]
이런 현상이 현재에도 가끔 나타난다.
할머니 선조들은 귀금속을 좋아했는데,
이런 모습이 현재에도 몸에서 번쩍인다.
이제 이런 복합적인 현상에서
유전 인자들을 분리할 수 없다면,
그 집안의 후손에 대해 전체적으로

162) 1820행의 그리스어로 된 "토착민(Autochtone)"은 그 나라에서 나고 자란 원주민으로 외부로부터 어떤 것도 받아들이지 않고 살아가는 곳에서 자신들의 모든 특성을 계발하는 사람들을 말한다.

163) 괴테의 외할아버지 요한 볼프강 텍스토어는 젊은 시절에 베츨라에서 변호사로 일할 때 불륜 사건으로 법정에 선 적이 있었는데, 여인의 남편이 증거로 외할아버지가 쓰던 가발을 제출했던 적이 있었다. 추측건대 이 사건을 말하는 것처럼 보인다.

무엇을 조상들과 닮았다고 말할 수 있을까?

나는 삶을 나눌 수 없고,
마음과 외모도 나눌 수 없다.
그대들과 내가 함께 살기 위해선
나는 모든 사람에게 전체를 주어야 한다.
나는 언제나 쓰기만 했다,
내가 느끼는 것과 내가 생각하는 것을.
그래서 나는 둘로 나누어지지만, 여러분,
그러나 나는 여전히 한 사람이다.

괴테의 유고에서 나온 온순한 크세니엔

Zahme Xenien aus dem Nachlass

괴테가 살아 있을 때 <온순한 크세니엔> 1에서 3까지는 괴테가 발행하던 ≪예술과 고대(Über Kunst und Altertum)≫ 2권 3호(1820), 3권 2호(1821), 4권 3호(1824)에 각각 실렸고, 4에서 6까지는 1827년에 처음으로 모음집 형태로 출판되었다. 그리고 여기에 소개하는 유고에서 나온 <온순한 크세니엔>도 괴테가 살아 있을 때 부분적으로는 ≪예술과 고대≫ 또는 ≪1831년을 위한 문예 연감≫ 등에 소개된 바 있었다. 이 유고에서 나온 <온순한 크세니엔>은 괴테가 죽고 난 뒤에 간행된 그의 마지막 전집에 추가된 유고집(1833/1842)에 수록되었다. 그러나 이 유고집에는 <정치(Politica)>, <험담들(Invektiven)>, <풍자적 에피그람(Epigramatisch)>, <시 묶음(Vermischte Gedichte)>으로 분류되어 있었다. 19세기 말에서 20세기 초까지 괴테가 쓴 모든 글을 편집해서 간행된 괴테의 ≪바이마르 전집(Weimarer Ausgabe)≫에서는 이렇게 유고집에 분산되어 수록되었던 크세니엔을 하나로 묶어 <온순한 크세니엔> 7에서 9로 나누어 수록했다. 이때 각 시의 위치도 바뀌고, 보충된 시도 있었지만, 여기서는 ≪바이마르 전집≫에서 편집한 대로 소개한다. 왜냐하면 이 크세니엔을 쓴 시기에 대한 자료가 거의 없어서 이 크세니엔을 쓴 순서대로 배열하기가 불가능하고, 또다시 주제별로 편집하는 것이 의미가 없기 때문이다. 이 유고에서 나온 크세니엔은 괴테가 직접 교정을 한 것이 아니다. 그래서 몇몇 크세니엔에는 시인의 생각을 대충 표현한 부분도 있고, 순간적으로 생각난 것을 메모해 둔 것도 있다. 그리고 어느 부분이 자신의 말이고, 어느 부분이 다른 사람의 말인지를 구분하는 따옴표가 없어 내용을 파악하기 어렵다는 점을 미리 지적해 둔다. 그래서 괴테의 유고에서 나온 이 <온순한 크세니엔> 7에서 9까지는 의미를 정확하게 파악할 수 없어서, 예외적인 경우에만 신뢰할 수 있는 정보를 제공하지만, 그것도 때때로 확실하지 않을 수도 있음을 밝혀 둔다.

온순한 크세니엔 7

헌정

Widmung

"최고의 가르침을 위한 그대의 작품들을
나는 밤낮으로 연구하고 있다.
그래서 나는 아주 깊은 존경심에서
그대에게 완전히 터무니없는 것을 가져왔다."[164)]

교황이 자신의 권좌에 앉아 있듯이
학자도 자기 봉급을 받고 앉아 있다.
봉급을 받는데 무얼 더 기대할 것 있나?
세상은 넓고, 바보들에게 열려 있다.
우리는 편안하고, 활동하며 쉴 수 있으니,
어리석은 그대들, 날마다 일한다고 애쓴다.

---

164) "헌정"이라는 시 제목은 유고를 편집한 사람이 붙였을 수도 있다. 추종자가 말을 거는 역할을 맡고, 이에 대답하는 시로 구상한 듯이 보이지만 시인의 대답 부분이 빠져 있다.

원주민처럼, 독학으로 습득해서
그대는 태평하게 사는구나, 눈이 먼 영혼아!
이리로 와서 시도해 봐라! 실제로
그대는 어디에나 부족함이 있음을 알게 되리라.

"나는 계속 선생들과 거리를 유지했는데,
그들을 따라 하는 것은 내게 수치가 된다!
나는 모든 것을 나 스스로 배웠다." —
그것도 그들을 뒤따라가며 배운 것이다!

아무도 자기 자신을 알게 되지 못하고,
자신을 자신의 자아와 분리하지 못한다.
하지만 사람은 매일 시도해 보리라,
밖으로 내놓아도 결국 명백한 것을,
현재의 자신과 과거의 자신을,

자신이 할 수 있는 것과 하고 싶은 것을.

많은 사람이 그래도 얼마나 열심히 노력하는가!
그런데 부지런함이 그들을 혼란스럽게만 한다.
그들이 다르게 알고 싶어 하기 때문이다.
옳은 것을 알고 있는 사람인데도 말이다.

침착하게 조용히 처리해라!
그대는 순응할 필요가 없다.
단지 이것에 가치를 두려는 사람은
다른 사람들을 인정해 주어야 한다.

품격 있는 사람이 라인강에서 벨트 해협까지
자연을 탐구하기 위해 여행한다!
그가 세계를 두루 여행한다니,

자신의 의견을 갖게 될 것이다.[165)]

새로운 프로젝트가 제출되었는데,
그대는 그것과 관련을 맺으려는가?
나는 이미 한 번 실패한 적 있어서
이제 다른 사람들에게 넘겨주려 한다.

세상이 어떻게 돌아가는지
원래 아무도 제대로 모르고,
그리고 오늘날까지도
아무도 알고 싶어 하지 않는다.
그대는 하루가 그대 손에 있으니
사려 깊게 행동하라.

165) 이 시에서 말하는 "품격 있는 사람(der Würdige)"이 누구인지 밝혀진 바가 없고 반어적인 표현으로 추측된다. "벨트 해협"은 덴마크 북동쪽에 있다.

항상 이렇게 생각해라, 지금까지 이렇게 되었으니,
결국에는 일이 잘 진행될 것이라고 말이다.

우주와 일자(一者)에 대한
그대들의 조롱은 내게 무슨 뜻인가?
그 교수는 사람인데,
신은 인격체가 아니다.[166]

위대한 물리학자가 학과 동료들과
함께 이렇게 가르친다,
"빛보다 어두운 것은 없다."[167]

166) 유고에 적힌 제목은 "범신론자(Pantheist)"였다. "우주와 일자(das All und Eine)"는 범신론에서 쓰는 관용어다. 범신론은 세계 밖에 별개로 존재하는 인격신이 아닌 우주, 세계, 자연의 모든 것과 자연법칙을 신이라고 하거나, 그 세계 안에 하나의 신이 내재하고 있다는 철학, 종교관이자 예술적 세계관이다. 만유신교, 만유신론이라고도 한다.

167) "빛보다 어두운 것은 없다(Nil luce obscurius)"라는 것은 빛이 색

물론 그렇다, 멍청한 사람들에게는.

나도 그들의 주장을 인정해 주고 싶다,
다른 사람들이 인정해 주기만 하면 말이다.
그러나 어디에서도 그것에 손을 뻗으려 하지 않는데,
내가 왜 이런 것들을 다루겠는가!

나는 그들에게 기꺼이 칭찬과 존경을 베풀지도 모른다,
그러나 그들은 외부로부터 그걸 얻을 수는 없다.
하지만 그들은 자신들의 가르침이
카파렐리에 묻혀 있음을 보게 될 것이다.[168)]

으로 구성되어 있다는 뉴턴의 이론에 따른 말이다.

168) 로마의 "팔라초 카파렐리(Palazzo Caffarelli)"에서 1819년에 독일 낭만파 화가 그룹인 나사렛파 화가들의 전시회가 열렸는데, 이들은 로마 가톨릭 수도원에서 수도사와 같은 생활을 했기 때문에 이런 이름을 얻었다. 이들은 "외부로부터", 즉 빈의 합스부르크 궁정으로부터 인정받기를 크게 기대했는데, 이 전시회는 큰 호응을 얻지 못하고 끝났다.

“하지만 우리한테 말해 봐라, 왜 그대의 분노가
계속해서 저 먼 곳을 가리키는지를.” —
그대들은 모두 느낌을 가지고 있지만
정신은 가지고 있지 않으니까.

“오, 항해사여, 그대는 왜 배를
암초 정면으로 돌리고 있는가?” —
자기 자신을 파악하지 못하는 사람은
어리석은 자들의 목적지도 파악하지 못하리라.

나는 그렇게 완고한 죄인들 곁에
한순간도 조용히 서 있을 수 없다.
그러니 나와 논쟁하지 않으려는 사람은
내 걸음을 방해해서는 안 된다.

그렇다! 나는 그걸 영광으로 생각하고,
앞으로도 혼자서 걸어가련다!
만약 그것이 잘못이라고 해도
그대들과 같은 잘못이어서는 안 된다!

"그대는 돌아다닐 때마다 평소처럼
옷을 잘 차려입지 않는구나." —
나는 속임수를 가지고 다니지 않으니,
그래서 속지도 않는다.

시인은 천부적 재능, 즉
아름다운 정신적 재능에 기뻐한다.
그러나 그가 다급해지면,
세속적인 재능을 갈망한다.

당연히 지상의 이익은
증손자들에게 되풀이되어야 한다.[169]
그것은 현세의 재물이니,
나는 세금을 내야 한다!

노인들이 즐겁게 노래 불렀던 것은
쾌활한 젊은이들이 흥얼거린다.
유능한 주인들이 했던 일은
하인들도 잘하게 된다.
어떤 사람이 과감하게 해낸 것은
심지어 여러 사람이 행하게 된다.

"그대가 성공을 거두었는데, 어떻게 해도 그렇게 됐겠지."

169) 괴테는 자신의 마지막 전집을 간행하기 위해 출판사와 인세를 협상하면서 자신의 손자를 염두에 두었다. 괴테의 아들 아우구스트는 1830년 로마에서 죽었다.

누가 그걸 따라 해 봐라, 그러나 목이나 부러뜨리지 마라.

많은 사람이 노래 부르고 말하는 것을
우리는 어차피 견뎌 내야 한다!
착한 그대들 — 위대하든 평범하든 —
그대들이 부르는 노래는 지치고 힘이 없다.
그리고 자기가 해야 하는 말로
노래 부르는 사람은 아무도 없다.

"아빠는 어떻게 그 수준에 도달할 수 있었나요?
그들이 말하길, 아빠가 멋지게 해내셨다는데요." —
얘야! 내가 그 일을 아주 영리하게 해냈지.
나는 생각하는 것에 대해 생각한 적이 없었단다.

우리 시인들이 좁은 곳으로 가져오는 것은

그들에 의해 넓은 곳으로 찢어 발겨진다.
그들은 사물들의 진정한 것을 규명해 낸다,
아무도 그것을 다시는 믿지 않을 때까지.[170]

약간의 명성과 약간의 명예,
그대들에게는 얼마나 궁핍하고 고통스러운 일인가!
그리고 내가 비록 괴테가 아니더라도
그러나 …는 되고 싶지 않다.

"그대가 말하는 모든 것이 다 그렇다고 생각하는가?"
그대가 묻는 것이 그럼 진지하다고 생각하는가?
내가 생각하고 말하는 것이 누구와 관계있겠는가,

170) 이 시에서 "그들"은 철학자들이나 작가의 작품을 평가하는 비평가나 해석자를 말한다. 1행에서 시인이 "좁은 곳으로(ins Enge)" 가져온 것은 함축된 의미로 쓴 시를 말하고, 비평가나 해석자인 "그들"은 그 함축된 의미를 "넓은 곳으로(ins Weite)", 즉 풀어서 설명하면서 풀어 헤친다는 뜻이다.

내 생각을 말하는 것은 묻는 것일 따름인데.

기다리기만 해라! 사람들이 나에 대해
어떻게 생각하든, 모든 것이 잘될 것이다.
내 책은 언젠가 왕세자가 이용하도록
탈문(脫文)이 된 상태임을 폭로할 테니.[171]

운율 동료들에게
Den Reim-Kollgen

171) "왕세자가 이용하도록 탈문이 된 상태(in Usum Delphini mit Lücken)"라는 말은 왕위 계승자가 이용하기 위해 고전 문헌을 요약 편집하는 작업을 말한다. 이런 작업은 프랑스의 루이 14세가 아들을 위해 그런 전집을 제작하게 한 것에서 유래했는데, 1674년부터 1730년까지 모두 라틴어로 64권이 발간되었다. 이 시는 괴테 자신의 유고 텍스트와 관련이 있을 수도 있지만, 오히려 아이러니하게 다른 사람의 관점에서 하는 말로도 읽을 수 있는데, 화자가 자신의 책이 '탈문이 된 상태'임을 폭로하겠다고 위협하고 있기 때문이다. 그렇지 않으면 마지막 2행의 의미를 제대로 파악하기 어렵다.

즐겁게 그대들에게로 가고 싶지만,
그대들은 나를 화나게 하면서도 왜 그런지 모른다.
자학[172]하지 않는
최근의 시인은 없는가?

누가 독일 신문에 신경을 쓰겠는가,
아침마다, 낮에, 저녁에, 자정에,[173]
누구나 내고 싶을 때 신문이 나왔을지도 모르고,
시간도, 낮도, 밤도 없다면,
1년 내내 나왔을지도 모른다.
그랬다면 내가 아주 기분 나쁘게 생각했을지도 모른다.

---

172) "자학(Heauton Timoroumenos)"은 고대 그리스의 극작가인 메난드로스의 작품에서 나온 말이다. 여기서는 낭만주의 작가들과 문학에 대한 괴테의 반감이 나타나 있다.

173) 실제로 ≪교양인층을 위한 자정 신문(Mitternachtsblatt für gebildete Stände)≫이 1826년부터 발행되었다.

그 젊은 프랑스 친구가 우리 늙은이를
가르치려고 무슨 운율을 맞추고 있구나!
시대는 마치 싸움박질하듯 혼란스럽지만,
시대만이 우리의 마음을 변화시킬 줄 안다.[174)]

그대들 정신이 나갔나? 무슨 생각으로
그 늙은 파우스트를 거부하는 것이냐!
그 멋진 녀석은 그런 역겨운 것을
하나로 묶는 하나의 세계여야 한다.[175)]

174) 괴테는 이 시를 쓰기 전인 1824년 7월 11일 며느리인 오틸리에에게 보낸 편지에 이렇게 쓴 적이 있었다. "그들은 내게도 프랑스의 시인 들라비뉴(Casimir Delavigne, 1793~1843)와 그의 시(코미디) <노인들의 학교(L'école des vieeillards)>를 강요하려 했단다. 그렇지만 나는 즉흥적으로 다음과 같은 시를 만들었단다. (…) 그러고 나서 나는 들라비뉴의 시를 보지 않게 되리라 기대하는데, 왜냐하면 내가 그 주제를 그 햇병아리 작가보다 더 잘 이해하고 있다고 생각하기 때문이란다." 카시미르 들라비뉴는 당시 촉망받던 프랑스의 젊은 시인이자 극작가였다.

175) 괴테는 살아 있는 동안 자신의 ≪파우스트 2부≫를 단편적으로만

누구나 자기 환상에 빠져 다른 사람의
업적을 아주 미미하다고 생각한다.
자기 방식대로 뛰어날 수 있는
특권을 각자 지키도록 하라.

바이런 경에 따라

Nach Lord Byron

아니다! 시인에게 이런 끔찍한
단죄는 너무 지나치다.
내 비극 작품은 저주받았지만
늙은 아주머니는 그렇지 않다.[176)]

세상에 공개했고, 자신이 죽은 후에 출판하려고 봉인해 두었다. 그래서 ≪파우스트 2부≫는 괴테가 1832년 3월에 죽은 지 몇 달 뒤에 출판되었다.

176) 바이런 경은 1821년 동시에 두 개의 소식을 받았다. 베네치아의

"메피스토펠레스는 아주 가까이에 있는 것처럼 보인다!"
거의 그가 말을 거는 듯이 생각된다.
가끔 이상한 시간에
그는 스스로 입을 붕대로 감았지만,
그 붕대 너머로 마치 더 강력한
악마처럼 이쪽을 바라본다.[177]

총독 마리노 팔리에로(Marino Faliero, 1274~1355)가 쿠데타 혐의로 처형당한 이야기를 쓴 비극시 <마리노 팔리에로>가 호평을 받지 못했다는 소식과 자신에게 유산을 상속하리라 기대했던 부인이 100세를 살고 싶어 한다는 소식이었다. 그래서 이런 2행의 풍자시를 썼다. "행운의 축복을 보라/ 내 희곡은 망했지만, 그 부인은 (…) 아니라네(Behold the blessings of happy lot/ my play ist damn'd and Lady ... not)." 이 시의 제목은 유고 편집자가 붙인 것으로 보인다.

177) 메피스토펠레스는 괴테의 ≪파우스트≫에 등장하는 악마다. 괴테의 친구였던 젊은 부아서레(Boisserrée)는 1826년 5월 20일에 이렇게 기록해 두었다. "11시에 괴테를 방문했다. 적폐에 대한 언급이 다시 시작되었다. – 파리 – 독일과 프랑스의 정당 제도, 제후들의 변덕, 미적 취향의 타락 (…) – 이 모든 조롱하는 말을 들으니 내가 드디어 마녀들의 축제가 벌어지는 브로켄산에 오르는 듯했다고 내가 그 노인에게 말했다. 그러자 노인이 이렇게 말했다. 글쎄, 우리는 아직 산에서 내려가

만약에 아버지가 돈에 집착해서
램프 심지까지 짧게 잘라 사용하면서,
아들에게조차 그렇게 하라고 강요하면,
유대인과 창녀들이 그 돈을 먹게 될 것이다.[178]

한 번은 이쪽에, 한 번은 저쪽에 조언을 구하려고
열심히 노력하는 장난꾸러기를 나무라지 마라.
그가 악마의 꼬리를 잡아당기면,
한 가닥 털만 손에 남게 되니까.
너무나 역겹고, 너무나 악취가 나지만 —
그걸 항상 알 수는 없다 —
만약 잘되어서 성공한다면,

고 있지 않소. 우리가 아직 그 세상을 충분히 이야기하지 않는 한, 우리는 이 깨끗한 사회에 머물러야 하오."

178) 유고에 적힌 제목은 "지나친 절약(Geiz)"이었다.

사향에도 적용해야 할 수도 있다.[179]

나는 그대들에게 위대한 이름들을 말하고 싶었는데,
내가 생각하는 대로 노래를 부른다면
그들은 대단한 불만을 터뜨려야 할지도 모른다.
그러나 그 생각을 나 혼자 하는 것은 아니다.
게다가 많은 사람이 부지런히 활동하면서
영혼과 신과 세계에 대해 깊이 생각하고,
무엇이 다른 사람들의 마음에 들지 않는지
똑바로 아는 것으로 만족한다.

그대는 사람들을 생각하지 말고

179) 유고에는 1816년 1월이라고 적혀 있다. 이 시는 가톨릭으로 개종하고 낭만주의 종교적 운명극 <2월 24일>을 쓴 차하리아스 베르너(Zacharias Werner)나 ≪악마의 불로초(Die Elixiere des Teufels)≫를 쓴 낭만주의 작가 에른스트 호프만(E. T. A. Hoffmann)을 염두에 두고 쓴 것일 수 있다.

여러 가지 일을 생각해라!
저기 젊은 사람이 오는데,
뭔가를 해내게 될 것이다.
늙은이들, 이 사람들 자체도
그래 정말 문제다.
나는 무슨 일을 해낼 만큼
언제나 젊을 따름이다.
젊게 남아 있으려는 사람은
자신도 뭔가 해내리라고 생각해라.
그리고 만약 아이들이 아니라면,
다른 분야에서 말이다.

그대들은 조심스럽게 서 있는 것 대신에
잠깐이라도 함께 일하려고 시도해 보아라.
그대들이 비록 어디로 가는지 모르더라도,
최소한 어느 정도는 진척을 보게 된다.

누구와 이야기하는 것이 그대 마음에
들고, 그대 마음이 편한지 말해 봐라.
내가 골머리를 썩이지 않아도,
그대가 어떤 사람인지 분명히 알겠다.

내가 누굴 사랑하든, 누굴 싫어하든!
내가 비난하지만은 말아야 한다.
내가 그 사람들을 인정하면,
다른 사람은 나를 인정한다.

그대는 바보다! 졸작을 호의적으로 봐 주면,
그대는 어디에 가더라도 집처럼 편안하다.

얼마나 아름다운 시절이었던가!
여자는 교회 집회에서 말하지 말라고 했던 시절이![180]

각자가 목소리를 내는 지금
교회 집회가 무슨 의미가 있겠는가?

여자들이 사랑하고 미워하는 것을
우리는 그들에게 인정해 주고 싶다.
그러나 여자들이 판단하고 생각한다면,
그때 자주 이상한 일들이 발생하려 한다.

고양이는 자기가 따뜻한 영역에 있으면
쾌적하고, 우아하고, 기쁘게 느낀다.
고양이는 사람 없이 지낼 때가 없으니,
자신이 사람이라고 생각한다.[181]

180) "여자는 교회 집회에서 말하지 마라(In Ecclesia mulier taceat)"는 신약 성서 <고린도전서> 14장 34절에 나오는 "여자는 교회에서 잠잠하라. 그들에게는 말하는 것을 허락함이 없나니"를 변형한 표현이다.

181) 이 시의 주어는 "그녀(sie)"인데, 앞의 시에 연결되는 여성에 관한

무덤을 파는 사람의 딸이 걸어가는 것을 나는 보았다.
그 어머니는 시체를 외면해 태아에 화가 미치지 않게 했다![182]

처녀들에게 그 모든 재능이 다 무슨 소용 있나!
처녀들은 눈도 귀도 가져서는 안 된다고 하는데.

젊은 부인이 자신을 엘로이즈처럼 그리게 하는데.
그녀는 자기 남편을 자랑하려는 것인가?[183]

시로 읽기에는 무리가 따른다. 그래서 ≪파우스트≫에서 빠진 원고에 들어 있던 고양이를 생각하고 쓴 시로 읽을 수도 있다.

182) 임산부가 쥐나 시체를 보면 태아에 나쁜 영향을 미친다는 속담이 있었다.

아름다운 여인들은 젊거나 늙거나
상심으로 여위게 만들어지지 않았다.
그러나 고귀한 영웅들이 언젠가 차가워지면,
사람들은 가난뱅이에게서도 몸을 녹일 수 있다.

나는 여성들의 품위를 존중한다.[184)]

183) 이 시는 외설적인 내용을 담고 있다. 엘로이즈(Heloise)는 프랑스의 철학자이자 신학자인 피에르 아벨라르(Pierre Abérlard, 1079~1142)의 애인이었는데, 아벨라르는 그녀의 친척들로부터 거세를 당했다. 두 사람이 교환한 편지들이 유명한데, 이 편지 교환을 아벨라르가 생각해 냈다. 그러니까 마지막 행의 "자랑하다(prahlen)"라는 말은 반어적으로 쓴 것이다.

184) "여성들의 품위(Würde der Frauen)"는 실러가 1800년에 쓴 같은 제목의 시로 당시 상투어가 되었다. 낭만주의 작가인 프리드리히 슐레겔은 실러의 이 시에 대해 여성들을 이상화하기는 하지만 "위쪽이 아닌 아래쪽"으로라고 비판하는 글을 썼다. 이 시도 이런 맥락에서 이해할 수 있다.

그래서 여성들이 품위를 갖게 된다면,
여성들은 잠자리만을 마련해서는 안 되고,
남자들의 품위에 감동해야 한다.

독자

Das Publikum

"우리는 그대에게 험담과 가십을 계속 지껄여 왔는데,
얼마나 왜곡되게 말인가!
그래서 우리는 그대를 빨리 궁지에 빠지게 했다,
얼마나 깊이 빠뜨렸던가!
우리는 그대를 비웃고 있는데,
자 이제 스스로 빠져나와 봐라.
안녕."

나

Herr Ego

그래서 내가 그것에 대해 말하면, 험담만
더 심해지겠고,
내 평화로운 삶이 무가치한 궁지에 몰려
가치가 떨어지겠지.

나는 이미 빠져나왔고,
나는 그런 일에 화가 나지 않네.
안녕.

나는 한 번도 그대들과 다툰 적이 없다.
고루한 성직자! 시기하는 무뢰한!
그대들은 영국인들처럼 버릇이 없는데,
어차피 셈도 전혀 제대로 하지 못한다.

신의 대지의 밝고 넓고 큰 공간을
그들은 눈물의 골짜기가 되도록 어둡게 한다.
그러면 그들이 얼마나 비참한지
우리는 재빨리 발견하게 된다.

이러면서 그들은 파우스트와

그렇지 않으면
내 글에서, 자신들에게 유리하게,
난폭하게 들끓는 것을 칭찬한다.
지난날의 쓸데없는 작품들을
그들은 아주 좋아한다.[185]
이것은 천민들이나 하는 말인데,
더 이상 그것조차 아닐지 모른다!

"어떻게 해서 그대는 절도를 잃었나?
예전에 그대는 저녁에 그렇게 멋지고 고귀했는데!"
사람이 연인을 기다리지 않으면,
더 이상 밤도 없는 법이다.

---

185) 어리석은 비평가들이 노년의 괴테에게 한 방 먹이기 위해 괴테의 초기 작품(예를 들어 ≪베르테르의 슬픔≫)을 종종 칭찬했는데, 괴테는 이 시에서 자신의 창작력이 아직 고갈되지 않았으며, 언제나 새로운 작품을 쓸 수 있다고 앙갚음하고 있다.

젊음에는 경솔함이 자랑이어서,
젊은이들은 똑같이 앞서서 살아 보려고 한다.
그래서 실수는 미덕이 된다.
늙으면 자기 자신에 신경을 써야 한다.

"그대는 진심으로 그런 고통을 말하는 것인가? —
꺼져라! 그대의 걱정은 위선적이다."
연극배우는 마음을 얻지만,
자기 마음을 주지는 않는다.

얼마나 이상한 본보기인가! —
사람들이 비웃듯 이야기한다고 들었다,
내게 훌륭한 사원을, 베스타
여사제의 사원을 헌정한다고.
그러나 나는 이런 비난을
차분한 표정으로 넘어간다.

내가 그걸 너무 당연히 받을 만하다는 사실에
나는 아주 불쾌해야 하기 때문이다.[186)]

"괴테 기념관을 위해 그대는 지금 무얼 내놓나?"
이 사람 저 사람 그리고 그 사람이 묻는다. ─
내가 스스로 후세에 남을 업적을 이루지 않았다면,
그 기념관은 도대체 어디서 나오겠는가?

그대들은 나를 위해 언제든지 거리낌 없이
블뤼허[187)]에게 했듯, 기념비를 세울 수 있다.

186) 1819년 괴테 탄생 70주년을 기념해서 고향인 프랑크푸르트시가 괴테의 기념상을 세우려 계획했다. 이때 사람들은 로마에 있는 화덕의 여신이자 정결한 미혼 여성을 보호하는 여신인 베스타(Vesta)를 모신 사원을 본떠서 건립하려는 계획을 세웠는데, 이 시에서 괴테는 이 계획이 약간 반어적으로 너무 적절하다고 느끼고 있다.

187) 프로이센의 장군으로 나폴레옹 전쟁에서 승리했던 게브하르트 폰 블뤼허(Gebhart von Blüher, 1742～1819)의 기념비가 로스토크

그가 그대들을 찡그린 얼굴로부터 구해 주었고,
나는 그대들을 속물들의 그물에서 구해 주었다.

무엇이 속물 같은 사람인가?
텅 빈 내장에,
두려움과 희망으로 찬 사람.
신이여 자비를 베푸소서!

그대가 배은망덕하면 그대는 옳지 못하다.
그대가 고마워할 줄 알면 그대에겐 손해다.
그대는 올바른 길을 절대 놓치지 않을 것이니,
감정과 양심에 따라서만 행동하라.

(Rostock)에 건립되었는데, 괴테가 이 기념비에 들어간 추모의 시를 썼다. ≪괴테 시선 7≫ <인물시> 편의 <블뤼허 폰 발트슈타트 후작께 그의 지지자들이> 참조.

감사를 표하는 데 우물쭈물하는 사람은
난처한 상황에 빠져 있기 때문이다.
누가 그대를 제일 먼저 이끌어 주었는지,
누가 그대를 도와주었는지를 생각해 보라!

온순한 크세니엔 8

내가 한 가지 일에 사로잡혀 있으면,
내 생각에, 세상은 나와 함께 가야 한다.
하지만 천박한 사람들이 나와 결합하려 하면,
내겐 끔찍한 일로 여겨질 것이 분명하다.

이 시간에 이르기까지 그대들은 찬성하고
반대하느라 벌써 수년 전부터 투덜대고 있다.
내가 해 놓은 것을, 천박한 그대들이여!
그대들은 결코 경험하지 못하게 되리라.

“제발 좀 공손해라!” — 천한 것들에게 공손해지라고?
사람들은 비단으로 거친 자루를 꿰매지 않는다.

얼마나 많은 악의를 가진 사람들이 뮤즈 여신이
내게 빌려준 시를 불쾌하게 뒷조사하고 냄새 맡는지.

이들은 레싱의 마지막도 씁쓸하게 만들었지만,[188]
나의 마지막은 그렇게 하지 말아야 한다!

모든 정직한 노력에
인내심이 부여되리라.

올바른 목적을 위해 가는 모든 길은
어떤 경로로 가더라도 옳은 법이다.

인생을 가지고 노는 사람은
절대로 잘 살아가지 못한다.

188) 고트홀트 레싱(Gotthold Ephraim Lessing, 1729~1781)은 독일 계몽주의 시대의 대표적인 극작가이자 평론가로 독일 연극을 근대화한 인물이다. 레싱은 말년에 양녀와의 관계로 의심을 받았다.

자신에게 명령을 내리지 않는 사람은
언제나 노예 상태로 머물게 된다.

재산을 잃어버리면 — 약간 잃어버린 것이다!
그대는 재빨리 심사숙고해 보고
새로운 재산을 얻어야 한다.
명예를 잃어버리면 — 많이 잃어버린 것이다!
그대는 명성을 얻어야 한다.
그러면 사람들은 다르게 생각하게 될 것이다.
용기를 잃어버리면 — 모든 것을 잃어버린 것이다!
그러면 차라리 태어나지 말았으면 더 좋았을 것이다.

1817년 7월 15일 예나

Jena, den 15. Juli 1817

신앙 고백은 오래된 관습에 따르면
자백이다, 사람들이 말하듯이.
사람들은 자유롭게 말하리라, 비록

둘이나 셋을 하나로 만들더라도 말이다.[189]

사랑이 초래하는 희생은
무엇보다도 가장 귀중한 희생이다.
자신의 가장 고유한 것을 제어하는 사람은
가장 좋은 운명을 차지했다.

마음을 열기만 하면
세상은 아름답게 보인다.
그대는 너무 짜증을 내며 살았고,
그래서 세상을 볼 줄 몰랐다.

---

189) 기독교의 삼위일체설을 두고 말하는 것 같다.

1832년 1월 18일

Den 18. Januar 1832

마술사는 거칠고 열정적으로 지옥과
천국에서 헬레나의 모습을 불러낸다.
만약 그 마술사가 맑은 아침 시간에 내게 온다면
그에게서 가장 사랑스러운 여인을 편안히 찾아내리라.[190]

내가 얻은 것을 숨기기 위해
나는 사람들을 피해야만 한다.
내가 지금 무슨 일을 하는지 알고 있다고해도,
다른 사람들은 그 말을 받아들이려 하지 않는다.

190) "마술사(der Zauberer)"는 파우스트의 자화상과 같다. 3행과 4행은 각각 1행, 2행과 대비를 이룬다. 4행의 "가장 사랑스러운 여인(die Liebenswürdigste)"은 헬레나의 아름다운 모습인데, 82세의 시인은 이 아름다운 여인을 "맑은 아침 시간에(in heitern Morgenstunden)" 발견한다. "아침 시간"은 괴테가 작업하는 시간이었다. "맑다(heiter)"라는 말은 괴테 노년의 언어로 '분명하게 보다'라는 의미다. 이 시는 괴테가 죽기 두 달 전에 쓴 것으로, 이 시에 나타나는 명랑함, 간결함, 경쾌함 때문에 괴테의 대표적인 노년의 시에 속한다.

내가 스스럼없이 신뢰하는 철학자[191]는
모두는 아니지만 대부분의 사람을 상대로,
우리가 자신도 모르게 언제나 최선을 다한다고 가르친다.
이 말을 사람들은 기꺼이 믿고 무작정 씩씩하게 살아간다.

시인은 세상의 혼란을 들여다보다가,
모든 사람이 자기 자신에만 몰두하는 것을 본다,
즉, 기분이 좋다가도 곧 불안한 감정에 빠지는 것을.
그러나 시인은 목적이 있다. 그 목적을 달성하기 위해

191) 괴테는 예술가로서 자기 방식대로 자연에 자신을 맡기고 창조의 비밀을 건드리지 않는 경향이 있었다. 예술이 무의식적인 심오한 곳에서 나온다는 생각은 친구인 헤르더에게서 발견했다. 괴테는 ≪시와 진실≫에서 자신은 젊은 시절에 자신 안에 들어 있는 작가적 재능을 완전히 자연으로 생각하기에 이르렀으며, 그래서 자신의 창작력이 무의식적으로, 심지어 자신의 의지에 반해서 나타나기도 했다고 말하면서 이 생각을 스피노자와 연결한다. 그래서 이 시에서 말하는 철학자는 스피노자일 수도 있다.

시인은 자신의 목표에 다다를 자신의 길을 모색한다.
그것이 무슨 뜻인지 그는 자신과 모두를 위해 적어 두고,
그리고 그것이 의미하는 것을 그는 참고 견뎌 낸다.

심지어 많은 사람이 성실하고 열심히 일했지만,
그런데도 그들은 형편없는 대가를 받았다.
이건 아주 이상야릇한 경우인데, 즉, 그들이 알고 있다면,
자신들은 이미 알고 있었다는 뜻으로 말하는 것이다.

세상으로 나가자

In die Welt hinaus

세상으로 나가자!
집 밖에는
언제나 최고의 인생이 있다.
집에 있는 것을 좋아하는 사람은
세상을 위한 사람이 아니다. —
그가 계속 살아가게 되기를!

내가 마차 밖을 내다보고
누군가를 찾아 둘러보면,
그 사람은 당장 무슨 행동을 한다.
그는 내가 자기에게 말없이 인사한다고 생각하는데,
그의 생각이 옳다.[192]

신문 광고
1811년 5월 26일
Annonce
Den 26. Mai 1811

"강아지를 찾습니다,
으르렁거리거나 물지도 않고,
깨어진 유리를 먹고,

192) 이 시는 ≪서동시집≫의 원고에는 들어 있었으나 출판할 때 빠진 시로, 1814년에 프랑크푸르트를 여행할 때 쓴 것으로 추측된다.

그리고 다이아몬드를….”

***에게
대답
An ***
Erwiderung

그대의 책이 내 마음에 드느냐고? ─
나는 그대 마음 상하게 하고 싶지 않다.
세상의 모든 것을 걸고도
그렇게 생각하고 싶지는 않다.

그대의 책이 내 마음에 드느냐고?
나는 그 책을 내게 선물로 달라고 하겠다.
세상 여기저기에서
그렇게 생각할 수도 있다.[193]

193) 381～388행은 원고에 괴테의 서명은 들어 있지만, 제목은 괴테의

이것은 꾸짖는 것이 아니다.
사람들은 그걸 인정하게 되리라!
그러나 나는 과거의 나에서
조금도 변한 것이 없다.

1824년 7월 23일, 바이마르

Weimar, den 23. Juli 1824

얼마나 감사의 말을 전할 일인가,
우리에게 지금 막 책을 소개해 주었던 사람에게.
이 책은 모든 연구와 모든 불만에
장엄한 결말을 짓고 있다.[194]

비서 욘(John)의 필체여서 유고를 정리할 때 붙인 것으로 추측된다. 그 다음의 389~392행도 유고를 정리할 때 앞의 두 시에 연결한 것으로 보인다.

194) 이 원고에는 괴테의 필체로 1824년 7월 23일이라고 적혀 있는데,

호감을 불러일으키던 사람인 그대가
왜 그렇게 끔찍한 사람이 되었나?
너무 호감을 불러일으키는 것도
교활함과 비슷하다네.

젊은이여, 명심하게, 정신과 마음이
높이 끌어올려지는 시대에,
뮤즈의 여신이 **동행**은 잘해 주지만,
이끌어 주는 것에는 능숙하지 않다는 사실을.

유혹하기 위해

괴테가 1823년 7월에 받았던 슈트렉푸스(Streckfuß)가 번역한 단테의 ≪신곡≫(지옥 편)과 연관된 것으로 보인다.

내가 대가를 지급하는 것은
서방에서도 유효하고,
동방에서도 유효하다.
잃기 위해서
내가 대가를 지급하는 것은
내 생각에, 그것은
아주 잘못된 비용이다.

며칠 전부터
그대는 내게 인상을 찌푸린다.
그대는 어떤 모기가 그대를 물었는지
나더러 물어봐 달라고 생각하는 것 같다.

왕비에 대한 내 생각으로도
그것은 미끼였음이 틀림없다!
나는 두려움에 피가 뜨겁게 끓어오른다.
내 머리가 하얗듯, 내 가발에 뿌리는

분(粉)도 분명히 하얗고,
그리고 미끼였던 왕비도
분(粉)만큼이나 하얗다.[195]

그대는 초대받았다! 하지만 그대가 얻는 것은
연회가 벌어질 때가 아니다.
내가 아름다운 여인에게서 벗어나 있으면,
나는 바로 집에 있게 된다.

---

195) 1785년에 벌어진 마리 앙투아네트의 "다이아몬드 목걸이 사건"을 말하는 것일 수도 있다. 주세페 발사모(일명 칼리오스트로)는 이탈리아의 악명 높은 사기꾼으로 유럽 전역을 돌아다니며 사회 고위층을 상대로 사기 행각을 벌였다. 1785년 잔 드 라 모트 백작 부인이 루이 드 로앙 추기경에게 왕실 보석상에서 160만 루블의 목걸이를 구매하게 해, 그것을 마리 앙투아네트 왕비에게 전달한다고 속여 가로챈 사건이 벌어졌는데, 마리 앙투아네트의 추락에 직접적인 영향을 끼쳤다. 이 사건에 칼리오스트로 백작도 연루되어 있었지만, 무죄로 풀려났다. "하얗다(weiß)"는 말은 '결백하다', '깨끗하다'라는 의미도 있다.

그대는 빚을 많이 지고 있는 사람에게
잔치를 열어 주고 싶겠는가?
그대는 그대를 어쨌든지 참아 주지 않는
누구와도 함께 살 수 없다.

늙은 이아손 그대에게 너무 늦게
또다시 적대적인 무리가 싹트고 있구나,[196]
마치 카드모스의 이빨을 뿌렸던 것처럼.[197]

196) 아르고호 원정대를 이끌고 신비한 숫양의 황금 양털을 가져가려고 콜키스에 도착한 이아손은 콜키스의 왕 아이에테스의 딸인 마녀 메데이아의 도움으로 황금 양털을 손에 넣고 그녀와 결혼한다. 하지만 이아손이 메데이아를 배신하고 코린토스의 왕 크레온의 딸 글라우케와 결혼하려 하자, 메데이아는 글라우케와 크레온을 독살하고, 이아손과의 사이에서 낳은 자신의 두 아들마저 죽여 복수했다. 괴테는 1827년 8월 28일 생일날 마노(瑪瑙) 반지를 니콜라우스 마이어로부터 받았는데, 그 반지에 이아손과 묘약을 들고 오는 메데이아가 새겨져 있었다.

197) 카드모스는 페니키아 왕 아게노르의 아들로, 여동생 에우로페가 제우스에게 납치되자 아버지의 명령에 따라 여동생을 찾아 나선다. 아폴로의 신탁에 따라 암소를 따라가다가, 암소가 머문 곳에서 그 암소를 신에게 바치기 위해 성스러운 물을 길어 오라고 부하들에게 명령한다. 그러나 부하들이 샘을 지키고 있던 용에게 죽임을 당하자, 카드모스는

그 씨앗은 더 무섭게 계속 자라난다.

나와 그대를 아무도 좋아하지 않는다.
이것은 우리 두 사람의 잘못이다.

"그런데 판단이 왜 그렇게 너무 짧은가?"
모두가 자신의 방귀 냄새를 맡는다.
일반적인 관습이 아니라면, 그대들을 꾸짖지 않겠다.
내가 그렇게 한다면, 그대들도 그렇게 하겠는가?

화가 나서 용을 죽인다. 그러자 아테나 여신이 나타나 용의 이빨을 땅에 뿌리라고 명령한다. 카드모스가 그렇게 하자 땅에서 갑자기 스파르토이라고 불리는 무장한 전사들이 나타나 서로 싸우다 결국에는 5명만 남게 된다. 이들은 카드모스가 도시의 성채를 건설하는 것을 도와주는데, 이 성채는 카드메이아라고 불린다. 괴테는 이 그리스 신화를 자신과 적대 관계였던 코체부와 그 계승자들과 연결하는 것 같다.

그대는 후손의 한 사람으로서 감수해야 한다,
학교가 그대를 충분한 담금질로 늘려 놓는 것을.
고대의 언어들은 칼집이어서,
그 안에 정신의 칼이 들어 있다.[198]

누가 비록 탁월한 것을 들을 수 있다고 해도,

198) 루터는 <독일 각국의 모든 도시의 시 위원들에게(An die Ratsherrn aller Städte deutsches Landes)>(1524)라는 글에서 기독교 학교의 설립을 촉구하면서 다음과 같이 말한다. “우리는 이렇게 말합시다. 우리는 언어가 없으면 아마도 복음서를 보존하지 못하게 될 것이라고. 언어는 칼집이고, 그 안에 정신의 칼이 들어 있습니다.” 여기서 말하는 정신은 성령(der heilige Geist)으로 바로 하느님이다. “정신의 칼”을 위한 “칼집(die Scheiden)”은 히브리어와 그리스어를 말한다. 이 두 언어는 라틴어와 함께 중세 시대에 “신성한” 세 가지 언어였다. 괴테 시대 때 유행했던 신인문주의는 정신을 감추고 있는 언어를 특히 서구 정신의 시초인 고대 그리스와 로마의 철학과 문학을 전해 주는 그리스어와 라틴어로 생각했다. 그래서 괴테도 이 시에서 학교에서의 고대 언어 수업에서 출발하고 있다. ≪잠언과 성찰≫에서 괴테는 이렇게 말한다. “이제 우리의 학교 교육이 (…) 고대 그리스어와 라틴어를 요구한다면, 우리는 이 언어가 필요한 학문을 결코 뒤지게 하지 않을 거라고 기대할 수 있다.”

보통 사람들만이 가르쳐야 한다.

많은 아이가, 그리고 예쁜 아이들이 태어난다,
못생긴 사람도 못생긴 사람에게 사랑을 느끼기 때문에.
이때 얼굴은 전혀 피해를 주지 않는데,
사람들은 얼굴로 자식을 낳지 않기 때문이다.

그러나 여기 즐거운 놀이를 하는 내 원고에
아직 너무 많은 시들이 이어지고 있다.
상냥한 아이가 내 얼굴을 보며 고개를 끄덕인다.[199]
내가 이 아이를 골라야 할지 말아야 할지 모르겠다.

---

199) 써 놓은 크세니엔 중 한 편이 자신을 선택해 달라고 인사하는 것을 말하는 것 같다.

나 자신에게서 도망칠 수 있다면 좋으련만!
참는 데도 한도가 있다.
아! 나는 왜 항상 내가 가지 말아야 하는
쪽으로만 가려고 노력하는 것일까?

아! 다시 건강해지는 사람은 얼마나 좋을까!
이 얼마나 참을 수 없는 고통인가!
상처를 입은 뱀처럼
고통은 자신의 마음속에서 몸부림치고 있으니.

모든 사람이 무서워하는 벌을 주기 위해
지옥 옆으로 하늘이 만들어져 있다.
그럼으로써 저주받은 불쌍한 영혼들은
헛되이 엿들으며 매우 괴로워한다.
그러니, 소중한 자식들아, 경건하고 착하게 살아라.
특히 주저하지 않도록 조심해라.

깃펜과 화살은 물론 같은 것이기 때문에,
이리저리로 움직이면서 쉬쉬 소리를 내고,
급하면 허겁지겁, 느긋하면 아치형으로
수천 가지의 다양한 의도와 섞이게 된다.
보내야 할지 아니면 미뤄야 할지를 모른다. —
자신을 잘 아는 사람만이 사랑할 자격이 있다.

누가 평생 그대에게 잘해 주었다면,
그 사람이 감정을 상하게 해도 넘어가라.

나도 내 의무를 고집스럽게 다하겠다,
그림자는 태양 앞에서도 물러나지 않는다.

나 자신의 운명이 내게 큰 슬픔을 주지 않는데,
그런 내가 왕비들이 우는 것을 보았다.

그런데 어떤 천이 영원히 가야 한단 말이냐?
하녀가 그걸 망치지 않으면, 거미가 찢는다.

한때 마술사로 불렸던 사람은
자신도 홀린 적 있다는 이유만으로,
영혼에서 영감을 얻을 수 있었다,
이것이 정말 마음에 들었기 때문인데,
이제 그는 그 주문에 얽혀서
노래 부르고 싶은 충동이 커진다,
사람들이 감정을 넣어 노래했던 것을
자신이 얼마나 깊이 느끼는지에 대한 증거로.

자존심이 다 무엇인가,
악평이나, 조롱은?
그렇다면 나무를 가지고
신도 하나 조각해라.

아무도 꾸짖지 않기 위해, 아무도 칭찬하지 않기 위해
내가 그대들에게 옛날의 일을 참고로 말해도 되리라.
왜냐하면 그것이 진정한 의미에서 현재의 그대들과
현재의 내가 어떤 사람인지 전형적으로 보여 주기 때문에.

그대들은 내게서 시인의 재능을 빼앗아 갈 수는 없다.
내가 그대들에게 그 사람을 내맡기더라도
게다가 그 사람은 부끄러워할 필요 없다,
그가 그대들의 볼기짝을 붙잡더라도.[200]

200) 이 시는 사람들이 괴테의 대가다운 재능을 그의 "나쁜" 성격과 자꾸 대비해서 공격하는 데 대한 반응이다. 2행에서 "내가 그대들에게 그

그들은 그렇게 오랫동안 투표하며 잡담할 것이고,
우리는 결국 코사크 사람들을 다시 보게 될 것이다.
이 사람들은 우리를 폭군으로부터 구해 주었는데,
그들도 아마 우리를 자유로부터 구해 주겠지.[201)]

잔칫상으로 오라는 종을 누구에게나 울려 줄 수는 있다,
하지만 차려진 음식은 별로 의미가 없다.

사람을 넘겨준다(Den Menschen geb' ich euch preis)"라고 말하는 것은 사람들이 "그 사람(괴테 자신)"의 성격을 '나쁘다'라고 욕해도 어쩔 수 없다는 의미다.

201) 아마도 나폴레옹 전쟁이 끝나고 구체제로 돌아가기 위해 "빈 회의(Wiener Kongress)"가 개최된 것을 계기로 쓴 시로 추정된다. 3행의 "폭군(Tyrann)"은 나폴레옹을 말한다. 4행의 "자유(die Freiheit)"는 프랑스 혁명의 구호였다.

신중을 더욱 기울일 수 있으면
재앙을 멀리할 수 있다!
나는 밝은 달빛에도
등불을 든 야경꾼을 본다.

작은 관직도 모자를 쓸 수 있고,
작은 관복도 헝겊 조각이 될 수 있다.
관직은 모자와 옷을 자주
헝겊 조각으로 찢는다.

권력이 있는 사람들은 신을 소중히 한다.
왜 백성은 그들에게 빠져서는 안 될까?

신문 독자는 축복받을지어다,

그는 오늘 내게 일어나는 일을 읽으리라.

신이 인간들을 깨우쳐 주고 싶었다면
인간들에게서 등을 꼭 돌릴 필요는 없었다.
그리고 인간들이 자신들의 최선을 다해야 했다면,
신은 형편없는 대접을 받을 필요가 없었다.

그대들의 끊임없는 속삭임과 조용히 소곤대는 것을
나는 마침내 더는 참을 수 없다.
그냥, 조용히만 있어라! 모두가 속삭이면,
그 말을 누군가 결국 말하게 될 것이다.

두 명의 마리아
두 편의 소설
Die zwei Marien

Zwei Romane

그는 악마의 말을 엿들었던 천사들에게서 엿들었고,
프랑스인과 독일인은 그 역할을 바꾸었다.[202]

마음에 드는 것

Quod libet

그런 놈하고 네 마음에 드는 대로 행동해 봐라,
뻔뻔함도 그대에게 약간 생겨날 것이다.
그런 놈은 세상에서 가장 철저한 악당이어서,
사람들은 결코 그의 기분을 상하게 할 수는 없다.
　항아리 역시 너무나 네 마음에 들어도
결국 깨어진 조각들은 네게 무슨 소용이 있나?
이런 사람은 세상에서 가장 철저한 악당인데,

202) 이 시의 제목은 괴테의 비서였던 리머(Riemer)의 필체로 쓰여 있다. 리머의 메모에 이렇게 쓰여 있다. "≪마리≫. 소설. 암스테르담 1812년. ≪루이 보나파르트(이전의 네덜란드 왕). 마리아 또는 첫 출산에 따른 불행한 결과들≫(저자 불명). 드레스덴 1813년." 괴테가 첫 번째 소설을 읽었다는 사실은 1813년 말에 쓴 일기에 적혀 있고, 1813년 9월 30일 친구인 크네벨에게 보낸 편지에 칭찬하면서 언급한다.

사람들은 그의 기분을 더는 상하게 할 수는 없다.
　계속 죄를 짓는 삶을 살아가거라,
그럼 너는 사방으로 발길질을 하게 되리라.[203]

애도 기간의 규정

Trauerreglement

인물들을 풍자하는 이 부분을
나는 그대들에게 하지 않고 나중으로 미룬다.
이별하면서 나는 그대들 마음을 어둡게 하지 않으련다.
그대들은 웃어야 한다, 내 사랑하는 사람들아.[204]

그는 아직 끝맺음에서 멀리 떨어져 있다.

203) "사방으로 발길질을 하다(den vier Winden noch Tritte geben)"라는 말은 교수대에 매달린다는 의미다.

204) 이 시는 1813년 4월 10일 브라운슈바이크의 아우구스타 공작 부인의 죽음을 계기로 쓴 것이다.

그는 결말을 배우지 않았다.

그대도 결국에는
그대의 글을 위해,
관례대로
풍부한 재능을 이용하는구려.

새로운 성 안토니우스에게

An den neuen St. Antonius

형제여,
얼마나 매력적인 여자를
그대의 암자로 데려오는가!
의심의 여지 없이
악마가 그대를 유혹하겠지.
신이여 우리를 도우소서![205]

포젤트 씨에게 보내는 페스트

Die Pest an Herrn Posselt

아시아에서 나는 자유롭게 유희하는데,
유럽에서만 나를 받아들이려 하지 않는다.
비열하고 파렴치한 사실은,
사람들이 내 걸음을 방해한다는 것이다.
사람들은 나를 해변으로부터,
국경으로부터 멀리 떼어 놓으려고 한다.
하지만 그대의 조국도 나를
마침내 알게 되기를 진심으로 기대한다.
거지가 제후처럼 불평하고,
평범한 사람들이 위대한 사람들처럼 울부짖지만,

205) 성 안토니우스(251?~356?)는 기독교 수도주의의 창시자로 가난한 자, 병자 중 특히 페스트 환자와 기사 계급의 수호성인이다. 젊었을 때 황야에 들어가 미녀와 괴물 모습을 한 악마의 유혹과 위협에 버티면서 금욕 생활을 했다. 괴테의 친구인 크네벨(Karl Ludwig von Knebel, 1744~1834)이 50세가 넘은 1798년에 바이마르의 카를 아우구스트 공의 애인이었던 궁정 가수 루이제 폰 루도르프(Luise von Rudorff)와 결혼했는데, 결혼 초기에는 불화가 많이 발생했다. 553행의 "얼마나 매력적인 여자(welch ein Luder)"는 '비양심적이고 헤픈 여자', '칠칠치 못한 여자'라는 뜻도 함께 가지고 있다.

나는 그대가 나를 대단히 높게 평가해 주게 되길 바란다,
내 사촌들인 프랑스 사람들처럼.[206]

그대는 아직도 악마들을 독일인의
마음에서 저주하며 쫓아내려 하는가,
이 폭군과 저 폭군이
우리를 억압하며 장난치고 있는데?[207]

206) 괴테의 원고에 562~569행까지 먼저 적혀 있고, 그 아래에 이 시의 제목과 558~561행이 적혀 있는데, 이 부분을 시의 시작으로 하려고 했던 것으로 보인다. 카를 루트비히 포셀트(Karl Ludwig Posselt, 1763~1804)는 인문계 고등학교(김나지움) 교사로 시작해, 관료, 역사가, 기자로 활동했다. 그러면서 1795년부터 코타출판사에서 발행하는 ≪유럽 연감(Europäische Annalen)≫을 편찬했고, 1798년부터는 신문 ≪최신 세계 소식(Neueste Weltkunde)≫의 주필로 활약했다. 괴테는 1798년 1월 17일 실러에게 프랑스 혁명을 지지했던 포셀트에 대해 프랑스의 해외 문화재 약탈과 관련해서 다음과 같이 말했다. "포셀트 씨가 너무 막강하고 거만한 민족의 성공에 대해 마음속 깊이 기뻐할 수 있어 얼마나 행복해하는지를 느낍니다." 1797년에 동유럽에서 마지막으로 페스트가 발병했다.

207) 나폴레옹과 프랑스인들을 사악하고 위험한 존재로 낙인찍는 "해방 전쟁"의 결과를 주제로 하고 있다.

야수 같은 그대들, 그대들은 내가
정중해야 한다고 생각하고 싶은가?
자기 돌들을 아는 개도
그 돌 위에 똥을 싼다.

도움이 필요한 사람을 위해 언제나 준비되어 있다.

J.

그리고 그대는 그 말이 영원히 유용하다고 약속하는가?

R.

이제 내 이름은 로마고, 그래서 나는 인간애라 부른다.[208]

---

208) J.는 예수(Jesus)로, R.은 로마(Roma)로 해석하는 예도 있다.

모든 사람은 어느 한 사람이 쓴 것을 읽으리라.
모든 사람은 그대에게 말하리라, 그대가 우리 맘에 든다고.

말하기를, 하느님이 어둠과 빛을 나누었다고 한다.
하지만 하느님은 그걸 완전히 성공하지는 못했다.
왜냐하면 빛이 색을 토해 낼 때,
빛은 그 전에 어둠을 삼켜야 했기 때문이다.[209]

그러나 누가 빛을 색으로 쪼개려고 하면,
그대는 그런 사람을 멍청이로 여겨야 한다.
그들은 단지 그렇게 배웠기 때문이라고 말한다.
연구해 보는 것과 아주 멀리 떨어져 있는 말이다.

209) 583~594행은 뉴턴의 색채론과 그 추종자들을 비꼬는 것으로, 빛을 "쪼개다(Brechen)", "토해 낸다(Erbrechen)"라는 단어는 "말장난/언어유희(Wortspiel/Jocus)"다.

한 사람이 간교하게 호쿠스 포쿠스라고 했고,
다른 사람들은 그 말을 재미난 농담으로 생각했다.
그리고 이제 우리의 걱정거리를 만들려고
오늘날까지도 독거미처럼 춤을 춘다.[210]

사디의 시에서 나는 나 자신을 비춰 본다.
그는 116년을 살았다.[211]
그는 나보다 더 많이 견뎌 냈고,
그리고 나는 여전히 그의 운명적 동지다.[212]

210) 591행의 "호쿠스 포쿠스(Hocus pocus)"는 원래 마술사들이 외는 "수리수리 마수리"와 같은 주문(呪文)이다.

211) 페르시아의 시인 사디(Saadi, Sa'dī)의 출생 연도는 자료에 따라 불분명한데, 괴테가 참조한 디츠(Diez)의 책에 따르면 1175년에 태어나서 1291년에 사망했다고 되어 있다. 그러나 사디는 대체로 1210년에 태어나서 1291년에 사망한 것으로 보고 있다. 괴테는 <서동시집의 더 나은 이해를 위한 메모와 논문들>에서 사디가 102세에 사망한 것으로 기록했다.

말 없는 고통은 저절로 드러나는 법이다,
창공은 점점 더 파랗게 맑아지고,
그때 황금빛 칠현금이 떠다니니,
오라, 옛 연인이여, 오라 내 마음으로.

212) 페르시아의 시인 사디에 대해 괴테는 <서동시집의 더 나은 이해를 위한 메모와 논문들>(괴테 시선 6 ≪서동시집≫ 참조)에서 다음과 같이 썼다. "시라즈에서 태어난 사디는 바그다드에서 공부하고, 젊은 나이에 불행한 사랑을 경험한 후 수도사가 되어 불안정한 삶을 살게 된다. 15차례나 메카로 순례를 다녀왔고, 방랑 생활을 하면서 소아시아와 인도에 다녀오기도 했으며, 더 나아가 십자군의 포로가 되어 서방으로 가기도 했다. 사디는 기이한 모험들을 이겨 내면서 많은 나라들과 민족들에 대한 훌륭한 지식을 얻었다. 30년 후에 사디는 다시 돌아와 자신의 작품들을 편집해서 세상에 알렸다. 사디는 자신이 폭넓게 많이 경험한 것들을 바탕으로 활동하며 살았는데, 격언과 시로 미화한 일화들을 대단히 많이 썼다. 독자나 청자들을 가르치는 것이 그의 분명한 목적이었다. 사디는 시라즈에서 아주 조용히 칩거하면서 102세까지 살았고 그곳에 묻혔다. 칭기즈 칸의 후손들은 이란을 자신들의 제국으로 만들었지만 사람들을 편안하게 살도록 해 주었다"(≪괴테 시선 6≫ 602쪽).

온순한 크세니엔 9

"말해 봐라, 교회 역사에 무엇이 들어 있는지?
그 역사는 내 생각에 아무런 의미도 없는데.
읽을 것이 무수히 많이 있지만,
그 모든 일이 다 무엇이었나?"
  두 명의 상대가 주먹으로 서로 때리는 일이다.
아리우스파 사람들과 그리스 정교 사람들 말이지.
많은 세월이 지나도 똑같은 일이 벌어지고 있는데.
이런 일은 최후의 심판 날까지 지속될 것이다.[213]

213) "교회의 역사"에 대해 괴테는 젊은 시절부터 대단히 큰 관심을 가졌다. 특히 젊은 시절에 읽었던 아르놀트(Arnold)의 ≪교회와 이단자의 역사(Kirchen- und Ketzer-Historien)≫는 오랫동안 괴테에게 영향을 미쳤는데, 괴테는 이렇게 메모를 해 두었다. "신적일 수 있는 인간의 본성을 신뢰하는 아리우스파 사람들. 그리스 정교회. 외경심을 불러일으키기 위해 영원히 신-인간, 인간-신만을 요구한다." 이 시는 문학 작품에 처음으로 "boxen(주먹으로 서로 때리다)"(5행)이라는 단어를 사용한 텍스트 가운데 하나다. 영국에서는 18세기에 이 단어가 대단히 사랑을 받았다. 독일에서는 여행기나 번역을 통해 이 단어가 알려지게 되었고, 처음에는 "baxen"으로 사용했다. "아리우스파 사람들(die Arianer)"은 예수 그리스도가 신이라는 사실을 부인했던 알렉산드리아의 사제 아리우스(Arius, 250?~336)를 따르는 사람들을 말한다. 아리우스의 주장은 다음과 같았다. 그리스도는 하느님도 아니고 인간도 아니며, 하느님과 인간 사이의 어떤 존재다. 또한 성자는 성부에 종속되었을 뿐만 아니라 모든 피조물 가운데 최초로 성부에 의해 무(無)에서 창조되었다. 이렇게 주장함으로써 교회의 삼위일체(三位一體) 교리를 부인했다. 325년

하느님 아버지는 영원히 가만히 계시면서,
세상과 자신이 한 몸이 되셨다.[214]

아드님은 위대한 일을 시도하셔서,
세상을 구원하시러 오셨고,
사람들을 잘 가르치시며 많은 것을 견디셨다,
오늘날 우리 시대에서와 같은 일들을.

그러나 이제 성령이 내려오셔서,
대부분은 성령 강림절에 작용하신다.
성령이 어디서 오셔서, 어디로 불어 가실지,
지금까지 아무도 그것을 탐지해 내지 못했다.
아버지와 아들은 성령에게 짧은 기간만 주는데,
성령이 첫 번째이자 마지막이기 때문이다.

그래서 우리는 충실하게, 공개적으로
오래된 사도신경을 반복하는 것이다.
우리는 모두 공경하면서
영원한 삼위일체를 받아들일 준비가 되어 있다.

에 소집된 니케아 공의회에서 아리우스의 주장은 이단으로 규정되었다.

214) 인간의 모습으로 세상에 온 예수 그리스도 안에 신이 인간의 몸을 빌린 상태로 존재함을 말한다.

교회의 역사와 내가 무슨 상관이 있는가?
성직자 나부랭이들 외엔 아무도 보이지 않는데.
평범한 기독교인의 경우도 마찬가지로,
누구도 내 앞에 나타나려 하지 않는다.

나도 교회 공동체에 말할 수 있었을지도 모른다,
물어서 확인해 볼 것이 거의 없다고 말이다.

내가 건성으로 시를 쓴다고 생각하지 말고,
자세히 보고 내게서 다른 모습을 발견해 내라!
교회의 역사 전체는 오류와
폭력의 혼합물이라는 사실을.

신자들이여, 그대들의 믿음을 유일한 것이라고
뽐내지 마라! 우리도 그대들처럼 믿고 있으니.
학자들에게서 모든 세상에 알려진 교회의 유산을
결코 강탈해 갈 수 없다. — 게다가 내게서도.[215]

나는 사두개인[216]으로 남으련다! —
그래서 내가 절망에 빠질 수도 있고,
이 세상에서 나를 괴롭히는 사람들로 인해
영원한 저세상이 비록 비좁아질지 모르더라도.

215) "모든 세상에 알려진 유산(Erbteil, aller Welt gegönnt)"은 바로 앞의 시에서 말한 "교회의 역사 전체는 오류와 폭력의 혼합물이라는 사실"을 말한다.

216) "사두개인(Sadduzäer)"은 옛 유대교의 보수적이고 귀족적인 교파로 독선적인 "바리새 사람(Pharisäer)"과 대립했다. 그리고 전통에 의한 새로운 법 제정을 반대하면서, 적혀 있는 법만을 따랐기 때문에 죽은 사람이 부활하는 것을 믿지 않았을 뿐만 아니라 천사와 악마도 믿지 않았다. 이 시는 혼잣말 또는 대화로 볼 수 있는데, 시의 마지막에 반전이 온다. 아니면 다른 잠언들처럼 처음에는 다른 사람의 이의 제기가 나오고, 후반부에 괴테의 생각을 말한 것일 수도 있다.

그런 내가 고루하고 투박한 사람일지도 모르고,
저 위 하늘에서 영광된 험담만 생길지도 모른다.
"그렇게 격정적으로, 그렇게 우둔하게 굴지 마라!
저세상에서는 모든 것이 뒤바뀌게 될 테니까."

나는 경건함에 반대하지 않는다.
경건함은 동시에 안일함이다.
경건하지 않게 살려는 사람은
더 큰 노력을 기울여야 한다.
혼자서 책임지고 떠돌아다니는 것은
스스로 만족한다는 것, 그러면서 물론
다른 사람들을 또한 믿는다는 것이니,
신께서 아마 그를 내려다보게 되리라.

학문과 예술을 소유하고 있는 사람은
종교도 가지고 있다.
앞의 두 가지를 소유하고 있지 않은 사람도

자신이 종교를 가지고 있다고 말한다.

아무도 수도원에 들어가서는 안 된다,
죄인으로서 적절한 마음의 준비가
잘되어 있는 사람이 아니라면.
그래야 그가 이르거나 때늦게
후회하며 겨우 참고 살아가는
즐거움이 부족하지 않으리라.

그대들은 성직자 나부랭이들에게만 말해 달라고 해라,
십자가에 못 박히심으로 무슨 일이 일어났는지를!
어느 누구도 화관과 교단을
최고의 융성으로 이끌지 못한다,
만약에 어느 누가 그 전에
거칠게 두들겨 맞지 않았다면.[217]

독일 사람들에게는 명성을 가져다주는 말이다,
그들이 기독교를 싫어했다는 사실이,
카를 대제의 불쾌한 칼 아래
고귀한 작센이 패배하기 전까지는 말이다.[218]
하지만 그들은 충분히 오랫동안 싸웠다,
마침내 성직자들이 그들을 제압해서
그들이 굴복하고 몸을 숙일 때까지 말이다.
그러나 그들은 나중에 계속 투덜댔다.
루터가 용감하게 성경을 독일어로 옮길 때
그들은 반쯤 자고 있었을 뿐이다.
기사처럼 강인했던 성(聖) 바울이
기사들에게는 덜 가혹하게 보였다.[219]

217) 예수 그리스도가 수난을 당하고 죽은 사실을 말한다. "화관과 교단(Kranz und Orden)"은 기독교를 의미한다. "화관"에 대해서는 시 <비밀들>을 참조.

218) 카를 대제(Karl der Große, 재위 768~814), 즉 샤를마뉴(Charlemagne)는 772년에서 810년까지 작센을 정복하고 기독교를 전파했다. 800년에 로마 교황으로부터 서로마 황제라는 칭호를 얻었다.

219) 성 바울(Sankt Paulus, 5~67)은 유대계 로마 시민으로서 처음에는 기독교를 박해했지만, 회심한 후에는 그리스도의 복음을 이스라엘

이제 모두의 가슴에 자유가 깨어나고,
우리는 모두 즐겁게 이의를 제기한다.

"종교 협약과 교회의 계획이
성공적으로 실행되지 않았나?" —
그대들은 로마부터 시작하기만 해 봐라,
그러면 그대들은 속고 말 것이다.

미합중국에게

Den Vereinigten Staaten

아메리카여, 그대는 오래된

밖으로, 로마 제국을 비롯한 각지에 전파하다가 순교했다. 여기서는 루터가 성경을 독일어로 번역하고 종교 개혁을 시도한 것을 옹호하고 있는데, 즉, 루터를 통해 독일인("기사들")이 기독교("성 바울")를 훨씬 쉽게["덜 가혹하게(minder herb)"] 받아들일 수 있었음을 은유적으로 표현하고 있다. 루터도 작센 지역에 속했던 아이슬레벤(Eisleben)에서 태어났다.

우리 대륙보다 형편이 좋구나.
거기에는 퇴락한 성들도 없고,
그리고 현무암(玄武岩)도 없다.
활발하게 활동하는 시간에
쓸데없는 기억과
헛된 논쟁이 내부적으로
그대를 방해하지 않으니까.
　그대들은 현재를 행복하게 활용해라!
그리고 이제 그대들의 후손들이 작품을 쓰면
기사(騎士)나 도둑 또는 귀신 이야기들로부터
능숙한 솜씨의 작품들을 보존하려고 애써라.[220]

220) 괴테는 수십 년 동안 지질학계에서 벌어진 세계가 서서히 변한다는 "해양주의자들(Neptunisten)"(점진적 변화)과 급격하게 변한다는 "화산주의자들(Vulkanisten)"(급진적 변화) 사이의 격렬한 논쟁을 경험했다. 이때 문제가 되는 암석은 언제나 "현무암(Basalt)"이었는데, 모든 연구가 이 현무암 때문에 막혀 버렸고, 논쟁은 격렬한 개인적인 싸움으로 변질하고 말았다. 그래서 괴테는 이 시에서 깊이 탄식하기에 이른 것이다. 현무암을 두고 벌인 지질학자들의 논쟁은 괴테에게 낭만주의자들이 과거만 바라보려는 경향처럼 쓸데없는 짓으로 보였다. 그래서 "헛된 논쟁(vergeblicher Streit)"(697행)은 바로 이 현무암 논쟁을 두고 하는 말이고, "쓸데없는 기억(unnützes Erinnern)"(696행)은 젊은 낭만주의자들의 작품에 자주 묘사되었던 중세 시대 때의 "퇴락한 성들(verfallene Schlösser)"(693행)에 해당하는 말이다. "기사나 도둑 또는

심각하게 물이 부족하면
사람들은 불에 도움을 청했다.
그러면 곧 하늘은 붉게 물들었고,
또 안전한 곳은 어디에도 없었다.
여러 숲과 들판으로 번개들이 불꽃을
일으키며 무리를 지어 달려와,
대지가 온통 불바다가 되었다,
물고기들이 아직 삶아지기도 전에.

그리고 물고기들이 삶아졌을 때
사람들은 성대한 축제를 준비했다.
모두 각자의 접시를 가져왔고,
손님들의 숫자는 아주 많았다.

귀신 이야기들(Ritter-, Räuber-, Gespenstergeschichten)"(701행)도 낭만주의 문학에 자주 등장했다.

모두가 이쪽으로 몰려들어서,
여기에는 게으른 사람이 없었다.
아주 뻔뻔한 사람들은 근근이 살아가서,
다른 사람 입에 든 것을 게걸스레 먹었다.

천사들은 정의로운 우리를 위해 싸웠고,
그들은 싸울 때마다 패배를 맛봤다.
그러자 모든 것이 뒤죽박죽 쓰러졌고,
잡동사니 전체는 악마의 몫이 되었다.
그러자 기도하고 간청하기 시작했다!
신께서 감동하시고 들여다보셨다.
아득한 영원으로부터 분명했던
사실을 이렇게 말씀하셨다.
그들도 한 번쯤 악마처럼 행동하는 것을
전혀 부끄러워해서는 안 된다고.
어떤 방법으로든 승리를 쟁취하고
그다음에 찬송가를 불러야 한다고.
그들은 두 번 말씀하시게 하지 않았다.
그리고 보아라, 악마들이 패배한 것을.

당연히 악마들이 뒤로 물러났으니,
악마가 되어 보는 것도 정말 괜찮으리라.[221)]

영웅은 비록 아무 도움이 필요 없어도,
다른 사람과 결속하면 더 민첩하게 행동한다.
그리고 패배한 사람이 현명하면
승리한 사람과 함께 어울린다.

말을 타고 달리는 육지의 영웅들은
지금 아주 많은 것을 의미한다.
하지만 완전히 내 마음먹기에 달렸다면
나는 해마(海馬)를 타고 싶다.[222)]

221) 원고에는 1815년 3월 2일로 적혀 있다. 이 시는 나폴레옹과 동맹국 간의 전투와 관련이 있는데, 동맹국들을 "신성 동맹(heilige Allianz)"이라고 불렀다. 그래서 시에서는 동맹국이 "천사들(Engel)"로 등장한다.

최후의 심판 때, 신의 권좌 앞에
마침내 영웅 나폴레옹도 섰다.
악마가 그와 그의 형제자매를 고발하는
큰 목록을 들고 있었는데,
이상하고 사악한 존재였다.
사탄이 그 목록을 낭독하기 시작했다.
아버지 하느님, 또는 신의 아드님,
두 분 중에 한 분이 권좌에서 말씀하셨다,
성령께서조차 그 말을 대부분
받아들이시지 않았을 때 말이다.
"신들의 귀 앞에서 그 말을 반복하지 마라!
너는 독일 교수들[223]처럼 말하고 있다.

222) 해외로 제국 확장을 강화할 수 있었던 영국의 성공을 말할 수도 있다. 그리스 신화에 나오는 아리온(Arion)은 신마(神馬)인데, 포세이돈은 데메테르가 자신의 구애를 뿌리치기 위해 말로 변하자, 그 자신도 말로 변신해서 그녀를 겁탈했고 아리온이 태어났다. 아리온은 돌고래의 등을 타고 달렸는데, 나폴레옹에 대항해서 해방 전쟁을 벌이던 시기에 문학의 가치가 떨어진 것을 암시할 수도 있다.

우리는 모든 걸 알고 있으니, 짧게 말해라!
최후의 심판 날에는 단지 …일 뿐이다.
네가 감히 그를 공격할 용기가 있다면,
너는 그를 지옥으로 끌고 갈 수 있어야 한다."

그대들은 내 마음을 빼앗을 수 없으니,
그대들의 적을 하찮은 존재로 만들지만 마라.
모든 사람이 혐오하는 한 사내,
그런 사람은 반드시 뭔가 있다.[224]

그대들이 라이프치히 지역에

223) 1814년에서 1818년까지 바이마르에서 반(反)나폴레옹을 추구하는 신문 ≪네메시스(Nemesis)≫를 발행했던 역사학자 하인리히 루덴(Heinrich Luden)과 같은 사람들을 말한다.

224) 이 시는 나폴레옹과 관계가 있는데, 1846년에 괴테의 비서인 리머가 편집한 책에 처음 인쇄되었다.

기념비를 구름 속으로 세우고 싶다면,
모든 남자와 여자들이여, 그곳을
경건히 돌아보게 거닐어 보아라!
각자 자기 자신과 다른 사람을 괴롭히는
어리석은 생각을 내놓게 될 것이니,
뻣뻣한 둥근 기둥 더미로 가는
우리의 목적이 실패하지 않으리라.
귀족 청년들과 귀족 아가씨들이
조용하고 평화롭게 순례를 가면,
고상하고 거대한 기둥들처럼
우리의 피라미드도 자라리라.[225]

---

225) 이 시는 나폴레옹과 싸운 라이프치히 전투를 기리기 위해 기념비를 세우자는 제안과 관련이 있다. 1814년 10월 23일 자 ≪라인 신문(Rheinischer Merkur)≫과 1814년 11월 8일 자 ≪모르겐블라트(Morgenblatt)≫에 괴테와 반목하던 코체부(Kotzebue)의 지지를 받아 "라이프치히 전투가 벌어졌던 오덴발트(Odenwald)의 언덕 위에 거대한 기둥을 세우자는 의견이 실렸다. 이 오덴발트에는 폐허가 된 고대 로마 제국 시대의 거대한 기둥들이 있었다. 괴테는 모두를 그곳으로 보내서 기념비에 대한 어리석은 제안을 내놓게 하자고 역제안을 하는데, 이런 모든 제안을 괴테는 바보들의 피라미드라고 평가한다.

하느님 감사합니다! 폭군이 헬레나섬에
유배되는 일이 우리에게 잘 벌어졌으니!
하지만 한 사람만 사로잡을 수 있었는데,
우리에게는 이제 백 명의 폭군[226)]이 있으니.
이들은 우리에게 정말 불편하게도
새로운 대륙 시스템[227)]을 담금질하고 있다.
독일을 순수하게 고립시키고,
국경 주위에 페스트 차단선을 그으려 한다.
그래서 외래어의 머리, 몸통들 그리고 꼬리가
연달아 숨어들어 와서는 안 된다는 것이다.[228)]

226) 나폴레옹("폭군")은 1815년에 세인트헬레나섬에 유배되었고, 그곳에서 1825년에 죽었다. "백 명의 폭군(hundert Tyrannen)"은 독일어 정화론자들을 말한다.

227) "새로운 대륙 시스템(neues Continental System)"은 1806년에 나폴레옹이 발동한 영국에 대한 대륙 봉쇄령을 말하는데, 여기서는 언어 정화론자들이 시도했던 독일어의 새로운 고립을 말한다.

228) 유고에 적혀 있었던 이 시의 제목은 "언어 정화론자들(Die Sprachreiniger)"이었다. 1816년 5월 21일 괴테의 일기에 "국어 정화 운동 시(Gedicht Purismus)"라고 기록되어 있다. 그리고 5월 27일 일기에는 "학술어를 독일어로 바꾸려는 어느 예나대학 교수를 옹호하는 학생들의 요구. 이 망상이 학문과 실제에 끼치는 이상한 영향"이라고 적혀

T…와 D…에게
1814년 2월 3일

An die T... und D...

Den 3. Februar 1814

저주받은 민족! 그대는 자유로워지자마자
그대 안에서 스스로 둘로 나누어진다.
불행과 행복이 충분하지 않았나?
도이치든 토이치든, 너는 철이 들지 않는구나.[229]

있다. "머리, 몸통, 꼬리(Kopf, Körper, Schwanz)"(783행)는 언어학적 학술어 접두어(Präfix), 어간(Thema), 접미어(Suffix)를 독일어로 바꾼 것이다.

229) 유고에 괴테의 아들 아우구스트의 필체로 1814년 2월 3일이라는 날짜가 줄로 그어져 있다. 이 시는 "독일어"를 도이치(Deutsch)로 써야 할지 아니면 토이치(Teutsch)로 써야 할지에 대한 이념적인 논리 논쟁을 반영하고 있다. 당시까지 독일어를 "토이치(Teutsch)"로 써 왔다.

즐거운 잔치 대신에 영원한 음식 요리!
숫자 세고, 무게 달고, 불평하는 것이 다 무엇인가?
그런 모든 것에서는 아무것도 나오지 않는다,
우리가 육각운(六脚韻)의 시를 써서는 안 되는 사실,
그리고 고유의 사각운(四脚韻)의 시에 만족하는
애국적인 시류에 우리가 순응해야 한다는 사실 말고는.

넌 말한다, 하느님! 그래서 당신은 전체에 대해 말씀하십니다.
넌 말한다. 세상아! 그래서 너는 아첨꾼들에 대해 말하는구나.
궁중의 아첨꾼들이 그래도 언제나 최고의 아첨꾼들이고,
*** 아첨꾼들은 두려워하리라, 가장 나쁜 놈들이니.[230]

---

230) "*** 아첨꾼들(***schranzen)"은 추측건대 '민중의 아첨꾼들(Volksschranzen)'을 말하는 것으로 보인다.

1814년 1월 2일

Den 2. Januar 1814

어떤 사람이 옛날에 불행을 겪었다면,
그는 그걸 다른 사람에게 탄식해도 됐다.
어떤 사람이 전쟁터에서 괴로워했다면,
그는 늙어서 뭔가 이야기해 줄 것이 있었다.
지금은 그런 일들이 모두가 겪는 고통이라,
개별적으로 불만을 표출해서도 안 된다.
이제 전쟁터에 아무도 빠져서는 안 되는데,
그들이 이야기해 봤자 누가 들으려고 하겠는가?[231]

독일 사람들은 정말이지 좋은 사람들이다.
그들은 떨어져 있을 때 많은 것을 성취한다.
이제 그들은 처음으로 전체가 되어

231) 유고에 괴테의 아들 아우구스트의 필체로 1814년 1월 2일이라고 적혀 있다. 프로이센은 1812년과 1813년에 개병제를 바탕으로 군대를 편성했다. 그러나 다른 독일 나라에서는 대부분 지원병 제도로 군대를 편성했다. 바이마르에서는 1814년 1월에 지원병들을 프로이센 군대로 보냈다.

아주 큰일도 해 보라는 권유를 받고 있다.
이런 일이 마지막이 아닐 수도 있다는 사실에
제각기 '아멘' 하며 동의해야 한다며 말이다.[232]

프랑스 사람들은 우리말을 이해하지도 못한다.
그래서 그들에게 독일어로 불쾌한 말을 하는데,
프랑스 사람들이 그 말을 프랑스어로 읽었더라면
그들은 기분이 나빴을지도 모른다.[233]

232) 이 시는 나폴레옹과의 해방 전쟁이 끝나고 난 뒤의 독일의 상황과 관련이 있는데, 개별 제후들이 다스리는 300여 개의 영방(領邦) 국가로 나누어 있던 독일이 영국과 프랑스처럼 단일 국가 체제를 갖추어야 한다는 의식이 점점 고취되었다. 이때부터 합스부르크가의 오스트리아를 중심으로 한 '대독일주의'와 오스트리아를 뺀 '소독일주의'가 대립하게 된다. 프로이센이 주축이 된 '소독일주의'가 승리해 1871년에 독일 제국이 성립된다.

233) 1815년 파리에서 요한 페르디난트 코레프(Johann Ferdinand Koreff)가 쓴 ≪서정시. 친구들을 위해 게재함(Lyrische Gedichte. Abgedruckt für Freunde)≫이라는 책이 독일어로 출판되었다. 괴테의 친구인 크네벨은 1816년 1월 8일 괴테에게 이렇게 편지를 썼다. "파리에서조차 독일어로 된 시가 인쇄되어야 한다는 사실에 많은 사람이 기뻐하고 있네. 굴욕적인 기둥(파리에 있는 방돔 광장의 오스테를리츠

에피메니데스의 각성
마지막 연(聯)
Epimenides Erwachen
letzte Strophe

잘못된 조언에 따라, 지나친
과감함으로, 코르시카의 프랑스인이
했던 일을 이제 독일인으로서
행하는 사람은 저주받을 것이다!
그는 때늦게 느끼리라, 그는 빠르게 느끼리라,
그것이 늘 반복되는 승자의 권리라는 사실을.
물리적인 힘과 노력에도 불구하고,
그와 그 주위의 사람들 마음은 편치 못하리라![234]

기둥)은 오히려 이상하게도 자신을 파괴해 달라고 부탁하고 있다네."

234) 괴테는 인간미 넘치는 황제 나폴레옹에게 호감을 느꼈고 그를 칭찬했기 때문에 나폴레옹에 대한 적의로 가득했던 당시 일부 편협한 애국주의자들은 괴테를 공격하기도 했다. 괴테는 1814년에 나폴레옹과의 전쟁에서 승리한 것을 기념하기 위해 개최하는 베를린 축제에 상연할 축제극을 쓰라는 위임을 받고 <에피메니데스의 각성(Des

---

우리가 그 어떤 화관들을 엮지 않았던가!
제후들, 그들은 오지 않았다.
행복했던 나날들, 많은 멋진 시간을
우리가 가질 것으로 예상했다.
아마 내 노력도 그렇게 되겠지,
내 서정시 일체가 말이다.
내 생각에, 에피메니데스는 베를린에서
너무 늦게 아니면 너무 일찍 깨어나게 될 것이다.

Epimenides Erwachen)>(1815)을 썼다. 에피메니데스는 BC 7~BC 8세기의 그리스 예언자이자 철학자로, 에피메니데스의 역설이 유명하다. 즉, '이 명제가 사실이다'라는 전제는 '이 명제가 거짓이다'라는 결론으로 이어지며, '이 명제가 거짓이다'라는 전제는 '이 명제가 사실이다'라는 결론으로 이어지는 논리의 무한 순환을 주장했다. 이 시에서 겨냥하고 있는 것은 나폴레옹 전쟁이 끝나고 소집된 빈 회의에서 영토를 확장하려는 강대국들인데, 특히 작센에 대한 지배권을 요구했던 프로이센이다. 그래서 새로 구성된 "독일 위원회(Das Deutsche Komitee)"는 오스트리아, 바이에른, 하노퍼, 뷔르템부르크로만 구성되었고, 새로운 헌법을 논의했는데, 이 협상에서 배제된 29개의 소공국의 주권은 상실할 위험에 처해 있었다.

나는 순수한 감정에 배어들었는데,
곧 내가 듣기 좋게 칭찬하는 사람으로 나타나겠지.
나는 독일 사람들의 6월을 노래 불렀는데,
이 노래는 10월까지 가지도 못할 것이다.[235]

위대한 사람들이 좋은 일을 했던 것을
나는 살아오면서 자주 보았다.
여러 민족이 이제 우리에게 주는,
그 민족의 선택받은 현자들이

235) 괴테는 1814년 6월에 바이마르로 돌아오는 카를 아우구스트 공작과 프로이센의 빌헬름 3세 그리고 아우구스트 공의 사위인 러시아 황제가 베를린에 도착하는 것을 기념하기 위해 "화관들(Kränze)"("서정시 일체")을 엮었다. 그런데 아우구스트 공작은 예상했던 것보다 늦게 도착했고, 러시아 황제는 오지 않았다. 그래서 <에피메니데스> 공연은 1815년 3월 30일까지 연기되었다. 이때 나폴레옹은 엘바섬에서 탈출해 다시 전쟁이 시작되던 때였다. 이렇게 공연이 연기된 것은 프로이센의 빌헬름 3세 때문이었는데, 그는 연극을 특별히 좋아했지만, 괴테의 작품을 좋게 받아들이지 않았다. 제후들은 1814년 6월에 베를린에서의 회동에 합의를 보았으나, 런던에서 나폴레옹에 대한 승리를 자축했다.

이제 함께 상의하고 있는 것을,
우리의 손자들이 그것을
경험하고 칭송하게 되리라.

옛날에는, 늙은이들이 노래 부르던 대로
젊은이들은 재잘거렸다.
지금은, 젊은이들이 노래 부르는 대로
늙은이들에게서도 소리가 나야 한단다.
그런 노래를 부르고 윤무(輪舞)를 출 때
최선책은 가만히 있으며 침묵하는 것이다.

칼란은 화형용 장작더미에 오르기 위해
알렉산드로스 대왕에게 작별을 고했다.
대왕이 물었고, 그러자 군대의 다른
사람들도 물었다, 무얼 보여 주려는 것이냐고. —
"보여 주려는 것이 없소. 그러나 보여 주려는 것은
대왕과 군대 앞에서,

번쩍이며 빛나는 무기 앞에서
현자에겐 침묵하는 것이 예의 바르다는 사실이오."[236]

"그대는 왜 우리 회의에
그렇게 드물게 참석하는가?"
나는 오랫동안 땀 흘리는 것을 좋아하지 않는다.
나는 언제나 다수의 기억에 남아 있다.

아주 큰 모임이 무엇을 제공하는가?
그건 평범한 것이다.

우리는 모두 헌법에 따라 지상에서 살고,

236) 칼란(Calan)은 인도의 현자로 알렉산드로스 대왕을 수행했고, 늙음의 제물이 되지 않기 위해 스스로 불에 타서 죽었다.

국민을 대표하는 사람들을 제외하고는
누구에게도 세금을 부과해서는 안 된다고 한다.
그러니까 이 말에 따르면,
나는 점점 더 대담해져서 이렇게 질문한다,
그럼 누가 하인들을 대표하는가?[237)]

세상에서 모든 것이 둘로 갈라져 있었을 때,
모두가 성벽 안에서 즐겁게 지냈다.
기사는 그 안으로 몸을 피했고,
곤경에 빠진 농부도 이렇게 하면 좋다고 생각했다.
가장 좋은 교양이 시민에게서 나오지
않았다면, 도대체 어디서 나왔겠나?
그러나 기사와 농부가 결속한다면,
그들은 물론 시민 계급을 학대하게 될 것이다.

237) 이 크세니온에서는 '우리 모두 전체의 구성에 기여하고는 있지만, 조세 시스템은 납세 능력에 따라 의회에 참석하는 대표자들을 구성했다. 세금을 내는 사람만이 그 세금의 사용 결정에 참여해야 한다'는 사실을 이 시에서는 꼬집고 있다.

그대들은 백성과만 관계를 맺어라,
대중에 영합하는 사람들아! 이렇게 결정한다면,
웰링턴과 아리스티데스는
곧 제거될 것이다.[238)]

특히, 자유주의자들이
붓을 들고 과감하게 그림을 그리면,
사람들은 그 독창성에 즐거워한다.
이때 모두가 자신을 거리낌 없이 보여 준다, 즉,
그런 사람은 아주 어릴 때부터 쓸 만하고,

238) 아리스티데스(Aristides)는 고대 아테네의 고위 정치가이자 마라톤 전투의 사령관으로 정직함의 표본이었다. 그러나 아테네의 해군 확장 정책에 반대해 백성의 재판으로 아테네에서 추방되었다가 나중에 귀국이 허용되었다. 워털루 전투의 영웅인 영국의 웰링턴(Wellington)도 자신의 보수적인 정책 때문에 곧 공격을 받았으므로 아리스티데스와 같은 운명을 겪을지도 모른다는 의미다.

땅과 하늘을 제대로 들여다보며,
자기 판단만이 자신에게 중요하고,
그 그림조차 이미 폭정이라는 사실을.

나는 너무 괴롭힘을 당하고 있다,
그러나 그들이 무얼 원하는지도 모른다.
사람들이 대중에게 물어볼 일을
어느 한 사람이 해내야 한단다.

'내게는 백성이 짐'이라고
이런저런 군주가 말한다.
백성이 군주를 미워하기 때문에,
그렇게 생각한다면, 그것은 문제다.

"내게 말해 봐라, 이것이 어떤 종류의 화려함인지?

겉으로는 크지만, 아무 장식도 없는 외관인데! —"
오! 염병할 놈! 권력이 있는 곳에는
거기에 있을 권리도 있는 법이다.[239)]

시민의 의무
1832년 3월 6일

Bürgerpflicht

den 6. März 1832

각자 자기 집 문 앞을 **쓸어라**.
그러면 도시의 모든 구역은 깨끗하리라.
각자 자신의 과제를 **실천해라**,
그러면 위원회가 잘 돌아가게 되리라.[240)]

---

239) 이 시는 1816년 4월 7일 카를 아우구스트 공(Herzog)이 대공(Großherzog)으로 불리게 되는 것을 축하하기 위해 쓴 것이다.

240) 이 시는 괴테가 죽기 몇 주일 전에 쓴 것인데, 바로 이날 괴테는 병상에 눕게 되었고 다시는 일어나지 못했다.

"도대체 어찌하여 왕이 빗자루로
쓸듯 밖으로 버려지게 되는가?"
그들이 진정한 왕들이었다면,
모두 아직 그대로 있을지도 모른다.

출생과 죽음을 나는 지켜보았다.
그리고 삶을 잊어버리고 싶었다.
불쌍한 녀석인 나는
왕과도 겨룰 수 있었다.

"그 늙고 부유한 군주는
시대정신과 멀리 떨어져 있었다,
아주 멀리!" —
돈에 정통한 사람은
시대에도 정통한다,
대단히 정통한다.[241]

"돈과 권력, 권력과 돈,
이것을 사람들은 좋아할 수 있다,
정의와 불의
이것은 단지 자질구레한 일이다."

좋은 일을 보면 나는
죄를 지은 사투르누스가 생각난다.
자기 자식들이 세상에 나오자마자
그는 자기 자식들을 잡아먹으니.

---

241) 헤센-카셀의 선제후 빌헬름 1세(1743~1821)가 1813년 11월에 7년간의 망명 생활을 마치고 권좌에 복귀했다. 그는 자신이 없을 때 시행되었던 모든 조치를 철저하게 무시했다.

1814년 1월 1일

den 1. Januar 1814

그대가 **좋은 일**을 사랑하는 것은
어쩔 수 없는 일이다.
그러나 그 일은 가장 나쁜 일과
지금까지 구분할 수가 없다.[242]

---

242) 이 시는 원고에 적힌 날짜를 고려하면 동맹을 맺고 있던 러시아, 프로이센, 오스트리아와 관련이 있는데, 이 나라들은 권모술수와 반목 그리고 이기주의로 갈등을 빚고 있었다. 괴테는 1813년 12월에 역사학자 하인리히 루덴(Heinrich Luden, 1778~1847)과의 대화에서 승전국들이 나폴레옹에 관한 최종 결정을 내리는 것에 의문을 제기했다. 괴테 자신은 나폴레옹과의 타협을 찬성하고 있었는데, 자신이 근본적으로 나폴레옹 황제 진영 편에 서 있었고, 나폴레옹의 패배로 인해 대중의 힘과 폭력이 다시 분출되는 것을 두려워했기 때문이었다. 나폴레옹과의 "해방 전쟁"이 진행되고 있을 때 독일의 민족주의 움직임은 두 가지 얼굴을 하고 있었다. 그 대표들은 나쁜 원칙에 대항해서 옳은 원칙을 위해 싸운다고 생각했지만, 바로 이런 사람들 가운데 일부가 프랑스 혁명 이후 자코뱅당 사람들이 사로잡혔던 위험성을 보여 주었기 때문이었다. 실제로 그들은 순수한 민족주의 감정의 경계를 넘어서 배타적인 민족주의자로 돌변했다. 괴테는 자신의 태도가 보여 주듯이 이런 위험을 감지했고, 무엇보다 대중의 힘과 폭력에 반대했다.

묘비명
A와 J에 의해 세워짐

Grabschrift

gesetzt von A u J

그는 많은 것을 제대로 이해했지만,
다른 일을 하길 바라야 했다.
왜 그는 군주의 종으로 머물렀는가?
우리의 종으로 있었으면 좋았을 것을.[243]

243) "A u J"는 독일 민족주의 운동가이자 시인인 에른스트 모리츠 아른트(Ernst Moritz Arndt, 1769～1860)와 민족주의자이자 체조학교를 최초로 설립한 프리드리히 루트비히 얀(Friedrich Ludwig Jan, 1778～1852)을 두고 말하는 것 같다. 이 시는 나폴레옹 편을 들었던 괴테에 대해 비판적이었던 이 두 민족주의자가 미래에 괴테의 묘비명을 세우는 것을 가정하고, 이들이 괴테 자신을 조롱할 것을 예상하고 쓴 것으로 보인다.

시 찾아보기

<온순한 크세니엔 1>=(Z1), <온순한 크세니엔 2>=(Z2),
<온순한 크세니엔 3>=(Z3), <온순한 크세니엔 4>=(Z4),
<온순한 크세니엔 5>=(Z5), <온순한 크세니엔 6>=(Z6),
<온순한 크세니엔 7>=(Z7), <온순한 크세니엔 8>=(Z8),
<온순한 크세니엔 9>=(Z9)

원제 찾아보기

Nur stille! nur... 조용히 있기만 해라!… (Z5) 172
Nur wenn das Herz... 마음을 열기만 하면… (Z8) 246
O Freiheit süß der Presse!... 오 달콤한 언론의 자유여!… (Z2) 52
O ihr Tags- und Splitterrichter... 그대들 판관들과 남의 흠만… (Z5) 161
O Welt, vor deinem häßlichen... 오, 세상이여, 네가 쩍 벌린… (Z5) 164
O! laß die Jammer-Klagen... 오! 절망의 한탄을 거두어라… (Z1) 32
Ob ich liebe... 내가 누굴 사랑하든… (Z7) 230
Quod liebet 마음에 드는 것 (Z8) 267
Reuchlin!... 로이힐린!… (Z5) 173
Ruf ich, da... 내가 외쳐도… (Z4) 102
Ruhig soll ich... 내가 부지런히 노력했던 것을… (Z1) 21
Sag mir doch! von deinen... 내게 말해 봐라! 그대의 적들에… (Z5) 143
Sag mir, worauf die Bösen sinnen!... 악인들이 무엇을 꾀하는지… (Z1) 15
Sag nur, warum du... 그대가 여러 경우에… (Z2) 67
Sag nur, wie trägst du... 한번 말해 봐라, 어떻게 그대는… (Z1) 24
Sag uns doch... 하지만 우리한테 말해 봐라… (Z7) 217
Sag uns Jungen doch... 우리 젊은이들을 위해서… (Z4) 107
Sag, was enthält... 말해 봐라, 교회 역사에… (Z9) 279
Sage deutlicher, wie... 언제 그리고 어떻게인지… (Z4) 126
Sage mir ein weiser Mann... 현명한 사람이라면 내게 말해 봐라… (Z5) 157
Sage mir keiner... 누구도 내게 말하지 마라… (Z3) 76
Sage mir, mit wem zu sprechen... 누구와 이야기하는 것이… (Z7)

해 설

I. 온순한 크세니엔

괴테는 대략 1815년부터 1832년에 죽을 때까지 쓴 격언시(Spruch)를 "온순한 크세니엔"이라는 제목으로 모아 두었다. 얼마 되지 않는 시들은 쓴 날짜를 적어 두었고, 그 중 몇 편은 1815년 이전에 쓴 것도 있었다. 이런 격언시를 괴테는 1815년에 간행된 자신의 전집 중 시집 편에 "신, 마음 그리고 세계(Gott, Gemüt und Welt)"라는 제목으로 제일 먼저 묶어서 수록했다. 그리고 1819년에 간행된 ≪서동시집≫의 <잠언 편(Das Buch der Sprüche)>에 상당수의 잠언 또는 격언시를 수록했다. 일부 시들은 그 전이나 후에 개별적으로 인쇄되기도 했다. 그 밖에 남은 시와 그 이후에 쓴 격언시를 괴테는 "온순한 크세니엔"으로 계속 묶었고, 1820년에 자신이 간행하던 잡지인 ≪예술과 고대에 관해(Über Kunst und Altertum)≫(2권 3호)에 "온순한 크세니엔"이라는 제목으로 처음 게재했다. <온순한 크세니엔 2>는 1821년 3권 2호에, <온순한 크세니엔 3>은

1824년 4권 3호에 각각 수록되었다. 그리고 <온순한 크세니엔 4~6>은 1827년에 간행된 괴테 전집 시집 편 4권에 수록되었다. 그러니까 <온순한 크세니엔 1~6>에 들어 있는 1843행까지는 괴테가 직접 시의 내용에 따라 분류를 해 놓은 상태로 읽을 수 있다. 유고에서 발견된 약 1000행에 가까운 격언시는 이런 부류의 시로 읽기에 논란의 여지가 있는 몇 편의 시를 제외하면 "온순한 크세니엔"으로 간주할 수 있다.

괴테는 1822년 5월에 이 시를 분류하면서 이렇게 말한 적이 있다. "남겨 뒀거나 더 정확하게 말해 보류한 시들 가운데 상당수는 공개적으로 인쇄하지 않는 것이 바람직하다." 이 격언시에 대한 "세상의 판단"을 신중하게 고려해 볼 때, "어떤 예술적, 도덕적, 심지어 학문적 논쟁도 피하려는" 원래의 의도가 몇 편의 경우에 예외적으로 지켜지지 않았음에도 불구하고, 괴테 자신은 "인간으로서 선의로 보낸 선물에 대해 불쾌하고 무례하게 반응할 때 우리에게 엄습하곤 하는 인간의 감정에 거역하고 싶지 않았다"라고 말했다. 그래서 괴테는 지금까지 자신의 활동을 방해하고 비방하고 파괴하려는 모든 시도를 최고의 유머 감각을 동원해서 좌절시켜 왔고, 대중에게 부담을 주거나 충격을 줄 구실을 주지 않으면서도 조용히 반대자들에게 뭔가를 뒤집어씌웠다고 했다. 이것은 정치적인 내용을 담은 시에도 적용되는데, 이때 자신이 이쪽 혹은 저쪽 편을 들거나, 두 진영 사이에서 불가피하게 짓눌리도록 자신의 의견을 밝히는 것은 대단히 위험한 일이었다.

≪서동시집≫에 수록된 <잠언 편>까지 포함해서 약 3000행에 가까운 "온순한 크세니엔"에는 몇 편의 예외적인 경우를 제외하고는 거의 제목을 붙이지 않았다. 그리고 대부분 특정한 인물을 지칭하지 않은 "그대(du)"나 "그대들(ihr)"로 시작하는데, 특정 인물임을 유추할 수 있거나 쉽게 드러나는 곳에서도 마찬가지다. 그래서 "온순한 크세니엔"은 자세한 설명 없이도 이해할 수 있다. 이 격언시는 엄격한 의미에서 연작시는 아니지만, 모든 생각이 교묘하게 서로 엉켜 있는 시적 산물이라고 할 수 있다.

격언시의 주도적인 주제 가운데 하나인 시인의 존재에 대한 문제점이 부분적으로 고백 형태나 담론 형태로 다루어진다. 1827년에 맨 앞에 내세운 호라티우스의 모토에서 문학은 시인의 은밀한 생각을 믿고 담을 수 있는 유일한 통이며, 특히 격언시는 삶의 일부로 받아들여야만 하는 각종 "불쾌감(Verdruß)"을 담는 그릇 역할을 한다는 사실을 지적한다. "불쾌함도 삶의 일부분이니,/ 불쾌함을 크세니엔은 담아야 하리라./ 모든 일은 운율과 노력을 얻을 만하리라,/ 사람들이 그것을 제대로 구분할 줄 안다면"(1185~1188행). 또한 불쾌감은 시인이 그것을 익살스럽게 받아들이기로 마음을 먹는다면 이미 반쯤 극복한 것이다. "그대들은 내 삶을 그냥 전체로,/ 내가 살아가는 대로 받아들여라./ 남들은 술에 취해 늦잠을 자지만,/ 내가 취한 것은 종이에 쓰여 있다"(1079~1082행). 이 크세니엔에 대한 동시대인들의 반응은 비교적 드물게 언급되는데, 예를 들어 가짜 ≪빌헬름 마이스터의 편력 시대≫나 뉴턴 이론 추종자들 또는 화산론자들의 의견들이다. 또한 "천민들(Lumpen)"과 "무뢰한들(Pack)"에 대한 구체적인 논쟁에도 대부분 기본적인 증언이나 격언 또는 잠언을 덧붙인다. 이런 측면에서 보면 비록 차이는 있어도 "온순한 크세니엔"의 내용은 비슷한 시기에 생겨난 산문 격언집 ≪잠언과 성찰(Maximen und Reflexionen)≫과 부분적으로 유사성을 분명하게 드러낸다.

논쟁적인 원칙은 늙음에 대해 논할 때 '고백'과 '거리 두기'를 섞는 것에서도 나타나는데, 이런 기법에는 격언시를 쓰는 시인이 전기적으로나 역사적으로 현재 진행되는 과정에서 반복되는 경험이나 가르침을 "손자들"에게 전해주려는 의도가 담겨 있다. "어른들은 더 이상 나하고 상관없다./ 나는 이제 손자들을 생각해야 한다"(11~12행). 마찬가지로 세상사에 대한 격언도 매우 일반적으로 요약되어 있다. “300년이 지나갔고”(686행) “300년이 문 앞에 와 있다”(698행)라고 말하면서 “그대들은 죽은 것과는 관계를 끊고,/ 우리가 살아 있는 것을 사랑하게 하라!”(692~693행)라고 호소한다. 현재 살아 있는 것을 염두에 두고 옛것을 조심스럽게 보존하는 것은 시대정신과 철저하게 결산함으로써만 가능해진다. “세상은 게으른 물고기처럼 흩어지니/ 우리는 이런 세상에 향유를 바르고 싶지 않소이다”(1329~1330행). 그러나 “예부터 내려오는 것을 계속 이어 가고,/ 새로운 것을 지혜롭게 저지해야 한다”(1633~1634행)라고도 말한다. 이 말에서 자신을 “역사적(historisch)”으로 보았던 괴테의 도전적인 자의식과 이따금 방어적인 자기주장은 비슷한 긴장 관계에 놓이게 된다. 예외적인 경우와 외톨이 상태는 자신이 원했고 또한 감수해 낸 경험으로 제시된다. “누구도 내게 말하지 마라, / 내가 여기서 살아야 한다고./ 이곳은 바깥에 있는 것보다/ 내게는 더 외롭게 느껴진다”(600~603행). 그러나 이렇게도 말한다. “그렇다! 나는 그걸 영광으로 생각하고,/ 앞으로도 혼자서 걸어가련다!/ 만약 그것이 잘못이라고 해도/ 그대들과 같은 잘못이어서는 안 된다!”(유고 77~80행). 그러고 나서 곧 이 말을 상대화해 버리는 자기비판이 이어진다. "나는 결코 잘못 생각하지 않았다./ 그러나 자주 오산했다"(159~160행). 그러나 다른 사람들의 판단을 가차 없이 거부해 버린다. "그대들은 내게서 시인의 재능을 빼앗아 갈 수는 없다./ 내가 그대들에게 그 사람을 내맡기더라도/ 게다가 그 사람은 부끄러워할 필요 없다,/ 그가 그대들의 볼기짝을 붙잡더라도"(유고 500~503행). 문학과 예술에 관련해서는 전체적으로 격언시에서 여러 차례 언급되었던 너그러운 관용을 보여 주는 경우가 아주 드물다. 인간 전체를 무시한다고 생각되는 속물 같은 사람들의 오만에 대해 이렇게 말한다. "그대가 성공을 거두었는데, 어떻게 해도 그렇게 됐겠지"라고 누가 말하자, 괴테는 비꼬듯이 침착하게 대답한다. "누가 그걸 따라 해 봐라, 그러나 목이나 부러뜨리지 마라"(유고 99~100행). 그리고 많은 사람이 이 시를 읽는다면 이런 의미로 읽었을 것이다. "약간의 명성과 약간의 명예,/ 그대들에게는 얼마나 궁핍하고 고통스러운 일인가!/ 그리고 내가 비록 괴테가 아니더라도/ 그러나 …는 되고 싶지 않다"(유고 115~118행).

≪온순한 크세니엔≫에서 자주 여러 의미로 쓰이는 주제들은 최소한 노년의 괴테를 위한 간략한 사전을 이룰 정도다. 진실과 오류, 성찰과 행동, 역사에 등장하는 인물[특

히 “신의 권좌 앞에” 세워진 나폴레옹이 대표적으로, 그 권좌 앞에서 그 “영웅”이 저지른 죄의 목록은 “최후의 심판날” 단지 헛소리에 불과하다(유고 743~756)], 허무함과 불멸, 선한 것과 나쁜 것, “전제 군주”의 정치와 “대중”의 멍청함, 전통과 개혁, 무정부주의와 시민의 의무, “도이치(Deutsch)”와 “토이치(Teutsch)”(유고 788행)의 문제, 언론의 자유와 연극, 예술과 특히 인도의 신화 이야기, 예술과 삶에서 형태와 부조리함, 관용과 독단, 오류와 폭력의 혼합물로서 교회의 역사(유고 635~636행), 생산적 저항, 노년의 유언으로서 시적인 음조로 말하는 고백이다[부분적으로는 1820년대 독자들을 겨냥한 격언시의 마지막 부분(<온순한 크세니엔 4>)이나 유고(456~459행과 599~602행)에 들어 있다].

이러한 격언들을 말하는 방법이나 음조는 호소하는 진지함에서 비웃으며 체념하는 경멸에 이르기까지 다양하다. “‘메피스토펠레스는 아주 가까이에 있는 것처럼 보인다.’/ 거의 그가 말을 거는 듯이 생각된다”(유고 153~154행). 그리고 추측도 많은 대목에서 나타난다. 이 격언시의 구조를 이루고 있는 원칙으로서의 모순(Widespruch)도 나타나는데, 필수적으로 인식에 필요한 방법이다. “그렇다면 그 대화는 진실과 거짓말의 잡탕이지만/ 그것은 가장 내 입맛에 맞는 요리다"(169~170행)라고 말하거나, "나는 많은 모순이 시끌벅적한 곳에서/ 걸어 다니기를 제일 좋아한다"(180~181행)라고 말하기도 한다. 이런 도발적인 시행과 격언은 이 모순의 원칙을 가장 흔하게 사용하는 수단에 속한다. 이런 모순의 원칙은 시인 자신의 특성을 묘사할 때도 나타나는데, 반박할 수 없는 삶의 지혜인 이 시들을 오해하지 않도록 하기 위한 분명한 경고이기도 하다.

이러한 교훈적인 방식에는 ≪온순한 크세니엔≫의 구조가 대부분 대화로 이루어져 있다는 사실이 들어맞는다. 이 대화 구조를 통해 겉으로 보기에는 거의 천편일률적인 시 형태임에도 불구하고 극도로 격정적인 다양한 인상이 표출된다. 그리고 괴테의 격언시는 16세기와 17세기에 출판된 여러 격언집에서 사용되었던 전통적인 운율(Knittelvers, 사각운, 4개의 강음과 불규칙한 약음을 가진 운문)을 사용하고 있는데, 이 운율을 괴테는 초기 시에서부터 ≪파우스트≫에 이르기까지 사용했다. "순수한 운율은 누구나 바라는 것이다./ 하지만 순수한 생각을 유지하는 것은/ 모든 재능 중에 가장 고귀한 재능이자,/ 내게는 어떤 운율보다도 소중한 것이다"(1453~1456행).

≪베네치아 에피그람≫(≪괴테 시선 4≫)에서 이미 보

여 주었듯, ≪온순한 크세니엔≫의 대화 구조는 다양해서, 말하는 것이 혼합되어 있거나 전환되는 경우가 상당히 많다. 따옴표가 없어도 주장과 반론임을 알아볼 수 있는 직접 대화는 질문과 대답, 주장과 반론, 단언과 확인, 비난과 반박, 공격과 방어로 나타난다. 18세기 계몽주의 시대에 수용되었던 소크라테스로부터 루키아노스에 이르기까지 고대의 대표적 철학자들 또한 현재의 사적인 영역으로 옮겨진 상태지만 여전히 알아볼 수 있다. 그리고 시인의 독백도 비록 대화 형태로 이루어져 있지만 상당한 분량을 차지한다. 특히 내적 대화 형태를 괴테는 ≪온순한 크세니엔≫에서 달갑지 않은 말을 들었을 때 이의를 제기하기 위해 즐겨 이용한다. 다른 곳에서 인용되었거나 묵시적으로 통용되는 의견에 대해 응답할 때도 이런 내적 대화 방식을 사용한다. 시인은 지나치게 친절한 어투 뒤에서 상대를 놀리고 있다는 사실을 최소한 추측해 볼 수 있다. 특히 괴테가 쓴 마지막 시로 여겨지는 <시민의 의무>에서처럼 고루하고 상투적인 문구로 충고할 때는 말이다.

괴테가 노년에 격언을 다루었던 작품에는 다양한 대화 형태와 다채로운 언어가 어울렸다. 이때 특징적인 어투는 은유적인 표현을 최대한 자제하면서 객관적이고 간결하게, 거칠게 보일 정도로 솔직하게, 반박의 여지가 없을 만큼 적확하게 말하고, 좀처럼 자세하게 능변을 늘어놓지 않으며, 농담 섞인 경고 제스처에서부터 조롱 섞인 거절에 이르기까지 많은 단계로 이루어진 유머와 아이러니 그리고 풍자로 대변된다. 화해할 수 없는 것과 관대함을 추구하려는 노력은 밀접하게 관련되어 있다. "야수 같은 그대들, 그대들은 내가/ 정중해야 한다고 생각하고 싶은가?/ 자기 돌들을 아는 개도/ 그 돌 위에 똥을 싼다"(유고 574~577행). 이와는 반대로 멀리서 위협할 때만은 <애도 기간의 규정>에서 이렇게 말한다. "인물들을 풍자하는 이 부분을/ 나는 그대들에게 하지 않고 나중으로 미룬다./ 이별하면서 나는 그대들 마음을 어둡게 하지 않으련다./ 그대들은 웃어야 한다, 내 사랑하는 사람들아"(유고 542~545행).

괴테의 ≪온순한 크세니엔≫은 대부분 어떤 계기로 인해 즉흥적으로 쓴 시들이다. 비록 짧은 시들이기는 하지만 괴테의 말대로 "위대한 고백의 단편들(Bruchstücke einer großen Konfession)"이다. "내가 하는 말은 나와 그대들을/ 파악하기 위한 고백이다"(274~275행). 이 시들이 생겨난 상황을 고려하면 이 방대한 시 전체를 체계적으로 읽으려는 시도는 불가능하다. 게다가 이 시들이 서로 얽혀 있다는 사실은 분명해서, 다른 한편으로 자의적으로 이용하기 위해 전체에서 부분적으로 떼어 내어 읽으면 이 작품 전체의 특성을 무시하게 된다. 그러나 ≪온순한 크세니엔≫의 수용사를 보면, 주로 잠언집이나 격언집으로 따로 분류하려는 경향을 보여 주었다. 이런 경향은 마치 이물질처럼 보이는 바키스의 예언이나 ≪파우스트≫의 마지막 장면에 나오는 수수께끼 같은 어조로 두드러져 보이는 격언들에서 가장 많이 나타난다[<온순한 크세니엔 2>의 부제목과 109~112행 그리고 1482~1485행). 또한 괴테가 이 시들을 직접 전집에 수록할 때 마지막 부분에 넣었던 "자연 철학에 관한 시들"도 독립적인 특성과 괴테의 마지막 말들이 갖는 무게를 지닌다(1766~1773행, 1836~1843행). 이런 시들과 괴테의 자서전적인 시들은 독자들로부터 지속적으로 사랑을 받고 있다(특히 1824~1835행). 몇몇 시들은 이제 거의 익명의 속담처럼 유명해졌고, 몇몇 시들은 계속해서 연구의 대상이 되고 있으며 [<눈이 태양처럼 밝지 않으면…>(724~727행), <미합중국에게>(유고 691~702행)], 독자들의 관점에 따라 어느 정도 진지하게 받아들여지고 있다. 특히 유고집에 들어 있는 교회의 역사나 1813년에서 1815년 사이에 벌어진 정치적 사건과 독일 사람들을 다룬 "거친 시들"은 관심이 대상이 되고 있다. 그러나 지금까지 ≪온순한 크세니엔≫

을 독자적인 작품으로 연구하는 경우는 매우 드물었고, 이 격언시에 대한 완벽한 주석이 달린 책도 지금까지 출판되지 않았다.[244]

II. 괴테 노년의 시

괴테 자신의 역사

괴테가 마지막으로 서정시를 쓴 시기는 특히 자신의 작가로서의 위상을 점점 더 의식적으로 역사적 위상에 비추어 보던 시기로, 초기 서정시뿐만 아니라 당시에 쓰던 소설이나 드라마 작품과 수없이 많이 연결되어 있다. 괴테는 이런 사실을 "노년의 행복"으로 느꼈고, 역사적으로 기우는 경향이 해가 갈수록 점점 더 강해진다고 생각했다. 이런 생각은 많은 나이에도 세상을 보는 넓은 지평을 가지고 있음을 말해 주고, 이 지평은 그럼으로써 순간을 더 잘 판단하게 해 주어, 괴테의 말을 빌리자면 "자신이 역사적 인물이 되어 버린다". 그러나 이때의 "역사적 인물"

244) ≪Goethe Handbuch≫(Regine Otto, Zahme Xenien), 449~454쪽 요약.

은 실제 역사에 등장하는 인물과 반대된다. 괴테는 역사에 대해 극단적 회의주의자였다. 그래서 "지혜로운 일, 멍청한 일도 일어났지만/ 이런 것을 사람들은 세계의 역사라고 부른다"라고 했다. 이런 의미에서 '역사적인 것'은 괴테에게 '오직 한 번 일어나는 일'이 아니라 '반복적으로 일어나는 일'이자 '과거와 현재가 가까워지는 것'이다. 그럼으로써 현재에 벌어지는 일뿐만 아니라 긴 세월을 살아온 자신의 과거 그리고 점점 더 소중해지는 자신의 미래에 대해 침착하게 대응하는 태도가 그의 노년 시에 결정적인 결과를 가져오게 된다. "그대에게 어제가 분명하고 또 열려 있다면/ 그대는 오늘도 힘차고 자유롭게 활동하리라./ 그래서 내일을 기대할 수도 있으리라./ 똑같이 행복한 내일이 될 것이라고"(≪온순한 크세니엔≫, 1179~1182행).

70세가 넘은 노시인이 쓴 서정시에는 새로운 형태의 시를 쓴다거나 지금까지 다루지 않았던 테마를 묘사하기보다 지금까지 시험해 보았던 시적 언어의 여러 가능성에 더 집중하고 그 가능성을 한 단계 더 끌어올리려는 현상이 나타난다. 이렇게 쓴 시들은 과거를 되돌아보고 현재를 둘러보면서 극도로 간결하고 명확한 언어로까지 축약된다. 이런 사실을 고려하면 상당한 분량의 작품을 만들어냈던 이 시기의 원래 성과는 느슨하듯 보이지만 정신적으로 내면화해서 시적으로 최고로 응축한 서정시로 발전시켰다는 사실이다. 그러면서도 시적 간결함에 빠트릴 수 없는 '꼭 필요한 말'이 상당히 평이하게 표현되어 있기도 하다. 이렇게 냉정할 정도의 간결함은 모든 현상에 적용되어 들어맞는 것이자, 노년에 쓰는 시에도 어울렸다. 이런 경향을 괴테는 이미 ≪서동시집≫에서 보여 주었고, 시 <중국과 독일의 계절과 하루>에서도 그 흔적을 뚜렷하게 남겼다.

1819년부터 1832년에 괴테가 죽을 때까지의 기간은 괴테의 전기를 고려하면 위기와 질병과 정신적 충격의 시기였다. 이런 배경 때문에 당시 역사에 대해 점점 회의적으로 생각했던 괴테의 '간결한' 세계관은 놀라울 정도로 두드러져 보인다. 노년의 괴테는 자신이 살아가던 시대의 특징을 말할 때 "부조리하다(absurd)"라는 단어를 즐겨 사용했다. 1823년 여름 마리엔바트에서 울리케 폰 레베초(Ulike von Levetzow, 1804~1899)와의 열정적인 만남은 그가 쓴 시 가운데 가장 충격적인 "마리엔바트 시"라고 불리는 <비가>를 남겼고, 그를 거의 죽음의 문턱까지 끌고 갔다. 1825년 카를 아우구스트 공작의 대공 즉위와 괴테의 바이마르 정착 50주년 기념식, 1827년 1월 괴테가 젊은 시절에 가장 가깝게 지냈던 샤를로테 폰 슈타인 부인의 죽음, 1828년 6월 카를 아우구스트 대공의 죽음, 1830년 로마에서 괴테의 아들 아우구스트의 죽음, 그리고 자신의 수차례에 걸친 발병은 마지막 노년기에 엄청나게 정신적 부담을 주었다. 가까웠던 사람들과 헤어지고 이별을 고해야 하는 일은 노년의 많은 시에 슬픈 음조의 원인을 제공했다. 이런 심정을 <베르테르에게> 38행에서는 "이별의 인사는 결국 음흉하게 기다리고 있다"라고 말한다.

괴테는 1820년대에 ≪빌헬름 마이스터의 편력 시대≫와 ≪파우스트 2부≫ 그리고 자서전에 속하는 ≪시와 진실≫과 ≪이탈리아 여행≫이라는 방대한 작품들을 썼다. 게다가 엄청난 분량의 편지와 일기를 쓰기도 했고, 에커만과의 대화록도 남겼다. 이런 작업들을 수행하면서 괴테는 깨어 있는 비판적인 정신으로 거의 모든 분야에 걸친 사회적 발전과 변화를 감지했는데, 당시 독일은 나폴레옹 전쟁이 끝나고 왕정 복고주의 경향이 강하게 대두하던 시대였다. 이런 경향에 반대하던 작가이자 배우인 아우구스트 폰 코체부(August von Kotzebue)가 1819년에 암살을 당했고, 오스트리아의 재상 메테르니히가 주도하던 "독일 연방 회의"에서 자유주의를 탄압하는 "카를스바트 결의"가 통과되었다. 이런 상황에서 괴테는 경제적, 기술적, 학문적 변화를 주의 깊게 관찰했다. 지폐의 도입과 국가 부채의 팽창에 대한 관찰을 작품에 반영해 놓은 것이 ≪빌헬름 마이스터의 편력 시대≫와 ≪파우스트 2부≫다. 수공업을 위협하는 공장의 기계화 현상도 여기에 빼놓지 않았다. 이렇게 직접 시대와 연관된 테마는 지금까지 어느 작품에서도 볼 수 없었다. 그러므로 괴테가 생각하는 '역사적인 것'은 '모든 시는 그 시대 상황에 의해 만들어져야 한다'는 괴테의 주장을 다르게 표현한 것일 뿐이다. 그리고 괴테는 "최고의 시"는 분명히 역사적이어야 한다고 생각했다. 그럼으로써 '역사적인 것'은 높은 개념이 되고, 시는 공간적으로나 시간적으로 자신이 서 있는 제한된 위치에서 벗어나 '가까이 있고 멀리 있는 것'을 인식할 수 있는 전망대에서 바라보는 넓은 시야가 된다.

의사소통 모델로서의 세계 문학

동시대인들의 직접적인 이해만을 고려하는 제한되고 시대에 뒤떨어진 이러한 '역사성'에 대한 괴테의 의식은 자신의 작품에서 오랜 기간에 걸쳐 형성되었다. 여러 자료에서 가장 분명하게 확인할 수 있는 것은 "세계 문학(Weltliteratur)"에 대한 생각으로, 노년의 괴테는 이 생각을 여러 연관 관계 안에서 설명하고 있다. 괴테가 말하는 세계 문학에는 고대 그리스와 로마 문학뿐만 아니라 유럽

문학, 아랍과 인도 그리고 중국 문학까지 포함되어 있다. 괴테는 이러한 세계 문학에서 생생하게 살아 있는 외국 작가들의 작품을 접하면서 그 작품에 공감하고 애정을 느꼈다. 동시에 민족주의적이고 애국적인 작품들, 예를 들어 영국의 시인 바이런이나 칼라일, 프랑스의 발자크나 빅토르 위고의 작품에도 관심을 가졌다. 괴테는 노년에 다시 고대 그리스와 로마 문학을 연구하면서 ≪파우스트 2부≫를 비롯해 독일 서정시에 접목한 <파리아>, <열정의 3부작>, <하워드를 명예롭게 기억하며>, <파라바제>, <에피레마>, <안트에피레마>를 썼다. 이런 노년의 서정시에는 외국 시를 번역한 작품들도 자리를 차지하게 된다. <엄숙한 납골당에서…>(1826)에서는 단테와 대화를 나누고, <중국과 독일의 계절과 하루>(1827)에서는 ≪서동시집≫(1819)에서 이슬람 문화를 자신의 방식대로 노래한 것처럼, 중국 문화를 자신의 음조를 섞어 연작시로 만들어 낸다. 그러나 이 시들은 모든 면에서 엄격하게 절제된 짧고 간결한 '사물시(Dinggedicht)'의 경향을 띤다. 그럼으로써 괴테 노년의 시들은 민족적 색채에서 벗어나 "세계 문학 시대"에 속하게 된다.

이렇게 두 이질적인 문화를 서로 소통하는 인본주의적인 세계 문학 콘셉트는 수용 미학적인 측면을 가진다. 이

련 측면은 ≪서동시집≫처럼 '모음집' 형태를 보이고 있는데, 완결된 형태가 아니라 적극적인 독자의 참여를 염두에 두고 있다. 이런 경향에 대해 괴테는 이렇게 말했다. "근본적으로 우리는 모두 집단적 존재다. 우리는 우리가 원하는 대로 우리 자신을 드러낼 수는 있겠지만, 엄밀하게 말해서 우리가 우리 고유의 것이라고 부를 수 있는 것이 별로 없기 때문이다"(≪에커만과의 대화≫, 1832. 2. 27). 그래서 괴테 노년의 대작인 ≪빌헬름 마이스터의 편력 시대≫와 ≪파우스트 2부≫는 완전히 열려 있는 "집단적 작품"의 성향을 띤다. 그럼으로써 독자는 작가가 작품에 묘사해 놓은 "표정과 손짓 그리고 조용한 암시"를 통해 대화에 참여하도록 요구받는다. 괴테의 마지막 작품인 자서전 ≪시와 진실≫과 ≪이탈리아 여행≫의 마지막 부분들은 의식적으로 '허구의 문서 보관소' 형태로 꾸며져 있다. 이런 보충적 대화 성향은 노년의 서정시에도 적용된다. 괴테는 1819년에 자신을 방문한 젊은 작가 슈바르트(Carl Ernst Schubarth, 1796~1860)에게 이런 생각을 분명하게 드러낸다. "만약 멋진 비유가 떠올랐는데 간결하게 표현할 수 없으면 그것을 비유로 자세히 설명하려고 주의를 기울이게 됩니다. 만약 그것을 독자에게 맡기면 각자 자신의 방식으로 하게 됩니다. 그 작업을 넘겨받으면 모든 사람은 기억할 무언가를 갖게 됩니다." 괴테도 ≪호메로스≫에서 깨닫게 된 간결한 표현과 티치아노가 후기에 그린 상징적이고 추상적인 비로도로 만든 양복 그림을 자신의 스타일과 유사한 것으로 인식했다. 특히 괴테 노년의 시에 나타나는 격언시와도 같은 과감할 정도의 간결한 표현은 문법의 한계마저 파괴하면서, 의식적으로 독자 또는 두 문화권의 텍스트와 의사소통하는 세계 문학에 맞춰진 계획적인 전략이다. 1827년에 괴테와의 대화를 기록하던 에커만이 세르비아의 어떤 시가 다소 불만스럽게 끝맺는 것을 이해하지 못하겠다고 하자 괴테는 이렇게 말한다. "그것이 바로 아름다운 것이네. 왜냐하면 그럼으로써 그 시는 독자의 가슴에 가시를 하나 남기게 되어, 독자의 환상이 그 시에 이어질 모든 가능성을 스스로 만들어 내기 때문이네"(1827. 1. 29).

자신의 삶을 그린 작품이 가진 상징성

괴테가 생각했던 세계 문학에 대한 콘셉트가 외부를 향한 자신과 역사적인 관계를 이어 주는 다리 역할을 했다면, 자신의 현재 입장에 대한 역사적 성찰은 내부를 향한다. 노년에 괴테가 쓴 ≪시와 진실≫이나 ≪이탈리아 여행≫ 등과 같은 방대한 자서전적 글들은 자신의 삶을 돌아보는 시들을 쓰게 되는 계기가 되었다. 이렇게 괴테 개인과 관련한 시들은 "기회시"라는 특징을 보이는데, 자신이 살아온 삶과 작품에 대한 중요한 고백으로서 역사적 의미가 있다. 이들 시에서는 개인적인 것이 그저 객관적인 대상이 되는 것이 아니라, 중요하고 상징적인 사실이 된다. 자신의 삶과 작품의 상징적 의미는 이중적 성격을 갖게 된다. 이에 대해 괴테는 1818년에 젊은 작가 슈바르트에게 이렇게 말한다. "일어난 모든 일은 상징입니다. 그리고 그것이 완벽하게 묘사되는 가운데 나머지 사실들도 암시하게 됩니다. 내가 생각하기에 이런 생각에는 가장 뻔뻔함과 가장 겸손함이 동시에 들어 있어 보입니다."

<베르테르에게>(1824)에서 괴테는 자신의 삶과 작품을 돌아보면서 ≪토르크바토 타소≫의 문제를 다시 끄집어낸다. 이 문제는 이미 ≪서동시집≫(1819)에서 <헤지라>의 모토로 삼은 바 있었다. <신랑>에서는 1775년에 경험했던 릴리 쇠네만과의 약혼이 테마가 되는데, ≪시와 진실≫에서도 이 사실을 자세하게 회상한다. <엄숙한 납골당에서…>는 실러를 위한 일종의 진혼곡이고, 자신의 삶에 결정적인 영향을 준 셰익스피어와 샤를로테 폰 슈타인 부인을 테마로 한 <두 세계 사이에서>는 훨씬 이전에 쓴 시로 추정되지만 1827년에 발간된 괴테의 전집에

처음 수록되었다.

1822년부터 준비에 들어가 1827년부터 출판되기 시작한 괴테의 마지막 전집은 괴테 노년의 작품을 모두 수록해 놓았다는 중요한 의미가 있다. 그리고 노년의 시를 편집하는 전략도 엄청난 결과를 가져왔다. 1815년에 출판된 전집에 수록되었던 시 부분을 마지막 전집에서도 그대로 1, 2권으로 묶고, 그 후 쓴 시들을 3, 4권에 수록했다. 괴테는 특히 시집 3권에 "서정적인 시(Lyrisches)"라는 제목을 붙여 자신이 노년에 쓴 서정시들을 정리해서 넣었다. "서정적인 시"라는 제목에는 이전 전집에 붙였던 "노래들(Lieder)"이나 "발라드(Ballade)"(≪괴테 시선 5≫ 서정시 편 참조)라는 제목과는 다르게 단순하면서도 중요한 의미가 담겨 있는데, 괴테는 이 제목을 일종의 유언으로 남겨 놓았고, 이 유언은 독자들에게 자신을 되돌아볼 수 있도록 해 준다. 그래서 이 "서정적인 시"라는 제목은 여러 다른 시 텍스트들을 모아 놓은 아카이브 역할을 하면서 서정시에 대한 개념을 열어 놓는다.

이러한 유언의 성격은 괴테가 마지막 전집에서 이전처럼 자신의 대표적인 시들을 창작 시기에 따라 일렬로 배치해 놓지 않고 시의 "종류에 따라 분류한" 경향의 결과였다. 그래서 이 "서정적인 시" 그룹은 축출당한 백작에 관한 발라드로 시작된다. 이어서 성담(聖譚)을 주제로 한 3부작 <파리아>가 나오고, <열정의 3부작>으로 이어지기 때문에 "서정적인 시"라는 제목이 이상하지 않다. 더 정확하게 말하자면 작품에서 "역사적 사실"에 침착하게 거리를 두는 것은 독단적인 규칙을 내세우기보다 서로 연결되어 있다는 암시를 주는 기능을 하게 된다. 또한 이런 편집 방식에 따라 1819년에 ≪서동시집≫이 출판되고 나서 계속 써 온 "새로운 디반"(≪서동시집≫에 보충할 시들)처럼, 여기에 수록된 많은 시를 서로 연결해서 전체적 의미를 찾는 과제는 궁극적으로 독자에게 맡겨지게 된다. 그래서 다음의 시를 "서정적인 시"의 모토로 삼았다. "노래여 저 멀리서 울려라,/ 가장 가까운 사람에게 은밀히 속삭여라,/ 그래서 기쁨도 주고, 고통도 주도록!/ 그러면 별들도 반짝이리라./ 모든 좋은 것은 더 빨리 작용하리니,/ 옛날 아이들이나, 훗날 아이들도/ 언제나 듣고 싶어 하리라."

후기 시들의 내부 구조는 마치 서로 비추는 것 같은 형상물을 통해 독자들에게 그 안에 감춰진 의미를 드러내기 위해 '연작시(Zyklus)' 형태를 취한다. 이런 의미에서 3부작으로 이루어진 시들이 특히 눈에 띄고, <하나이자 모든 것>, <유언>, 1828년 늦여름에 쓴 "도른부르크 시들"에 들어 있는 <떠오르는 보름달에게>, <이른 아침, 계곡과 산과 정원이…>는 고대 로마의 두 장으로 접는 편지 형식(Diptychon)이다.

≪서동시집≫에 추가할 중요한 5편의 시들은 괴테가 1820년 초여름에 보헤미아 지방으로 여행할 때 생겨났고, 이 시들은 모두 <천국 편>에 수록되었는데, 그중에는 <맛보기(Vorschmack)>, <들여보냄(Einlass)>, <공감(Anklang)> 같은 시들이 있다. 열린 구조로 개별적인 시들을 느슨한 틀 안에 맡겨 버리는 연작시 형태는 괴테 후기 시 텍스트의 언어적, 문체적 특징과도 부합한다. 이런 형태로 괴테가 성찰하는 "유추를 통한 의사 전달"이 뚜렷하게 드러난다. "유추를 통한 의사 전달"에 대해 괴테는 다음과 같이 말했다. "유추를 통한 의사 전달을 나는 유용하고도 좋다고 생각한다. 유추하는 경우는 강요하지도 않고 증명해 내려고도 하지 않는다. 다른 반대되는 경우를 내놓으면서도 앞의 경우와 연결하지는 않는다. 여러 가지 유추는 단일한 조합을 만들어 내기 위해 하나로 통일되지 않는다. 그래서 그냥 존재하는 사교 모임보다 언제나 더 많은 자극을 주는 좋은 사교 모임과도 같다."

독자와 의사소통하기 위해 <서동시집의 더 나은 이해를 위한 메모와 논문들>(≪괴테 시선 6≫ 참조)처럼 이제 괴테가 자신의 시를 직접 설명하는 경우가 점점 더 많아진다. 이 설명은 자신의 시를 설명하는 토론의 자리가 아니라 독자와 의사소통하는 일부이며, 동시에 시에서 부족한 부분을 소개하는 기회로 삼는다. 그래서 1820/1821년에 <겨울 하르츠 여행(Harzreise im Winter)>(1777년에 쓴 시), <발라드>, <원초적인 말. 오르페우스풍으로>, 1822년에 <하워드를 명예롭게 기억하며>, 1824년에 <파리아 3부작>에 대한 글이 생겨난다.

후기 시들의 연관 관계

괴테의 후기 시들은 자신의 삶과 작품을 되돌아보는 장소일 뿐 아니라 이웃 나라의 예술과 음악과 미술을 통합하는 장소이기도 하다. 이 시들은 또한 전승된 문화를 기억하는 장소가 되고, 동방과 중국을 포함한 세계의 문학이 서로 만나서 움직이는 중심지가 된다. 특히 후기 시들은 자연 과학적 배경에 의해 괴테의 초기 서정시와 당시 낭만주의나 초기 사실주의 시인들의 시와도 거리를 두게 된다. 괴테는 1810년에 ≪색채론(die Farbenlehre)≫을 끝맺고 나서 식물학, 변형론, 비교 해부학, 골상학, 광물학, 빙하 작용, 기상학에 이르기까지 거의 모든 자연 과학 분야에 몰두하게 된다. 이런 사실은 서정시에도 영향을 미쳤고, 이렇게 해서 탄생한 시들은 괴테의 전집에 수록되었을 뿐만 아니라 자연 과학에 관한 글에도 들어가게 된다. 1827년에 발간된 전집의 "신과 세계" 편에 들어간 시들은 자연 철학의 지혜가 들어간 문체로 처음에는 ≪형태론(Zur Morphologie)≫이라는 자연 과학을 다루는 글에 수록되었는데, ＜원초적인 말. 오르페우스풍으로＞, ＜에피레마＞, ＜안트에피레마＞, ＜파라바제＞, ＜틀림없이 그렇다＞, ＜머리말＞ 같은 시들이다. 그리고 자연 과학을 다룬 3부작 ＜하워드를 명예롭게 기억하며＞도 자연 과학을 다룬 글에 수록되었다. 그래서 이 시들은 자연 과학과 예술, 분석과 종합 사이의 관계와 차이점 그리고 연관 관계를 주제로 다루면서 이 시기에 쓴 중요한 서정시에 속하게 된다. 특히 1817년 12월에 쓴 구름의 현상을 다룬 시에서 괴테는 거리낌 없이 신조어를 만들어 내고 문장 구조나 문법을 과감하게 파괴하는 노년의 문체를 보여 준다. 얼마나 놀라울 정도로 형식적인 것에 묶여 있지 않은지는 1823년 여름에 쓴 "마리엔바트 시" 텍스트가 보여 준다. ＜비가＞ 바로 앞에 쓴 ＜울리케 레베초에게＞라는 시에서 "하워드의 제자인 그대"라거나, "수은 기압계가 활발하게 아래로 기울어지면"이라는 구절은 기상학을 '사랑의 신탁'이 반복적으로 비치는 수단으로 이용하고 있다. 그래서 자연 과학과 시는 병렬적인 이야기로 연결되고, 그럼으로써 한 분야가 다른 분야를 암시하게 되어 '자연의 법칙'과 "나선형 경향" 또는 "심장의 수축과 이완"과 같은 자연 과학적 용어가 시학의 의미로 끌어올려지게 된다. <중국과 독일의 계절과 하루>에도 자신의 ≪색채론≫에 대한 성찰이 기초를 이루고 있다.

이 밖에도 미술은 괴테의 경우 이전에도 그랬듯이 중요한 역할을 한다. 짧은 시들로 이루어진 연작시 <빌헬름 티슈바인의 목가적 풍경화>와 바이마르의 공주에게 보낸 라파엘의 "여정원사"를 복사한 그림과 엘스하이머(Elsheimer)의 동판화를 동봉한 두 통의 편지는 미학적이고 언어적인 측면이 혼합된 시적 텍스트들이다. 그래서 이 시들은 그림을 묘사하거나 설명하기보다 해석하는 기능을 수행한다. 즉, 화가가 종이에 선들을 그을 때의 상황에 좀 더 가까이 다가가기 위해 독자의 "내면의 감각"을 자극하는 시들이다. 그러니까 독자는 상호 의사소통 모델로 이 시들에 참여하게 되는 것이다.

음악도 중요한 의미가 있다. 괴테는 꾸준히 첼터나 멘델스존과 같은 음악가들과 교류하면서 많은 자극을 받았다. 이런 음악적 친숙함의 정점이 <열정의 3부작>의 마지막에 들어간 <화해>라는 시로, 원래는 폴란드의 여성

피아니스트 시마노프스카에게 바치는 시였다. 그리고 마리엔바트에서 쓴 <바람에 울리는 하프들>도 음악적 영감을 전제로 한다. "노래(Lieder)"라고 표시되지 않았던 많은 노년의 시가 노래로 작곡되기도 했는데, <성(聖) 네포무크 축일 전날 저녁>이 첼터와 후고 볼프에 의해 노래로 만들어진 것은 놀라운 일이다. 괴테는 자신이 첼터에게 증정한 시는 하나도 없었지만, 자신이 30년 전부터 쓴 모든 서정적인 시는 첼터의 감각과 정신을 염두에 두고 썼기 때문에 그의 고유한 음악적 활기를 불어넣기 위해 첼터에게 보냈다고 말했다.

세계관을 담은 "순수한" 서정시

지금까지는 괴테 노년의 서정시가 최고 수준의 소박한 서정적 텍스트로 여겨져 왔는데, 이 텍스트들이 ≪서동시집≫에서 분명히 보여 주는 정신적 요소를 그대로 수용했다고 봤기 때문이다. <성(聖) 네포무크 축일 전날 저녁>에서 "작은 등불들이 강에서 헤엄치고,/ 아이들은 다리 위에서 노래한다"(1~2행)는 구절이 보여 주는 예술적인 수수함이나, <중국과 독일의 계절과 하루>에서 "양들이 풀밭에서 떠나면,/ 저기에 초원이 나타난다, 저 파란 초원이"(III, 1~2행)라는 구절은 20세기 초에 독일 고전주의를 추종했던 로베르트 무질, 라이너 마리아 릴케와 같은 작가들에게 큰 영향을 주었다. 소박하면서도 객관적인 모티프나 이미지는 과감한 언어 사용과 결합해 재치 있고 명랑함으로 변용된다. 반면에 열정의 고통스러운 울림도 빠지지 않는데, <바람에 울리는 하프들>에서 <비가>에 이르기까지 그 울림은 상승한다. <비가>에서는 "자연의 비밀이 나중에 중얼중얼 밝혀지게 되리라"(132행)라고 노래하면서 자연의 관찰을 통해서도 출구가 막혀 있음을 한탄한다. 이어서 "이것이 내게는 전부고, 나 자신은 길을 잃어버렸다"(133행)라고 하면서 시 자체가 열정의 고통을 달래는 데에 아무런 소용도 없음으로 귀결될 위험성도 내포하고 있다. 사랑과 자연을 노래한 서정시의 절정은 두 편의 "도른부르크 시"(1828)인데, 달과 해라는 반대 이미지가 이 열정의 고통에 대답하고 있다.

괴테 노년의 시 <하나이자 모든 것>과 <유언>은 교훈적인 내용을, <엄숙한 납골당에서…>는 개인적으로 당혹스러웠던 경험을, <하워드를 명예롭게 기억하며>는 자연의 현상을 직접 이미지로 옮기고 있다. 괴테는 <엄숙한 납골당에서…>를 쓰고 얼마 지나지 않은 1828년 11월에 하이델베르크의 줄피츠 부아서레(Sulpiz Boisserée)에게 보낸 편지에서 자신이 쓴 이 시들에 대해 이렇게 자기 입장을 변호한다. "나는 윤리적이고 미학적인 수학자로서 여든이 다 된 나이에 언제나 나 혼자서 세상을 이해하고 견뎌 낼 수 있는 마지막 공식들을 고수해야 합니다." 소박한 순수 서정시와는 다르게 이런 시들은 20세기 시인들에게 영향을 주었고, 금언이나 잠언 또는 격언은 때때로 모호한 지혜를 주기도 하지만, 이런 텍스트들은 판에 박힌 상투어 형태로도 여전히 생명력을 가지고 시적 잠언으로서 독자에게 생각해 볼 기회를 제공해 준다. "그 안에 아무것도 없고, 그 밖에 아무것도 없다./ 안에 들어 있는 것이 밖에 있는 것이기 때문이다"(<에피레마> 3~4행).

최근에는 이런 시들을 객관적으로 보기보다 괴테 자신의 주관적인 사실로 읽고 그 의미를 해독해 내려는 경향이 있다. 괴테 노년의 시 가운데 중요한 의미를 갖는 <파리아 3부작>(1823)은 앞에서 소개한 어떤 분류에도 속하지 않는다. 발라드풍의 열정과 매우 기교적인 어법으로 이 3부작은 독특한 형태를 보여 주고 있는데, 주제 또한 어느 부류에도 속하지 않는다.

격언시(Spruchdichtung)

노년 시기에 쓴 600편에 달하는 격언시 가운데 3분의 2 정도를 괴테는 자신이 살아 있을 때 출판했는데, 일단 자신이 발행하던 잡지 ≪예술과 고대≫에 세 부분으로 나누어 발표했고, 1827년에 출간된 자신의 전집에 나머지 격언시를 또 세 부분으로 나누어 실었다. 이 시들은 괴테가 죽은 후 ≪온순한 크세니엔(Zahme Xenien)≫이라는 제목이 붙었다. 이 제목은 한편으로는 괴테가 1796년에 실러와 함께 쓴 가시 돋친 '손님에게 주는 선물(크세니엔)'과 연결되고(≪괴테 시선 4 크세니엔≫ 참조), 다른 한편으로는 노년의 온화함이라는 인상을 불러일으킨다. 그렇지만 여기에 담긴 격언은 악의 없는 순진한 시들은 아니다. 반대로 이 시들이 비록 개별 인물이나 적대적인 사람을 직접적으로 겨냥하지는 않지만, 부조리하다고 생각하는 현재의 폐해를 공격할 때는 단호하고 엄하다.

≪온순한 크세니엔≫ 가운데 극소수의 시들은 언제 썼는지 정확하게 밝혀낼 수 없다. 하지만 이 시들은 전체적으로 다른 노년의 시들처럼 역사적 견해와 자기 자신의 이런저런 문제나 공적인 활동을 둘러보거나 되돌아보는 괴테의 원칙을 따르고 있다. 그래서 ≪온순한 크세니엔≫에는 1796년에 쓴 ≪크세니엔≫에서 보여 준 논쟁이나 풍자 또는 시인의 마음속 불쾌한 감정이 문제가 되는 것이 아니라, ≪서동시집≫에서처럼 세상 돌아가는 것에 대한 관조와 아이러니가 지배적이다. 가끔 메피스토펠레스와 같은

악의를 가지고 말할 때도 있다.

괴테는 1807년부터 집중적으로 각종 격언집과 옛날 독일 격언집을 읽었고, 1815년에 발간된 자신의 전집 시집 편에 서정시 형태의 격언들을 모아 수록했다. 또한 노년의 소설인 ≪친화력≫(1809)과 ≪빌헬름 마이스터의 편력 시대≫(1829)에는 잠언이나 격언을 시사하는 구절을 많이 담고 있다. 괴테가 노년에 쓴 편지나 다른 사람들과의 대화에서도 산문 형태나 운문 형태의 수많은 격언이 나온다. 냉소적인 태도와 유머 사이를 넘나들며 격언시는 침묵으로 되돌아가 성찰하는 노인의 모습도 보여 준다. "내가 칭찬할 수 없는 것에 대해/ 나는 말하지 않는다"(905~906행). 그러면서 정해져 있는 모든 것을 상대화한다. 그래서 격언시는 뭔가 부족한 듯하고, 그 수수께끼 같은 말을 풀라고 요구하는 대화체 형식이다. "생각은 많이 하고, 느낌은 더 많이,/ 그러나 말하는 것은 적게"(370~371행). 그래서 대부분의 격언시는 이미 말했거나 생각했던 것에 대한 대답 형식이다. 이런 대화하는 자세도 이 격언시에서 종종 마치 "손자"에게 말하듯 미래의 독자들을 위해 삶의 원칙을 말할 때 그 효과를 발휘한다. "그대가 지금 새로 불을 붙이는/ 의도는 도대체 어디에 있는가?"/ 내 말을 더 이상 들을 수 없는/ 사람들이 그걸 읽게 하기 위함이네"(29～32행).

괴테는 삶을 마감할 때까지 지금까지 행한 것보다 지금 "행동하는 것"에 더 관심이 있었다. 그래서 괴테는 자신의 색채 이론을 인정하지 않는 자연 과학자(뉴턴 이론 추종자)와 급격한 사회 변화론을 내세우는 화성론자(Vulkanisten. 괴테는 점진적 개혁을 주장했다)들과 논쟁을 계속 이어 갔다. 괴테는 또한 젊은 낭만주의 작가들, 고대 그리스의 운율을 신봉하는 운율 전문가들, 인도의 다양한 신들, 민주주의와 언론의 자유에 대한 환상과도 논쟁하며 포화를 퍼부었다. 진행되는 역사에 회의가 들 때는 절망적인 인상뿐 아니라 시들어 버린 쾌활함의 인상도 풍겼다. "우리를 불쾌하게 만드는 것을 두고/ 우리더러 농담도 하지 말라는 것이냐?"(770～771행) 격동의 시대에 벌어지는 뻔뻔함을 실제로 경험하는 것에 대해서는 이렇게 말했다. "산문으로 가장 멋진 삶을 말할 수 있다면,/ 시와 운율은 고발을 당하게 될 것인가?"(998～999행) 이와 동시에 자신이 내세우는 조건도 분명히 드러낸다. "그대는 짧은 시간도 헛되이 지나가게 하지 말고,/ 그대에게 일어나는 것을 이용해라./ 불쾌함도 삶의 일부분이니,/ 불쾌함을 크세니엔은 담아야 하리라./ 모든 일은 운율과 노력을 얻을 만하리라,/ 사람들이 그것을 제대로 구분할 줄 안다면"(1183~1188행).

괴테는 이 시에서 개인적인 면을 드러내고 있지만, 괴테 자신의 개인적인 감정에서는 물론 벗어나 있다. "늙은 사람은 언제나 리어왕과 같다"(52행). 이런 사실은 자신의 격언시만의 법칙 그 이상의 의미가 있다.

"어제의 일에서 오늘을 보는 사람은/ 오늘이 자신에게 깊은 고통을 주지 않는다"(1775~1776행). 역사에 대한 이런 상대성 이론은 근본적으로 미래 지향적으로 이해할 수 있는데, "오늘의 일에서 내일을 보는 사람은/ 활동하게 되겠지만 걱정하지 않게 될 것이다"(1777~1778행)라는 말은 대화 형식으로 미래의 독자들에게 맞춰져 있다. ≪온순한 크세니엔≫은 무엇보다도 시학에 관한 대화의 장을 마련해 주어 "문학(시)"과 "진실" 사이의 관계를 밝혀 준다. "이런저런 일이 나를 슬프게 할 수 있다면,/ 나는 그런 것들을 시로 쓸 수 없었을 것이다"(676~677행). 열정을 치유할 수는 없어도 진정시킬 수 있다고 말하는 것은 이런 시 텍스트들의 익살맞고 활기찬 성격을 보여 준다. 마치 뱀이 껍질을 벗어 버리듯이 말이다. ≪온순한 크세니엔≫의 주제는 괴테 노년의 시와 따로 분리되지 않고, 때때로 ≪서동시집≫의 주제들을 취하기도 하는데, 예를 들어 "그래도 노인에게는 포도주와/ 돈주머니는 아직 남아 있다”(742~743행)라는 대목이다. 그러고 나서 곧 “무한한 것 안에서 같은 것이/ 반복적으로 영원히 발생해서,”(1766~1767행) 자연스럽게 지혜로운 세계관으로 이끌어 준다. <중국과 독일의 계절과 하루>의 마지막 시들은 ≪온순한 크세니엔≫의 형태에 연결될 수도 있을 뿐만 아니라, 반대로 격언시가 “순수” 서정시에 가깝다고도 볼 수 있다. 특히 ≪온순한 크세니엔≫의 여섯 번째 그룹을 전략적으로 잘 마무리 짓고 있는 시들은 “나는 아버지로부터 체격과/ 진지한 삶의 자세를 물려받았고,”(1824~1825행)라는 대목처럼 원래 사실들에 대한 아이러니한 회의주의와 변증법적 고백이 섞여서 이 격언시들의 높은 예술적인 수준을 보여 준다. “나는 삶을 나눌 수 없고,/ 마음과 외모도 나눌 수 없다./ 그대들과 내가 함께 살기 위해선/ 나는 모든 사람에게 전체를 주어야 한다./ 나는 언제나 쓰기만 했다./ 내가 느끼는 것과 내가 생각하는 것을./ 그래서 나는 둘로 나누어지지만, 여러분,/ 그러나 나는 여전히 한 사람이다”(1836~1843행).

인물시(Gedichte an Personen)와 기회시(Gelegenheitsgedichte)

괴테의 노년 시기에 어떤 계기로 쓰게 된 기회시와 특

정 인물을 위해 쓴 인물시 일부분은 1827년에 출판된 괴테의 전집에 수록되었다. 이 시들의 공통점은 이전 시기에 쓴 기회시나 인물시와 비교했을 때, 가끔 언어 표현과 개별 사항을 너무 과감하게 일반적인 사항에 적용할 수 있을 정도로 상징적 의미로 확장하는 데 있다. 마치 "무(無)에서 최고의 보물이 될 수 있는 것"처럼 성찰하는 시들도 있고, 다른 한편으로 전체적 윤곽을 나타내기 위해 그 시를 쓰게 된 계기를 전면에 내세우는 시들도 있다. <바이런 경에게>는 천재 시인의 인품에 대한 암시와 찬탄의 시로, "마음속 깊이 자신과 싸웠던" 사람에 대한 경고와 격려가 담겨 있다. 그러나 이 시는 시대를 비판하는 괴테 자신의 고백이기도 하다. 노년의 시에서 가장 언어 기교가 뛰어난 시는 1820년 2월 3일에 쓴 <마리아 폰 작센-바이마르-아이제나흐 공주님께>로 다음과 같이 시작한다. "온화한 그림을 우리 공주님의/ 온화하신 모습에 바칩니다"(1～2행). 개인적인 일을 사회적으로 받아들일 수 있는 형태로 묘사하는 시는 1822/1823년에 마리엔바트에서 쓴 울리케 폰 레베초에게 보내는 시들로, <비가>의 전주곡이자 내부와 외부에서 바라보는 "놀이"로서 가까이 있을 때와 멀리 떨어져 있을 때를 극복할 수 있게 해 준다. "그대는 뜨거운 온천에서 나날들을 보내고,/ 그러면 내 마음은 갈등을 일으키지요./ 내가 그대를 마음속에 완전히 품고 있는데,/ 어찌 그대가 다른 곳에 있는지 난 이해하지 못하니까요"(VI). 이 시들 가운데 몇 편을 괴테는 1823년 8월 14일에 며느리 오틸리에에게 "아름다운 밤하늘에 스쳐 지나가는 몇 개의 별똥별"이라며 보내기도 했다. 괴테가 ≪서동시집≫(1819)의 <줄라이카 편>을 쓰는 데 결정적인 역할을 했던 프랑크푸르트의 마리아네 폰 빌레머와 괴테 사이의 가장 중요한 시는 1825년에 쓴 대화체의 시다. 이 시는 마리아네가 보내 준 말린 꽃으로 상징되는 '멀리 떨어져 있는 아픔'을 단어 그대로 '신선한 꽃'으로 바꾸는데, 이런 방식은 ≪서동시집≫에 다시 연결하는 시도였다.

이렇게 보면 노년에 쓴 기회시나 인물시는 비록 교훈적 내용과 세계관을 담은 때도 있지만, 각각의 경우에 맞춘 후기 시의 정수로 볼 수 있다. 즉, 직접적인 계기로 쓰기는 했지만, 이 계기를 괴테는 '역사적인 개별적 경우'로서 심각하게 받아들이는 것이 아니라, 재치 있게 일반적으로 경험할 수 있는 의미로 나타낸다. 괴테는 이런 의례적인 기회를 현실로 "그렇게 부담스럽지 않게" 긍정적으로 받아들였고, 오히려 그런 일을 자신이 활기차게 시를 쓰는 계기로 삼았다. 그러면서 각 기회는 필요하다면 개인적 차원을 넘어 역사적으로 성찰하는 동인이 되었다. 그러나 괴테가 1822년 7월에 울리케에게 보낸 것으로 추측되는 시에서 "현재는 자신에 대해 아무것도 모르고/ 이별은 놀랍게 느껴지며,/ 떨어져 있음에 점점 뒤로 물러나니,/ 그대 없음만이 그대 높이 평가할 줄 안다네"라고 말하는데, 이 기회시에 담긴 괴테의 개인적 요소는 평소의 일반화 경향에서 완전히 벗어나고 있다.

괴테 노년 문체의 특성

괴테 노년의 시에 나타나는 독특한 문체는 무엇보다도 ≪파우스트 2부≫(1832)뿐 아니라 산문 작품인 ≪노벨레(Novelle)≫와 ≪빌헬름 마이스터의 편력 시대≫의 개별 문구들에서도 나타난다. 그리고 이 시기에 쓴 많은 편지에서도 이런 문체를 확인할 수 있다. 즉, 괴테가 노년에 쓴 텍스트는 수수께끼처럼 이해하기 힘든 어떤 사실을 암시하는 듯한 특성을 띠고 있다. 이것은 괴테가 의도했던 "비가측성(非可測性, Inkommensurabilität : 같은 척도로 측정되지 않는 비교 불가능성)"에 기인한다. 괴테는 에커만과의 대화에서 이렇게 말했다. "문학 작품이 같은 척도로 측정될 수 없으면 없을수록 그리고 정상적인 이해력으로 파악하기 힘들수록 더 낫다네"(1827. 5. 6). 그러나 최고로 응축된 언어 사이에서 가끔 "당신은 말도 잘하는군요. 내 생각에(Du hast gut reden, dachte ich)"(<비가> 103행) 처럼 소박한 일상 언어가 나타나기도 한다.

우선 가장 눈에 띄는 괴테 노년의 문체는 다른 품사의 단어를 연결해 만든 신조어를 선호하는 경향이다. 예를 들어 "위세를 부리듯(Machtgewalt)"(<적운> 36행), "미친 듯이 흥분해서(Wutbegier)"(<성담> 102행), "희망의 즐거움(Hoffnungslust)"(<비가> 64행), "고귀한 사명(Hochberuf)"(<하나이자 모든 것> 9행), "고통의 기쁨(Schmerzenslust)"(<빌헬름 티슈바인의 목가적 풍경화> 8행) 등과 같은 신조어들이다. 또한 "윤리적으로 살아가는 날(Sittentag)"(<유언> 18행), "신이자 자연(Gott-Nautr)"(<엄숙한 납골당에서…> 32행)과 같은 추상적인 신조어도 서정시에 들어온다. 신조어에 특히 많이 쓰이는 단어는 "…을 넘어서다/넘쳐 나다"의 의미를 가진 접두어 "über-"로, "더없이 행복한(überselig)"(<떠오르는 보름달에게> 12행), "저 커다란 피안의 세계(das überweltliche Große)"(<비가> 35행), "너무나 빠르게(überschnell)"(<화해> 3행), "가득 채우다(überfüllen)"(<화해> 10행), "과도하게 베풀어 주심(die überreiche Spende)"(<화해> 15행)이라는 새로운 단어들을 만들어 낸다. 특히 <성담>과 <하워드를 명예롭게 기억하며>

에서는 심지어 세 단어를 묶어서 한 단어를 만들고 있는데, 대표적인 예가 "평평한 수면(Wasserspiegelplan)"(<층운> 1행)이다. 이뿐만 아니라 형용사를 명사로 만드는 때도 있는데, "내일의 일(das Morgende)"(<비가> 94행), "아침마다 물을 긷는 그 부인(die morgendliche)"(<성담> 15행)이라는 기상천외한 신조어도 있다. 게다가 동사의 원형을 인칭 변화도 하지 않고 그대로 쓴다거나 단어를 간결하고 짧게 만드는 때도 자주 보인다.

신조어를 만드는 경향과 비슷한 경우로 형용사를 중첩하는 것이 있다. 이런 경우에 한 단어는 문법에 따르지 않고 형용사 어미 변화를 하지 않은 채로 두는데, "어리고 어린 소년(Klein kleiner Knabe)"(<한밤중에> 2행), "자신의 유일하게 소중한 어머니(seiner einzig teuren Mutter)"(<성담> 70~71행), "신성하고 변하지 않는 달콤한(Göttlich-unverändert-süßen)"(<성담> 88행)과 같은 경우다. 같은 단어를 반복하는 예도 흔히 나타나는데, 예를 들면 "구름 띠에 구름 띠(an Streife Streifen)"(<층운> 29~30행), "매우 사랑스러운 여인들 가운데 가장 사랑스런 여인(die Lieblichste der lieblichsten Gestalten)"(<비가> 42행), "해골이 다른 해골들에(Wie Schädel Schädeln)"(<엄숙한 납골당에서…> 1~2행), "나무에 나무들이

(Baum an Bäumen)"(<빌헬름 티슈바인의 목가적 풍경화> 3, 1행)와 같은 경우다.

같은 단어가 이중으로 문법적 기능(주어와 서술어 또는 주어와 목적어)을 하도록 이용하는 이런 조어 현상은 괴테 노년의 시에 나타나는 가장 특징적인 경향 가운데 하나다. 이런 경향은 느슨하게 나란히 배치되어 은은한 결합이나 순환적 연관 관계를 만들어 낸다. 이런 순환적 연관 관계를 노년의 괴테는 점점 더 선호하게 되었고, 노년에 쓴 작품의 언어나 문체에서도 점점 뚜렷하게 나타나게 되었다. 이전처럼 엄격한 구문이나 문장 대신에 느슨하지만 서로 뜻이 통하는 단어를 배치함으로써 의미를 반복적으로 강조하는 기능이 강화된다. 결과적으로 괴테가 노년에 쓴 시의 문장에서도 이런 특징이 나타나게 되어, 연이나 시 전체가 완성된 문장 구조를 갖지 못할 뿐만 아니라, 단어들이 어색하게 배열되어 문법적으로는 "열린" 형태를 취하게 된다. 가장 대표적인 시들 가운데 하나가 <한밤중에>와 두 번째 '도른부르크 시'인 <이른 아침, 계곡과 산과 정원이…>라는 시다. 또한 <유언>의 6연은 시작과 끝의 구조가 다른 파격적인 문장으로 이루어져 있다. 이런 느슨한 문장 구조 외에도 문장 구조를 압축하는 간결한 축약 현상도 나타나서, 그 문장을 이해하기 위해 여러 가지 문법적 가능성을 열어 놓게 만든다. 그 밖에 괴테 노년 문체의 특징을 들자면, 어색하게까지 느껴지는 형용사 최상급의 사용(<이른 아침, 계곡과 산과 정원이…>, <비가>), 절대 2격의 사용(<비가>, <떠오르는 보름달에게>), 접속사 "und(그리고)"의 빈번한 생략과 과도한 사용(<하나이자 모든 것>, <파리아 성담>) 등이다. 이러한 문체의 특징들은 괴테 노년 시의 상투적 어법이 되어 간결한 함축적 의미의 격언이나 잠언과 같이 언어를 응축해서 간결하게 표현하는 기능을 수행한다.

괴테는 이러한 언어 특성들을 충분히 고려했기 때문에, 이런 문체 현상 또한 괴테 노년의 "역사적인 요소"에 속한다. 괴테는 "각 나이에 따라 하나의 철학이 반응한다"라고 생각했고, 노인에게는 "신비주의"를 부여한다. "노인이 되면 많은 일이 우연에 좌우되는 것처럼 보인다. 즉, 비합리적인 일이 벌어지기도 하고 합리적인 일이 허사가 되기도 해서, 행복과 불행은 예기치 않게 일어나는 것처럼 보인다. 현재에는 그래서 이렇고, 과거에는 그래서 그랬다고 말이다. 그리고 나이가 많이 들면 그 사람이 그래서 이렇고, 그 사람이 그래서 이랬고, 그 사람이 그래서 그렇게 되리라 생각하며 자신을 달랜다." 그러나 괴테는 조용히 물러나 있지 않았고, 어떤 방법으로든 서정시에서 누구에게도 뒤지지 않는 '새로운 것'을 만들어 냈다. ≪색채론≫(1810)에서 괴테는 노년에 시를 쓰는 것에 대해 이렇게 말했다. "그리스 시는 전적으로 비교적 소박하다. 자연의 풍경을 자연스럽게, 쾌활하게, 재치 있게, 예술적으로 표현해 내는 데 훨씬 적합하다. 동사나 특히 동사의 원형이나 분사형으로 표현하는 방법은 모든 표현을 가능하게 한다. 이런 시는 단어에 의해 결정되고 구분되거나 설정되는 것은 아무것도 없고, 대상물을 상상 속에 불러내기 위한 암시만을 주게 된다." 노년의 시에서 이런 사실과 일치하는 완벽한 예가 바로 <빌헬름 티슈바인의 목가적 풍경화>의 14번째 시다. "가볍게 짜지는 여러 시간을 작동시켜라,/ 사랑스럽고도 유쾌한 사람들이 마주치듯./ 아주 긴 인생의 날실과 씨실들이 서로/ 이별하고, 찾아오고, 맞이하고, 축복하듯."[245)]

245) ≪Goethe Handbuch, Bd. 1≫(Mathias Meier, Das lyrische Spätwerk. 1819~1832), 436~449쪽 요약.

옮기고 나서

괴테가 일곱 살 때 새해를 맞아 외할아버지와 외할머니를 위해 쓴 <1757년이 즐겁게 밝아 올 때…>부터 1832년 3월 죽기 얼마 전에 쓴 <시민의 의무>에 이르기까지 우리 독자들에게 전하고 싶은 괴테의 모든 시들을 ≪괴테 시선 1~8≫에 소개했다. 이미 ≪괴테 시선 1≫의 해설에서 언급했다시피 괴테의 시는 시인 자신이 체험한 현실과 생각을 가슴속 깊이 녹여서 일기나 자서전을 쓰듯 표현한 것이기 때문에 우리가 생각하는 술술 외워지는 주옥과 같은 시들은 드물다. 그러나 ≪괴테 시선≫은 괴테의 삶을 따라가면서 젊은 시절의 열정이 폭발했던 '질풍노도 시대'의 시들(≪괴테 시선 1≫), 바이마르로 가서 슈타인 부인과 교류하면서 한층 성숙해진 시인의 모습을 반영한 시들(≪괴테 시선 2≫), 이탈리아 여행에서 느낀 감격과 도취를 그린 ≪로마 비가≫와 두 번째 이탈리아 여행에서 느낀 바를 고대의 에피그람 형식으로 쓴 ≪베네치아 에피그람≫(≪괴테 시선 3≫), 자신과 자신의 작품에 대해 비난하는 주변 사람들에게 실러와 함께 퍼붓는 가시 돋친 2행시 모음집 ≪크세니엔≫(≪괴테 시선 4≫), 시인으로서 완숙기에 접어들어 독일 고전주의를 화려하게 장식했던 시기에 쓴 시들(≪괴테 시선 5≫), 나폴레옹 전쟁 시기라는 고난의 시대에 정신적으로 저 멀리 14세기의 페르시아 시인 하피즈가 살던 페르시아로 달아나 서방의 시인이 쓰는 동방의 시들을 모은 ≪서동시집≫(≪괴테 시선 6≫), 그러고 나서 마지막 순간까지 후세들에게 유언처럼 남겼던 인생의 깊은 의미를 담은 시들(≪괴테 시선 7≫), 마지막으로 괴테가 죽은 후에야 정리되었던 격언 모음집인 ≪온순한 크세니엔≫(≪괴테 시선 8≫)에 이르기까지 괴테가 쓴 시들 가운데 괴테의 삶과 사상이 담겨 있는 의미 있는 시들을 모두 소개하고 있다.

괴테의 시를 읽으면 이것이 시인지, 아니면 운문으로 쓴 고백록이나 일기인지 구분할 수 없을 때가 종종 있다. 이런 현상은 괴테가 시인으로서 그 소재를 인간과 자연, 신과 세계, 예술과 자연을 소재로 해서 자신이 순간순간 느끼는 감정을 시의 운율로 녹여 냈기 때문에 나타난다. 이때 괴테는 시에 비유와 은유 및 상징을 구사하는데, 괴테가 그 시를 쓰던 시대 배경뿐만 아니라 괴테의 당시 상황과 심정 및 생각에 대한 배경을 모르면 그 시의 의미를 이해하는 데 어려움이 따른다. 그래서 ≪괴테 시선≫에서는 각 시에 대한 이런 정보들을 많이 제공해서 독자들이 괴테의 시를 읽는 데 도움을 주려고 했다. 물론 이런 정보

없이도 독자들은 시를 읽고 자기 나름대로 의미를 도출해 낼 수 있다. 그러나 괴테 자신도 자신의 시를 독자들에게 더 잘 이해시키기 위한 해설을 쓸 정도로 시인의 의도를 독자들에게 제대로 이해시키고 싶어 했다. 그래서 ≪괴테 시선 1≫에서도 미리 강조했다시피 괴테의 시는 한 번 읽어서는 그 의미를 제대로 이해할 수 없는 경우가 많다. 이때 해설을 읽어 보고 다시 그 시를 읽으면 시인의 의도를 파악하는 데 도움이 될 것이다. 괴테도 독자들에게 자신의 작품을 한 번만 읽고 평가하지 말아 달라고 부탁했다. 이런 이유에서 ≪괴테 시선≫에서는 각각의 시기마다 괴테의 삶과 문학적 특징을 미리 소개했고, 필요한 경우 각 시에 간단한 주석과 해설을 달아 두었으며, 마지막에는 그 책에 수록된 시들 전체에 대한 해설도 덧붙였다.

≪괴테 시선≫에는 많은 시가 수록되어 있지만, 괴테가 쓴 모든 시는 아니다. 괴테가 쓴 모든 시를 시대별 또는 시의 형태별로 모은 전집을 원전으로 삼아 번역하기는 했으나, 괴테가 자신의 전집이 나올 때마다 기존의 시를 수정한 것이 많아서, 같은 시에 단어 한두 개 수정한 것을 다시 번역할 필요는 없기에 해설이나 주석에 그 사실을 간단하게 설명했다. 또한 괴테는 많은 사람에게 시를 써 주었는데, 그런 시들 가운데 그래도 의미가 있는 시만 "인물시"

편에 소개했다. 그래도 ≪괴테 시선≫에서 ≪베네치아 에피그람≫과 에피그람 유고들 및 기타 에피그람, ≪크세니엔≫이나 ≪온순한 크세니엔≫은 우리나라에서 처음으로 완전한 형태로 소개했다. 따라서 ≪괴테 시선≫은 괴테가 쓴 모든 시를 담은 '괴테 시 전집'은 아니지만, 괴테가 쓴 시의 70~80퍼센트는 수록한 것으로 생각한다.

≪괴테 시선≫을 작업하면서 개인적으로 마음에 깊이 새겨지는 시들도 많았다. 여기서 일일이 그 시들을 언급하지는 못하지만, 젊은 학생들과 수업 시간에 읽으면서 가장 여운이 남았던 시가 ≪괴테 시선 2≫에 들어 있는 <신적인 것(das Göttliche)>이라는 시다. 괴테가 서른네 살 때인 1783년에 쓴 시인데, "고귀해져라 인간이여,/ 도움 많이 베풀고 선하게 살아라!/ 그것만이/ 인간을 우리가 알고 있는/ 다른 모든 존재들과/ 구분해 주기 때문에"라는 말로 시작해서 "고귀한 인간이여/ 도움 많이 베풀고 선하게 살아라!/ 지지치 않고 수행해라/ 유용한 일, 옳은 일을,/ 그래서 예감했던 저 존재들의/ 모범을 우리에게 보여 주어라!" 하며 끝난다. 괴테가 말하는 "신적인 것"이란 '신'이라는 '형이상학적 존재'를 인간의 인식력으로는 완전히 알 수 없지만, 오로지 선한 행동을 통해서 보다 숭고한 존재인 '신'을 "예감"할 수 있다는 것이다. 이런 생각은 괴테

만년의 작품이나 사상에까지 이어져, 그 엄청나고 거대한 괴테 문학을 관통하고 있다. 이런 메시지를 독자에게 전달하려는 것이 괴테 시의 본질이라고 볼 수 있다. 그래서 괴테의 시는 읽고 또 읽으면서 의미를 여러 번 되새겨 봐야 독자 스스로 그 시의 의미를 도출해 내게 된다. 출구가 보이지 않는 답답한 현실을 살아가야 하는 현대인도 한 번쯤 자신의 삶을 괴테의 이런 시구로 되돌아볼 필요가 있지 않을까?

≪괴테 시선≫을 작업하면서 느낄 수 있었던 것은 괴테가 끊임없이 우리의 시야를 열라고 요구한다는 것이다. 괴테 자신도 외국 문화에 대해 개방적이었고 이해하려는 자세를 취했다. 그래서 괴테는 "세계 시민" 의식, "세계 문학"에 대한 이해, 이를 위한 "교양"을 강조했다. 괴테 자신도 고대 그리스와 로마의 문학뿐만 아니라, 페르시아나 인도 및 중국의 문학까지도 공부해서 자신의 문학에 녹여 시를 썼다. 그리고 이런 요구는 모두 미래의 세대를 위한 것이기도 했다. 미래 세대는 문화의 장벽을 넘어 서로 교류하고 이해함으로써 형제처럼 평화롭게 살아가야 한다는 것이다. 그래서 괴테는 ≪온순한 크세니엔≫에서 미래 세대에 대해 많이 말한다. 즉, 과거("어제")와 현재("오늘") 그리고 미래("내일")는 따로 떨어져 있는 것이 아니라 서

로 연결되어 있고, 그래서 역사는 과거에 한 번 '일어났던 일'이 아니라, 똑같은 일이 현재도 '일어나고 있으며' 미래에 '일어날' 일이라고 이해했다. 그래서 괴테가 자신의 작품, 특히 시에서 후세에 남기려는 메시지는 '미래를 위한 희망을 가지고, 과거의 일을 거울삼아, 현재를 열심히 살아가라'라고 요약할 수 있다. ≪온순한 크세니엔≫에서는 우리에게 다음과 같이 말한다. "그대에게 **어제**가 분명하고 또 열려 있다면/ 그대는 **오늘**도 힘차고 자유롭게 활동하리라./ 그래서 **내일**을 기대할 수도 있으리라./ 똑같이 행복한 내일이 될 것이라고."

≪괴테 시선≫을 번역하면서 원문 시 텍스트의 운율을 살려 낼 수는 없어, 우리말 운율이라도 살리기 위해 글자 수를 맞춰 보려고 했지만, 우리말과 독일어의 차이 때문에 쉽지는 않았다. 그러나 가장 주의를 기울였던 점은 원문 텍스트가 담고 있는 의미를 우리말로 정확하게 밝히는 것이었다. 그래서 의역보다는 차라리 직역에 가깝게 번역했다. 그래야 괴테가 하고자 하는 뜻을 제대로 전달할 수 있다고 생각했기 때문이다. 그러나 많은 부분에서 잘못 이해한 부분도 분명히 있을 것이다. 이런 부분은 앞으로 수정해 나갈 것이며, 더 훌륭한 번역자가 새롭게 괴테의 시를 번역하면서 이런 오류들을 바로잡아 주길 바란다. 그

래도 졸역 ≪괴테 시선 1~8≫이 우리나라에서 괴테와 괴테 문학을 이해하는 데 조그마한 보탬이 되었으면 한다.

2022년 11월 돈돈재(沌沌齋)에서

옮긴이

지은이에 대해

어린 시절(1749~1765)

요한 볼프강 폰 괴테(Johann Wolfgang von Goethe)는 1749년 8월 28일 마인 강변의 프랑크푸르트에서 부유한 집안의 장남으로 태어났다. 괴테의 친할아버지인 프리드리히 게오르크 괴테(Friedrich Georg Göthe, 1657~1730)는 튀링겐(Thüringen)에서 이주해 온 프랑크푸르트의 유명한 재단사였으며, 괴테가 태어나기 훨씬 전에 죽으면서 상당한 재산을 남겨 놓았다. 그리고 성(姓)의 표기를 "Goethe"로 고쳤다. 괴테의 아버지 요한 카스파 괴테(Johann Caspar Goethe, 1710~1782)도 법학 박사로 변호사이자 황실 추밀원 고문이었고, 많은 재산을 유산으로 물려받아 자식들을 넉넉하게 교육할 수 있었다.

괴테의 아버지는 엄격하고 꼼꼼해서 집안에 불화를 자주 발생시켰다. 괴테의 외할아버지인 요한 볼프강 텍스토어(Johann Wolfgang Textor, 1693~1771)는 프랑크푸르트 시장을 지낸 최고위직 법원 관리였으며, 괴테의 어머니 카타리나 엘리자베트(Catharina Elisabeth, 1731~1808)는 쾌활하고 인자로운 성품을 지니고 있었다. 괴테는 5명의 동생 중에서 유일하게 살아남은 바로 아래 여동생 코르넬리아(Cornellia, 1750~1777)와 함께 어린 시절부터 8명의 가정 교사에게 철저한 교육을 받으며 성장했다. 괴테는 어렸을 때 라틴어와 그리스어, 불어와 이탈리아어 그리고 영어와 히브리어를 배웠고, 미술과 종교 수업뿐만 아니라 피아노와 첼로 그리고 승마와 사교춤도 배웠다.

괴테는 아버지의 서재에서 2000권에 달하는 법률 서적을 비롯한 각종 문학 서적을 거의 다 읽었다고 한다. 어머니로부터는 성경을 배우면서 자랐다. 특히 어린 괴테에게 영향을 준 것은 네 살 때 할머니에게 크리스마스 선물로 받았던 인형극이었다. 괴테는 인형극 놀이를 하면서 대본을 완전히 외웠고, 친구들과 함께 인형극 놀이를 열심히 했다. 이것이 괴테의 문학적 판타지를 키울 수 있는 첫 번째 자극이었던 것이다.

특히 어린 시절에 읽은 16세기에 출판된 ≪파우스트 박사 이야기≫와 프랑크푸르트 크리스마스 장터에서 유랑극단이 영국 작가 말로(Marlow)의 드라마 ≪파우스트≫를 공연하는 것을 본 것이 훗날 자신의 ≪파우스트≫ 작품을 쓰게 되는 바탕이 되었다. 또한 1759년에서 1761년까지 프랑크푸르트가 프랑스군에게 점령당했을 때 괴테의 집에 프랑크푸르트 시의 사령관 토랑(Thoranc) 백작이 거주하게 되었는데, 이런 계기로 괴테는 프랑스어를 자유자재로 구사할 수 있었고, 프랑스 드라마와 예술을 접할 수 있는 기회를 얻을 수 있었다. 괴테는 외국어를 쉽게 습득했으며, 어린이답지 않게 능숙하게 시를 쓰는 재능을 보였다. 괴테의 성격은 활달하면서도 급한 성격에 고집스러웠다.

라이프치히 시절(1765~1768)

괴테는 아버지의 바람에 따라 1765년부터 1768년까지 당시 "작은 파리"라고 부르던 유행의 도시 라이프치히에서 법학 공부를 시작했다. 괴테는 이 도시에서 "촌놈" 취급을 당했기 때문에, 아버지로부터 매달 보통 학생들이 쓰는 돈의 두 배를 받아 쓰면서 의상부터 이 도시의 유행에 맞추고 사교적인 에티켓을 배워야만 했다.

괴테는 라이프치히에서 전공인 법학 강의보다 문학 강의를 더 열심히 들었다. 특히 인기가 있던 겔레르트

(Gellert) 교수의 수업을 듣고 자신의 작품을 직접 써 보는 시도를 할 수 있었다. 또한 독일 문학의 "교황"이라고 불리던 고트셰트(Gottsched)의 강의를 듣고 그 감격을 친구에게 보낸 편지에 쓰기도 했다. 또한 괴테는 프리드리히 외저(Friedrich Oeser)로부터 미술 지도를 받기도 했는데, 특히 고대 미술에 대한 이해와 예술가적인 판단 능력을 배울 수 있었다.

부모의 집으로부터 멀리 떨어진 라이프치히에서 괴테는 훨씬 자유롭게 생활했다. 연극 공연도 보고, 저녁마다 친구들과 시간을 보내거나 근교에 놀러 나가기도 했다. 괴테는 여관 주인의 딸이었던 카타리나 쇤코프(Katharina Schönkopf, 1746~1810)를 열렬히 사랑해 <안네테에게(An Annetten)>를 비롯한 19편의 아나크레온풍의 달콤한 서정시를 썼으며, 그 경험을 바탕으로 프랑크푸르트로 돌아와서는 희곡 ≪연인의 변덕(Die Laune des Verliebten)≫과 ≪공범자들(Die Mitschuldigen)≫을 쓰기도 했다. 그러나 괴테는 너무 자유분방하게 대학 생활을 한 탓으로(당시 대학생들의 자유분방했던 생활은 ≪파우스트≫에 등장하는 라이프치히의 <아우에어바흐 지하 술집> 장면에 잘 묘사되어 있다) 1768년 자신의 19번째 생일을 보내자마자 고향인 프랑크푸르트로 돌아온다. 그러나 이 시절에 쓴 시들은 괴테의 어릴 적 친구인 베리슈(Behrisch, 1738~1809)에 의해 정리되어 1769년 ≪새로운 노래(Neue Lieder)≫라는 제목으로 출판되기도 했다.

'슈트룸 운트 드랑(질풍노도)' 시대(1770~1775)

슈트라스부르크 시절(1770~1771)

죽음의 고비를 넘길 만큼 오랫동안 중병을 앓았던 괴테는 어머니의 친구인 폰 클레텐베르크(Henriette Susanne von Klettenberg, 1723~1774)를 만나면서 '경건주의(Pietismus)'를 접하게 된다(이 경험은 훗날 ≪빌헬름 마이스터의 수업 시대≫ 6장 <아름다운 영혼의 고백>에 자세하게 서술된다). 부모님 집에서 서서히 건강을 회복한 괴테는 1770년 4월에 지금은 프랑스령인 엘자스 지역에 있는 슈트라스부르크(Straßburg)로 가서 법학 공부를 계속한다. 그곳에서 괴테는 눈병을 치료하기 위해 와 있던 헤르더(Johann Gottfried Herder, 1744~1803)를 만나 호메로스와 셰익스피어뿐만 아니라 독일 민요와 언어, 그리고 역사에 기초를 둔 예술관에 결정적으로 큰 영향을 받는다. 괴테는 슈트라스부르크 근교 제젠하임(Sessenheim)

목사의 딸이었던 프리데리케 브리온(Friederike Brion, 1752~1813)을 알게 되어 사랑에 빠지게 된다. 괴테는 그녀에 대한 넘쳐흐르는 사랑의 열정을 자연에 녹여 <오월의 축제>, <만남과 헤어짐> 등과 같은 "제젠하임의 시"를 써서 그녀에게 바쳤는데, 이 시들은 독일 최고의 서정시로 여겨지고 있다. 그러나 괴테는 1771년 8월에 "국가와 교회 간의 관계"에 대한 테마로 법학 박사 학위를 취득하자 그녀를 버리고 다시 고향인 프랑크푸르트로 돌아온다.

프랑크푸르트 시절(1771~1775)

괴테는 아버지의 도움을 받아 프랑크푸르트에서 작은 변호사 사무실을 열었지만, 문학에 대한 열정에 더 사로잡혀 있었다. 이때 쓴 작품은 '질풍노도' 시대를 여는 작품으로 ≪괴츠 폰 베를리힝겐≫과 ≪초고 파우스트≫와 같은 드라마와, 문학의 전통적인 규범을 뛰어넘는 찬가들(Hymnen)을 쓰게 된다. '질풍노도' 시대를 여는 작품 ≪괴츠 폰 베를리힝겐≫이 1773년 발표되자 독일에서는 뜨거운 논쟁이 벌어졌는데, 독일에서 드라마의 전통적인 규범으로 여기고 있던 프랑스 고전주의 극을 따르지 않고 최초로 영국의 셰익스피어 극을 모방했기 때문이었다. 프로이센의 왕까지 가세한 이 논쟁으로 인해 괴테는 독일에서 일약 유명세를 타게 되었다.

1772년 봄에 괴테는 아버지의 권유로 베츨라(Wetzlar)의 고등법원에서 법률 실습을 하게 된다. 거기서 괴테는 친구가 된 외교관 케스트너(Kestner)의 약혼자 샤를로테 부프(Charlotte Buff, 1753～1823)를 마음에 두게 되어 괴로워하다 그해 겨울에 다시 프랑크푸르트로 돌아온다. 샤를로테가 괴테에게 "우정 이상의 것을 기대해선 안 된다"고 말했고, 괴테 자신도 더 이상 기대할 것이 없는 상황임을 인식했기 때문이었다. 이곳에서의 생활과 체험이 나중에 그곳에서 예루살렘(Jerusalem)이라는 외교관의 자살 사건이 발생했을 때 ≪젊은 베르테르의 슬픔(Die Leiden des jungen Werthers)≫(1774)을 쓰는 계기가 되기도 했다. 천재적 재능을 갖추고는 있지만 감수성이 예민한 한 젊은이가 현실에 적응하지 못하고 자살하는 이 소설로 괴테는 일약 유럽에서 유명 작가가 되었다. 그리고 전국에서 수많은 사람들이 이 젊은 작가를 만나기 위해 프랑크푸르트로 몰려들었다. 1775년 4월에 괴테는 프랑크푸르트에서 은행가의 딸인 릴리 쇠네만(Elisabeth Schönemann, 1758～1827)과 약혼을 한다. 그러나 괴테는 곧 결혼을 통한 가정의 행복과 좀 더 자유로운 생활 사이에서 방황하기 시작한다. 그래서 친구 메르크(Merck)에게 "자유를 동경하는 마음의 소용돌이가 가정의 행복한 항구로 가까이 가려는 생활의 배를 먼 바다로 밀어낸다"고 토로하기도 했다. 괴테의 아버지도 은행가의 딸과 결혼하는 것을 반대했기 때문에 괴테의 고민은 더욱 깊어졌다. 그래서 괴테는 친구들과 스위스 여행을 다녀오게 되는데, 거기서 쓴 <취리히 호수 위에서>라는 시를 통해 자신을 성찰해 볼 기회를 갖는다. 이 시기에 쓴 "릴리의 시"에서는 도망치려고 해 보지만 연인의 "마법"과도 같은 "비단실"에 이끌려 다시 그녀의 곁으로 가게 되는 괴테의 심정이 잘 나타나 있다. 괴테의 '질풍노도' 시대라고 부르는 이 프랑크푸르트 시기는 괴테의 일생에서 가장 왕성하게 작품을 썼던 시기에 속한다. 괴테는 <방랑자의 폭풍 노래>, <프로메테우스>, <가뉘메트>와 같은 위대한 인물과 예술가를 소재로 한 찬가를 썼을 뿐만 아니라, 사랑의 서정시와 ≪클라비고(Clavigo)≫, ≪스텔라(Stella)≫와 같은 드라마도 발표해 주목을 끌었다. 사랑과 배신을 주제로 한 이 두 "시민 비극(Das bürgerliche Trauerspiel)"은 지금도 독일에서 가장 자주 공연되고 있는 작품에 속한다.

바이마르에서의 첫 번째 체류(1776~1786)

자신의 장래에 대해 어떤 결정도 내리지 못하고 망설이던 괴테를 18세에 불과했던 바이마르(Weimar)의 카를 아우구스트(Karl August, 1757~1828) 공작이 초청했다. 1775년 10월에 바이마르로 떠나기 직전 릴리와 파혼한 괴테는 그곳에 잠시 체류하면서 자신의 미래에 대해 생각해 보고 아버지의 권유대로 이탈리아로 여행을 다녀올 예정이었다. 그러나 괴테는 이미 유럽에 널리 알려진 유명 작가로 그곳에서 극진한 환대를 받았고, 당시 인구수 6000명에 불과한 작은 도시였지만, 공작의 어머니인 안나 아말리아(Anna Amalia, 1739~1807)의 노력으로 빌란트(Wieland)를 비롯해 많은 예술가들이 모여 있는 바이마르의 예술적 분위기와 첫눈에 반해 버린 슈타인 부인(Charlotte von Stein, 1742~1827)의 영향을 받아 괴테는 그곳에 머무르게 된다. 그리고 1786년 이탈리아로 여행을 떠나기까지 약 10년간 슈타인 부인에게 열렬한 사랑을 바치게 된다. 괴테보다 일곱 살 연상이었던 슈타인 부인은 일곱 아이를 낳았지만, 세 아들만 살아남았다. 괴테는 슈타인 부인에게 1600통이 넘는 많은 편지를 보냈고 (슈타인 부인이 괴테에게 보낸 편지는 괴테의 이탈리아 여행 이후에 돌려받아 갔기 때문에 전해지지 않는다), 슈타인 부인은 괴테에게 궁중 예법을 가르쳐 주었을 뿐만 아니라 그의 불안을 위로해 주었으며 자신의 욕구를 자제하는 것도 배우게 해 주었다. 이런 슈타인 부인의 영향은 어린 아우구스트 공작을 가르치는 입장에 있던 괴테에게도 나타났다. 프로이센 왕 프리드리히 2세의 손자인 아우구스트 공작은 문학과 예술, 자연 과학에 넓은 교양을 갖추고 있었을 뿐만 아니라, 호탕하고 열정적인 성품을 지녀서 프랑크푸르트 시절 괴테의 '질풍노도' 기질과 잘 어울렸다. 그래서 괴테는 공작과 더불어 유쾌하고 호탕한 생활을 함께 즐기면서도, 공작에게 보낸 시나 편지를 통해서도 알 수 있듯이 공작의 지나친 용기를 억제시키고 군주로서의 책무를 다하도록 일깨워 주는 데도 노력을 아끼지 않았다. 그래서 괴테에 대한 공작의 신임이 두터워져 공국의 많은 일들을 그에게 떠맡기게 되었다. 1779년에 괴테는 공작과 함께 스위스로 여행을 다녀왔고, 그 후부터는 국정에 참여해 내각의 일원이 되어 1782년에 귀족 호칭인 폰(von)을 수여받게 된다. 괴테도 전력을 다해 공국을 위해 정치가로서 교육, 재정, 군사, 광산, 산림, 토목 등의 분야에 재능을 발휘해 많은 성과를 거두었다. 하지만 그러는 사이에 문학적인 성과는 뒤로 밀려나게 되었다. 그러나 그렇게 바쁘게 공적인 생활을 하면서도 괴테는 ≪이피게니에(Iphigenie)≫[246]의 산문 원고를 썼고, <왜 그대는 우리에게 그 깊은 눈빛을 주어…>, <달에게(An den Mond)>와 같은 슈타인 부인에게 보내는 많은 시를 쓰기도 했다. 이 시기에 쓴 시로는 <방랑자의 밤 노래(Wandrers Nachtlied)>, <겨울 하르츠 여행(Harzreise im Winter)>, <인간의 한계(Grenzen der Menschheit)> 등의 주옥과 같은 서정시와 찬가들이 있다. 이런 시들을 살펴보면 프랑크푸르트 시대의 질풍노도와 같았던 격정이 바이마르에서의 정무와 사교 그리고 자연 과학의 연구, 무엇보다도 이성적인 슈타인 부인과의 교류를 통해 많이 진정되었고, 보다 깊이 있는 인생관을 갖게 된 것을 엿볼 수 있다. 그리고 여러 해에 걸친 국정 수행으로 인한 피로와 중압감으로 지친 심신이 슈타인 부인을 통해 위로와 격려를 얻기도 했으나, 작가로서의 내적 충동으로 인해 차츰 이런 현실을 감당하기 어려운 상황에까지 이르게 되었다. 괴테의 마음은 조화와 질

246) 그리스 신화의 이피게네이아를 주인공으로 한 희곡. 이피게니에는 이피게네이아의 독일식 표기다. 에우리피데스의 ≪타우리스의 이피게네이아≫에서 소재를 얻었다.

서의 아름다움으로 눈을 돌리게 되었고, 이탈리아를 동경하는 마음이 간절해졌다. 또한 10년간 지속되었던 슈타인 부인과의 관계도 그에게는 부담스러웠다. 그래서 괴테는 1786년 9월 3일 보헤미아의 카를스바트(Karlsbad, 현재 체코의 카를로비바리)에서 슈타인 부인에게 알리지도 않은 채 이탈리아로 여행을 떠나게 된다. 이번의 도주는 연인으로부터 다섯 번째 도주였지만, 괴테 자신에게는 풍성한 수확을 얻는 중대한 계기가 되었다.

이탈리아 여행(1786~1788)

괴테가 이탈리아로 떠나게 되었던 결정적인 계기는 1786년 출판업자 괴셴(Göschen)이 괴테에게 전집 출간을 제안했던 일이다. 그동안 이렇다 할 작품을 내놓지 못했던 괴테는 이피게네이아를 비롯해 파우스트와 에그몬트(Egmont) 그리고 타소(Tasso)를 소재로 작품을 쓰고 있었지만 공국의 일을 수행하느라 완성할 수가 없었다. 행정가와 예술가라는 이중생활을 하며 괴테의 회의는 더 강해졌는데, 이 모순적인 모습은 ≪토르크바토 타소≫에서 정치가인 안토니오(Antonio)와 시인인 타소라는 인물의 대립으로 나타나 서로 화해하지 못한다. 괴테는 이 대립된 현실에 균형을 잡고 싶었다. 그래서 작가로서의 침체기를 극복하기 위해 바이마르 궁정을 벗어나 이탈리아로 여행을 감행했던 것이다. 괴테는 아우구스트 공으로부터 무기한 휴가를 받아 여행을 떠났는데, 괴테라는 이름은 벌써 이탈리아에서도 '베르테르' 작가로 유명했기 때문에 화가 요한 필리프 묄러(Johann Philipp Möller)라는 가명을 썼다. 그래야 자유롭게 돌아다닐 수가 있었기 때문이었다. 괴테는 베로나와 베네치아를 거쳐 11월에 로마에 도착해서 1787년 2월까지 머물렀다. 그 후 넉 달에 걸쳐 나폴리와 시칠리아를 여행했고, 1787년 6월에 다시 로마로 돌아와 1788년 4월 말까지 머무른다. 독일로 돌아오는 길에 시에나, 피렌체, 파르마와 밀라노를 거쳐 두 달 후인 1788년 6월 18일 다시 바이마르로 돌아온다.

로마에서 괴테는 유명한 <캄파냐의 괴테>를 그린 독일 화가 빌헬름 티슈바인(Wilhelm Tischbein)의 집에서 살았다. 그리고 로마에서 살고 있던 여러 독일 화가들과도 교류를 가졌는데 특히 여성 화가인 안겔리카 카우프만(Angelika Kauffmann)은 괴테의 ≪이피게니에≫ 장면을 그리기도 했다. 또한 괴테는 로마에서 ≪안톤 라이저(Anton Reiser)≫의 작가인 카를 필리프 모리츠(Karl

Philipp Moritz)와 친분을 쌓고 예술의 본질에 대해 많은 대화를 나누었는데, 이 대화가 괴테의 고전주의적 예술관의 기초가 되기도 했다. 또한 지금까지 슈트라스부르크의 대성당과 같은 독일적 건축 양식으로 그토록 칭송했던 중세 고딕식 건축 양식보다는 이탈리아의 르네상스 양식을 찬미하기에 이르렀다. 괴테는 특히 라파엘로의 그림과 비첸차(Vicenza)에서 본 건축가 안드레아 팔라디오(Andrea Palladio)가 고대 건축 양식에 새로운 생명을 불어넣은 건축물에 감동을 받기도 했다. 괴테는 로마에 있던 독일 화가들에게 자극을 받아 850점에 달하는 스케치를 남기기도 했다. 그러나 괴테는 자신이 화가로 태어난 것이 아니라 작가로 태어났음을 이번 기회에 분명히 인식하게 된다.

괴테가 자기 비서와 아우구스트 공작에게만 알렸을 뿐 슈타인 부인에게는 목적지도 알리지 않고 이탈리아로 여행을 떠났기에 부인은 감정과 자존심이 극도로 상했다. 괴테가 자신이 체험한 이탈리아 기행을 꼬박꼬박 편지로 정리해서 보냈지만 그녀는 괴테가 이탈리아 여행에서 돌아오자 절교를 선언하고 말았다. 그러나 1년 9개월 동안 이탈리아에 체류하면서 "나는 마치 이 나라에서 태어나서 여기서 자란 사람 같은 기분이다"라고 말할 정도로 괴테가 느꼈던 고대 예술에 대한 감동은 대단한 것이었다. 괴테는 이탈리아에서 안정과 균형을 찾았고, 바이마르에서 느꼈던 불안과 초조를 말끔히 씻어 낼 수 있었다. 이제 베르테르를 죽음으로 몰고 갔던 '오시안'과 같은 음울한 감정은 더 이상 찾아볼 수가 없었고, 자신의 질풍노도 시대에 모든 기존 예술 규범을 타파하는 데 모범이 되었던 셰익스피어의 자리를 호머와 소포클레스가 차지하게 되었다. 그래서 바이마르에서 완성하지 못했던 네덜란드 독립의 영웅을 소재로 한 ≪에그몬트≫와 그리스 신화에서 저주받은 가문의 딸로 태어나 비극적 운명을 겪는 ≪이피게니에≫를 운문으로 완성했고, 이탈리아 르네상스 시대의 천재 시인을 다룬 ≪토르크바토 타소≫의 초고를 거의 완성했다. 괴테는 이탈리아 여행을 통해 얻게 된 고대 미술의 조화와 균형, 그리고 절도와 절제의 정신을 자기 문학을 조절하는 규범으로 삼아 자신의 고전주의(Klassik)를 열 수 있었던 것이다. 괴테는 훗날 슈타인 부인에게도 보낸 자신의 이탈리아 여행 일지를 바탕으로 ≪이탈리아 여행(Italienische Reise)≫(1813～1817)을 쓰게 된다.

고전주의 시대(1789~1805)

괴테는 1788년 6월에 이탈리아에서 돌아와서도 계속 해서 공적인 업무를 수행했다. 그럼에도 불구하고 이탈리아에서 경험했던 풍부한 체험을 문학 작품으로 승화시켜 나갔다. 특히 어느 젊은 로마 여인과의 에로틱한 경험들은 23세의 크리스티아네 불피우스(Christiane Vulpius, 1765~1816)라는 젊은 여인과의 동거로 이어지고, ≪로마 비가(Römische Elegien)≫로 탄생하게 된다. 독일 문학사에서는 괴테가 이탈리아에서 돌아온 1788년부터 실러가 죽은 1805년까지를 독일 문학의 최고 전성기인 "고전주의" 시대라고 부른다. 이 시기에 괴테와 실러는 바이마르를 중심으로 자신들의 고전주의 이상을 실현하는 활동을 했는데, 개인의 "개성"을 존중하면서도 "유형(類型)"을 통해 "유형적인 개성"으로 고양(高揚)되는 과정을 추구했던 것이다. 이러한 '고전주의 정신'은 괴테의 이탈리아 여행이 계기가 되어 그 결과를 ≪토르크바토 타소≫나 ≪이피게니에≫와 같은 작품으로 완성될 수 있었다. 1805년 실러가 죽은 후부터 1832년 괴테가 죽을 때까지는 독일에서 낭만주의(Romantik)가 전성기를 누리는 시기였다. 따라서 이 고전주의 시기는 괴테의 전체 작품 활동 시기에서 중간에 해당하는 부분으로, 이전의 '질풍노도' 시대의 격정에 비해서는 단아함과 우아함이, 후기의 낭만주의적 자유분방한 환상(Phantasie)과 비교해서는 '양식적인 균형의 미'가 드러난다. 그러나 ≪이피게니에≫에서 이피게니에의 동생 오레스테스(Orestes)가 저주의 여신에 쫓기면서 '악령(Dömon)'에 사로잡힌 모습에, 그리고 ≪토르크바토 타소≫에서 타소의 현실도피적인 공상 속에 떠도는 모습에 여전히 베르테르의 주관적 감정에 가득 찬 격정적인 모습이 담겨 있다. 그러나 이피게니에로부터 '보편적인 인류애'의 정신이 흘러나오고 있다.

크리스티아네 불피우스(1765~1816)

카를 아우구스트 공은 괴테가 이탈리아에서 돌아오자 모든 정무에서 벗어나 예술과 자연 과학에 몰두할 수 있도록 그를 무임소 장관에 임명했다. 1788년 7월에 괴테는 실직한 오빠의 작품을 추천해 달라고 찾아온 23세의 크리스티아네의 청순한 모습에 이끌려 곧 동거를 시작하게 된다(18년 후인 1806년 나폴레옹이 바이마르 근처 예나에서 전투를 벌일 때 프랑스군들에게 생명의 위협을 느꼈던 괴테는 그때 자신을 용감하게 구해 준 크리스티아네와 정식으로 결혼식을 올린다). 이듬해 12월에 장남인 아우구스트가 태어나고, 괴테는 비로소 가정적인 행복을 느낄 수 있게 되었다. 그러나 크리스티아네는 괴테와 함께 살 수 없었다. 괴테는 임신한 그녀를 자기 집으로 들어오게 하고 싶었으나, 공작의 뜻과 바이마르 궁정 사람들을 고려해 크리스티아네와 함께 시 외곽에 있는 집으로 들어간다. 그 이후에도 4명의 아이가 태어났지만 모두 출생한 지 얼마 되지 않아 죽었다. 1792년 아우구스트 공작은 괴테 가족이 다시 바이마르에 있는 괴테의 집으로 들어가 살도록 허락했다.

크리스티아네는 높은 수준의 교육을 받지는 않았지만 매우 영리한 여인이었다. 괴테의 성격을 잘 파악해서 집안일을 잘 처리했고, 괴테의 자연 과학 연구에도 많은 도움을 주었다. 괴테와 정식으로 결혼을 하지 않은 상태였기 때문에 궁중에 괴테와 함께 초대되는 일은 없었지만, 항상 복잡하게 손님들로 들끓는 집안 살림을 훌륭하게 처리해 나갔다. 그러면서도 자기 자신은 항상 겸손하게 드러내지 않으면서 괴테의 시 <발견(Gefunden)>에서처럼 매우 이상적인 주부로서 괴테 곁을 지켜 주었다. 그러나 크리스티아네와의 동거는 슈타인 부인을 더욱 격분시켜 완전히 절교 상태에 이르게 했고, 바이마르의 사교계는 그렇게 신분이 낮은 여인과 동거하는 것에 대해서 많은 비난을 보냈다. 그래서 괴테는 외부 세계로부터 더욱 고립되었고, 한층 더 자신의 내면적 세계에 빠지게 되었다. 이 시기에 쓴 작품으로 ≪토르크바토 타소≫와 <식물의 변형(Metamorphose der Pflanzen)>(1790)이라는 시가 있다. 이 시는 괴테가 자연 과학을 연구한 결과로 탄생한 것인데, 시와 자연 과학을 결합하는 데 성공한 시로 평가받고 있다. 그리고 괴테의 자연 과학 연구는 1780년부터 50년간 체계적으로 이어진다. 괴테는 이때부터 광학에 관한 ≪색채론(Farbenlehre)≫을 연구하기 시작해서 거의 생을 마감할 때까지 이어 간다.

프랑스 혁명이 발발하고 이듬해인 1790년 3월에 괴테는 두 번째 이탈리아 여행을 떠난다. 이번에는 아우구스트 공작의 모친인 안나 아말리아가 이탈리아 여행에서 돌아오는 것을 마중하기 위해 베네치아로 떠났던 것이다. 그러나 이번 여행은 첫 번째 여행만큼 만족하지 못하고 2개월 만에 돌아왔는데, 괴테는 프랑스 혁명 이후에 미학적으로나 도덕적으로 참을 수 있는 한계를 넘어서는 혼란스런 시대 조류를 풍자한 시들을 ≪베네치아 에피그람(Venezianische Epigramme)≫에 담아내기도 했다. 이

번 여행에서는 이탈리아의 지저분함만이 괴테의 눈에 들어왔기 때문에 "독일인의 청결함"을 그리워할 정도였다. 다른 한편으로 괴테는 1791년부터 바이마르에 설립된 '궁정 극장(Hoftheater)'의 총감독직에 임명되어 1817년까지 26년간 수행하게 되는데, 자신과 실러의 작품을 포함해 수많은 작품을 상연함으로써 독일에서 선도적인 극장으로 성장시키는 데 큰 공을 세우게 된다.

프랑스 혁명과 나폴레옹 전쟁(1789~1816)

1789년에 일어난 프랑스 혁명은 처음부터 괴테에게 반감을 불러일으켰다. 괴테도 물론 그 무렵 대부분의 지식인들처럼 전제군주의 횡포에 대해 그 잘못을 지적했고, 앞으로 새로운 세계가 도래해야 한다고 믿고 있었지만(≪파우스트≫ 2부의 마지막 4막에서 괴테의 정치적 비전이 예견되고 있다), 민중의 폭력으로 그것을 쟁취하려는 행동은 반대했던 것이다. 괴테는 계몽주의적인 측면에서 "점진적인 개혁"을 찬성하는 입장이었다. 특히 혁명의 과정과 결과로 나타난 "무자비한 폭력"에 환멸을 느꼈다. 바이마르의 아우구스트 공은 1792년과 1793년에 프러시아

군의 기갑부대장으로 프랑스군과 싸우기 위해 출전하게 되었고, 괴테도 공을 수행해서 전투지를 전전하게 된다. 그런 와중에도 괴테는 ≪색채론≫을 계속 집필해 나갔고, 프랑스의 승리로 끝난 전쟁의 경험을 ≪프랑스 종군기(Campagne in Frankreich)≫에, 그리고 프랑스군과 독일의 자코뱅 당원들이 점령하고 있던 마인츠시를 오스트리아와 프로이센 연합군이 탈환하는 과정을 ≪마인츠 종군기(Belagerung von Mainz)≫에 기록했다. 괴테가 혁명과 관련해 쓴 작품으로 ≪시민 장군(Bürgersgeneral)≫이 있는데, 주인공인 이발사가 우연히 혁명군의 옷을 입수해 스스로 '시민 장군'이라고 사칭하고 농부를 위협해 음식을 빼앗아 먹었으나 나중에 귀족에게 붙들려 혼이 나는 내용을 담고 있다. 그 밖에도 미완성 정치극 ≪선동된 사람들(Die Aufgeregten)≫(1793~1794)이 있으며, 풍자 서사시 ≪여우 라이네케(Reinecke Fuchs)≫(1793)에서는 혁명을 지지하는 측과 반대하는 측을 동시에 풍자하고 있는데, 동물의 세계를 빗대어 인간의 잔혹함과 기만 그리고 악함을 비추고 있다. ≪서출의 아가씨(Die natürliche Tochter)≫(1803)는 원래 3부작으로 계획했으나 1부만 완성된 것으로 공작의 서녀(庶女) 오이게니에(Eugenie)를 중심으로 순수하고 고귀한 인간성이 아름답게 표현되어 있다. 괴테는 지금까지 인간의 내면적인 도덕성만을 너무 높이 평가해 왔기 때문에 혁명과 같은 복잡하고 혼란한 사회를 그려내기에는 이런 혁명적 소재가 어색했는지도 모른다. 그래서 혁명보다는 단순한 희극이나 가극과 같은 오락 문학의 경향을 보이게 되고, 과거와 같은 걸작을 내놓지 못하고 있었는데, 이때 괴테를 다시 소생시켜서 "새로운 시인의 봄"을 맞이하게 한 사람이 바로 실러(Friedrich Schiller, 1759～1805)였다.

실러와의 교류(1794～1805)

괴테가 1788년 가을 실러를 루돌슈타트(Rudolstadt)에서 개인적으로 처음 만나기 전에도 두 사람은 서로 작품을 통해 알고 있었다. 슈투트가르트의 '카를스슐레(Karlsschule)'의 학생이었던 실러는 황제군의 기사로서 교활한 제후들과 전투를 벌이는 괴테의 ≪괴츠 폰 베를리힝겐≫을 읽고 열광했으며, 1780년 괴테가 아우구스트 공작을 수행해서 슈투트가르트의 카를 오이겐(Karl Eugen) 공작과 함께 실러의 졸업식에 참여했을 때도 그를 보았던 것이다. 괴테도 실러의 ≪군도(Die Rüber)≫

(1781)에 들어 있는 폭력성에는 거부감을 느꼈지만, 이탈리아에서 돌아온 후 몰라보게 성장한 실러의 명성을 듣고 놀라워했고, 실러의 사상시와 역사에 관한 글들을 높게 평가하게 되었다. 실러는 1794년 괴테에게 자신이 발행하던 잡지 ≪호렌(Horen)≫에서 함께 일하자고 제안하고, 괴테가 수락함으로써 실질적인 우정을 맺게 된다. 그 후로 두 사람은 자주 만나 생각을 교환하게 되지만, 그들은 문학과 예술에 본질적으로 다른 견해를 갖고 있었다. 괴테는 관조에서 출발하기 때문에 자신이 직접 경험한 것이 아니면 아무것도 쓸 수 없었던 것에 비해, 실러는 직접 경험한 것이 아니더라도 자유로운 공상의 세계를 마음대로 표현했다. 실러는 이미 1785/1786년에 자신의 미학 논문인 <소박 문학과 감상 문학에 대해(Über naive und sentimentalische Dichtung)>에서 이런 경향을 '문학의 유형'으로 논한 바 있는데, 인생의 모든 현상을 몸소 체험하고 자기 자신이 완전히 소화해서 거기서 우러난 체험을 다시 예술로 형성하는 "소박 문학"과, 반대로 관념을 미리 형성해 놓고 그다음 거기에 적합한 표본을 찾아 현상을 전개하는 "감상 문학"으로 구분했던 것이다. 이런 두 사람의 상이한 창작 방식은 상대의 부족한 면을 보충해 주어 결과적으로 위대한 성과를 올릴 수 있게 해 주었다.

이런 두 사람의 본질적인 차이로 인해 1788년부터 1794년까지는 각각 예나와 바이마르에 가까이 있었지만 서로 친해질 수 없었다. 그러나 1794년 예나에서 자연 과학 학회가 열렸을 때 실러가 사람들의 자연 과학 연구 방식에 대해 자연을 너무 세분화해서 조각조각으로 다루는 경향에 불만을 표시했고, 괴테도 자연을 쪼개어 개별화하지 않고 그 생명의 움직임 같은 전체적인 면을 관찰하는 것이 중요하다고 말하면서 자신의 "식물 변형론"를 설명해 주었다. 당시 괴테는 인간도 부분적인 측면으로만 연구할 것이 아니라, 전체로 파악해 인간의 전형(典型) 같은 것을 탐구해 보려고 했다. 구체적인 것을 통해 보편적인 것에 도달해 보려고 노력했던 것이다. 그러나 실러에게는 그런 과정을 거치지 않고 일단 '관념(Idee)'으로 먼저 나타났다. 그 후 괴테와 실러의 만남은 빈번해졌고, 괴테의 창작력은 실러의 격려와 영향으로 새로워져 괴테가 실러에게 "그때 예나에서 만난 그 날은 참으로 우리의 새로운 시대를 기약한 날이었다"고 말할 정도였다. 심지어 4년 후에 괴테는 실러에게 보낸 편지에 "그대는 내게 제2의 청춘을 부여해서 나를 다시 시인으로 소생시켜 주었소"라고 쓰게 된다. 실러의 격려와 자극으로 괴테는 소설 ≪빌헬름 마이스터의 수업 시대(Wilhelm Meisters Lehrjahre)≫를 1796년에 완성하고, 프랑스 혁명을 피해 떠나온 피난민들을 소재로 한 ≪헤르만과 도로테아(Hermann und Dorothea)≫를 1797년 발표해 대성공을 거두었으며, 미완성 상태의 ≪파우스트≫ 작업도 계속 진행해 1808년 드디어 1부를 완성하게 된다. 1777년부터 써오다 1785년에 중단된 ≪빌헬름 마이스터의 연극적 사명(Wilhelm Meisters theatralische Sendung)≫을 바탕으로 이탈리아 여행을 다녀온 후에 다시 쓰게 된 ≪빌헬름 마이스터의 수업 시대≫에서 괴테는 자신의 어린 시절 경험뿐만 아니라, 자신의 연극론, 셰익스피어관(觀), 그리고 6장 <아름다운 영혼의 고백>에서는 종교에 대한 경건한 태도, 이탈리아를 그리워하는 미뇽(Mygnon)의 아름다운 모습에서는 자신의 이탈리아에 대한 동경을 보여 주고 있다. 낭만주의를 태동시킨 프리드리히 슐레겔(Friedrich Schlegel)은 이 소설을 "비길 데 없는 아름다운 작품"이라고 극찬했다. 그래서 낭만주의의 젊은 작가들은 괴테의 ≪빌헬름 마이스터의 수업 시대≫를 모범으로 삼아 이를 뛰어넘는 작품을 쓰는 것을 목표로 삼을 정도였다.

실러가 발행하던 잡지 ≪호렌≫이 사람들로부터 많은 비난을 받고 있었는데, 특히 발행 첫 해 괴테의 ≪로마 비가≫가 익명으로 발표되자 바이마르의 "모든 고상한 부인들"이 격분하는 사태를 불러일으켰다. 그만큼 이 비가가 너무 에로틱하고, 게다가 섹슈얼리티까지 과감하게 묘사하고 있기 때문이었다. 그래서 이 잡지의 이름을 "호렌(Horen : 그리스 신화에 나오는 시간의 여신들)"에서 "o"를 "u"로 바꾸어 "후렌(Huren : 매춘부들)"으로 바꾸어야 한다는 말까지 들어야 했다. 이에 괴테는 실러와 함께 쓴 ≪크세니엔(Xenien)≫을 1797년 발표해 더욱 파문을 일으켰다. "크세니엔"은 "손님에 대한 선물"이라는 뜻인데 그 속에 조소와 독설, 그리고 농담과 기지로 당시 학계와 문단에서 성행하던 평범함과 무능함, 허식과 속물근성에 대해 준엄한 비판을 가하고 있다. 비판이 심해지자 두 사람은 이런 2행시(二行詩) 발표를 그만두고 작품 창작에 몰두하게 된다. 실러는 ≪발렌슈타인(Wallenstein)≫(1800), ≪메리 스튜어트(Maria Stuart)≫(1800), ≪오를레앙의 처녀(Die Jungfrau von Orleans)≫(1802), ≪메시나 신부(Die Braut von Messina)≫(1803), 그리고 ≪빌헬름 텔(Wilhelm Tell)≫(1804)과 같은 뛰어난 고전주의 역사극을 연달아 내놓으면서 독일 연극의 신기원을 장식했다. 그러나 지나친 의욕과 격무로 인해 1805년 5월 46세의 나이로 쓰러지고 말았다. 실러의 죽음은 괴테에게도 커다란 충격이었으며, 동시에 새로운 계기이기도 했다.

만년의 괴테(1805~1820)

실러는 병석에 누운 지 일주일 만에 죽었지만, 괴테는 그때 4년째 안면 홍조 증세와 신장염 그리고 심장 발작과 같은 중병을 앓고 있었고, 여러 번 생사의 고비를 넘기고 겨우 회복하기 시작할 무렵이었다. 그래서 괴테가 정신적으로 충격을 받을 것을 우려해서 아무도 그에게 실러의 죽음을 알려 줄 용기가 없었다. 나중에 그 소식을 접한 괴테는 음악가인 첼터(Zelter)에게 보낸 편지에 "그 친구를 잃음으로써 나는 내 인생의 절반을 잃어버린 것입니다"라고 썼다. 그는 1806년 또 한 번의 위기를 맞이하게 된다. 프로이센과 동맹을 맺고 있던 바이마르는 나폴레옹 군대와 싸우고 있었는데, 그해 10월 14일에 바이마르가 프랑스군에게 점령당하자 술 취한 프랑스 군인 두 명이 괴테의 침실에 침입해 그에게 해를 가하려고 한 일이 벌어졌던 것이다. 이때 크리스티아네가 용감하게 그들을 쫓아내어 괴테는 생명을 건질 수 있었다. 그리고 닷새 후인 19일에 괴테는 크리스티아네와 정식으로 결혼식을 올린다. 자신의 생명을 구해 준 크리스티아네에 대해 고마운 마음이 들었고, 그녀가 그동안 사람들에게 "가정부"니 "첩"이니 하는 험담을 들어 가면서도 한결같이 그를 위해 일해 주었기 때문에 그녀를 정식 아내로 맞이할 결심을 했던 것이다. 이때가 그녀와 동거하기 시작한 지 19년째 되는 해였으며, 아들 아우구스트가 열일곱 살이 되던 해였다.

그다음 해인 1807년에 괴테는 바이마르를 떠나서 근처의 예나에 머무르면서 친분이 있던 서점 주인 프로만(Frommann)의 집을 자주 방문해, 그 집의 양녀로 있던 빌헬미네 헤르츠리프(Wilhelmine Herzlieb, 1789～1865)에게 갑작스런 애정을 품게 된다. 그녀를 어릴 적부터 보아 왔던 괴테는 성숙하고 아름다워진 그녀의 모습을 보고 혈기가 갑자기 솟아오르는 것을 느꼈던 것이다. 그러나 괴테는 스스로 그녀의 집을 멀리하고, 결국 예나를 떠나 바이마르로 돌아오게 된다. 그는 1809년에 빌헬미네에게 느꼈던 자신의 열정을 ≪친화력(Die Wahlverwandtschaften)≫이라는 소설로 표현하게 되는데, 여기에는 괴테의 만년의 지혜로 여겨지는 “체념(Entsagung)”의 미덕이 담겨 있다. 친화력(親和力)이란 원래 화학 용어로, A와 B의 화합물 속으로 C와 D라는 새로운 원소가 들어가면 각각의 원소들은 서로 더 많이 끌리는 원소와 결합하기 위해 A와 B의 화합물은 해체되고, 새로운 AC와 BD라는 화합물이 생성되는 현상을 의미한다. 괴테는 이 소설에서 이런 경향을 인간의 성적 매력을 느끼는 관계에 적용해 미묘한 사각 관계로 묘사했던 것이다. 이 소설이 발표되었을 때 도덕적으로 많은 비난을 받았지만, 이것은 괴테의 진의를 제대로 이해하지 못한 데서 비롯한 것이었다. 이 소설을 비판하는 사람들은 이 소설이 신성한 부부 관계를 파괴하는 책으로 보았지만, 나중에는 오히려 부부 생활의 중요성을 일깨우는 것이 괴테의 의도였다는 것을 깨닫게 되었던 것이다. 물론 인간은 결혼한 후에도 다른 상대에게 애욕을 느끼게 되지만 그런 경우에 "체념"할 수 있어야 한다는 사실을 말하고 있는 것이다. 이것은 동양의 극기복례(克己復禮) 사상과 유사하다고 볼 수 있다. 이 소설은 원래 "체념한 사람들"이라는 부제로 집필을 계획하고 있던 ≪빌헬름 마이스터의 편력시대(Wilhelm Meisters Wanderjahre)≫에 삽입할 이야기로 예정되어 있었으나 확대해 하나의 독립된 소설로 미리 발표했던 것이다. 그러나 이 소설은 모든 것이 상징적인 모습으로 나타나기 때문에 최근까지도 독일에서 가장 현대적인 소설의 하나로 관심을 불러 모을 정도로 당시로서는 획기적인 작품이었다.

나폴레옹과 베토벤과의 만남(1808/1812)

1808년 괴테는 나폴레옹을 개인적으로 두 번 만났다. 처음에는 1808년 10월 2일 에르푸르트 궁전에서 나폴레옹의 초청으로 작가인 빌란트와 함께 만났다. 그 자리에서 나폴레옹은 괴테를 존경과 호의로 맞이했는데, 괴테를 처음 보자 "여기 인간이 있다(Voilà un homme)"고 말하면서 자신이 ≪젊은 베르테르의 슬픔≫을 일곱 번 읽었다고 털어놓기도 했다. 두 번째 만남도 10월 4일 빌란트와 함께 바이마르의 궁중 연회에서 이루어졌는데, 나폴레옹으로부터 "명예 기사"로 임명되기도 했다. 괴테도 인간미 넘치는 황제 나폴레옹에게 호감을 가졌고 그를 칭찬했기 때문에 나폴레옹에 대한 적의로 가득했던 당시 일부 편협한 애국주의자들에게 공격받기도 했다. 나폴레옹이 전쟁에서 승리하고 개선하자 괴테는 축제극을 쓰라는 위임을 받고 ≪에피메니데스의 각성(Des Epimenides Erwachen)≫(1815)을 쓰기도 했다.

괴테는 베토벤을 1812년 7월 19일 보헤미아(지금의 체코)의 테플리츠(Teplitz)에서 만났다. 이때 베토벤은 이미 괴테의 여러 시들을 작곡했고, 빈(Wien) 궁정 극장의 요청으로 괴테의 비극 ≪에그몬트≫의 서곡(1809~1810)을 작곡한 상태였다. 이 서곡은 영웅적인 인간상의 표본으로서 괴테의 드라마 주인공에게 베토벤이 바치는 오마주였다. 그리고 이런 드라마를 쓴 괴테에게 베토벤은 존경의 표시로 그 악보를 보냈다. 테플리츠에서의 여러 차례 만남에 괴테는 매료되었고, 베토벤은 직접 피아노를 연주해 주기도 했다. 괴테는 음악가 첼터(Zelter)에게 보낸 편지에 자신의 소감을 이렇게 썼다. "그의 재능은 놀라웠습니다. 단지 성격이 조금 거친 면이 있었는데, 만약 그가 세상을 저주스럽게 생각한다면 그렇게 틀린 것도 아닙니다. 그러나 그렇게 한다고 그 성격으로 자신이나 다른 사람들을 더 즐겁게 해주지는 못하겠지요." 이렇게 괴테는 베토벤에 대해 그렇게 호의적으로 생각하지는 않았다. 그래서 두 사람 사이에 편지도 오고 갔으나 대부분 형식적인 것에 그치고 말았다.

정치적으로 불안했던 이 시기에 괴테는 자신의 유년 시절부터 바이마르로 오기 전까지를 기록해 놓으려는 계획으로 자서전인 ≪내 삶에서. 시와 진실(Aus meinem Leben. Dichtung und Wahrheit)≫ 집필에 몰두한다. 또한 ≪이탈리아 여행(Italienische Reise)≫을 계속 써 나가면서 동방에도 관심을 가지게 되어 아라비아와 페르시아, 심지어 인도와 중국의 문화와 예술에 대해 관심을 보이기도 했다.

≪서동시집≫(1819)

괴테는 나폴레옹에 대한 독일 애국주의자들의 반동에 거리를 두면서 정신적으로 동방의 세계로 도피를 떠난다. 괴테는 1814년 요제프 폰 하머(Joseph von Hammer)가 번역한 14세기의 페르시아 시인 하피즈(Hafiz)의 시집(Divan)을 접하게 되었고, 시대와 지역을 초월한 그의 이국적인 정서에 매력을 느끼고 ≪서동시집(西東詩集, West-östlicher Divan)≫을 쓰기 시작한다. 이 시집의 이름은 서방의 시인이 쓰는 동방의 시라는 의미였다. 이 시집에 들어 있는 <줄라이카 편(Das Buch Suleika)>은 프랑크푸르트 은행가의 양녀였던 마리아네 폰 빌레머(Marianne von Willemer, 1784~1860)에 대한 열정의 소산이었다. 괴테가 빌레머의 집을 방문했던 것은 1814년 가을이었는데, 그때 아름다움의 절정에 있었던 마리아네를 사랑하게 되었다. 이를 눈치챈 빌레머는 아내가 죽자 자기 딸과도 같은 그녀와 결혼해 버렸다. 그러나 괴테는 이듬해 가을에도 다시 빌레머를 방문해 마리아네와 친하게 지냈고, 남편도 그들의 교류를 방해하지 않았다. 그녀 또한 서정시에 뛰어난 재능을 소유하고 있어, 괴테가 보낸 사랑의 시에 그녀도 시로 답을 했다. 그래서 그녀의 시도 <줄라이카 편>에 수록되었다. 그러나 65세의 괴테는 내심 고통스러웠지만 그녀를 단념하고 "이제 보름달이 뜰 때마다 서로를 생각하자"고 약속하고 그녀를 떠나왔던 것이다. ≪서동시집≫에서는 이런 줄라이카에 대한 열정 외에도 괴테의 인생관과 사상을 엿볼 수 있는데, 그중에서 <천상의 행복에 대한 동경(Selige Sehnsucht)>은 괴테의 궁극적인 인생관과 종교관, 그리고 내세관과 사랑을 보여주고 있다.

노년 시절(1820~1832)

1815년 나폴레옹이 권좌에서 물러나자 바이마르 공국은 영토가 크게 확장되어 대공국이 되었다. 괴테는 수상의 자리에 앉게 되지만 여전히 문화와 예술 분야만을 관장했다. 괴테는 1816년 아내 크리스티아네의 죽음을 지켜보아야 했다. 그러나 괴테는 아내의 장례식에 참석하지 않았다. 괴테는 그때까지 자기와 가까운 사람들의 죽은 모습을 보는 것을 철저하게 피해 왔다. 그 이듬해에 아들 아우구스트가 결혼하게 되자, 며느리인 오틸리에(Ottilie)

가 주변에서 괴테를 돌보게 된다. 그러나 아내와 사별한 지 몇 년 지나지 않은 1821년 괴테는 또다시 새로운 사랑을 경험하게 되는데, 이번에도 보헤미아의 마리엔바트(Marienbad, 현재 체코의 마리안스케 라즈네)라는 휴양지에서 17세의 소녀 울리케 폰 레베초(Ulrike von Levetzow, 1804～1899)를 만나게 된 것이다. 괴테는 계속해서 여름 때마다 울리케의 가족들과 만나게 되었고, 1823년에 74세의 괴테는 19세의 울리케에게 카를 아우구스트 공을 통해 청혼을 하게 된다. 그러나 괴테의 구혼은 정중하게 거절당하고, 바이마르로 돌아오는 길에 ≪마리엔바트의 비가(Marienbader Elegien)≫(1823)가 탄생했다. 그 이후로 괴테는 대외 활동을 자제하고 저술과 자연 연구에 몰두해 대작 ≪빌헬름 마이스터의 편력 시대(Wilhelm Meisters Wanderjahre)≫(1829)와 ≪파우스트 2부≫(1831)를 집필하게 된다. 괴테는 엄청난 양의 편지와 작품을 직접 손으로 쓰는 것이 너무 힘들었기 때문에 대부분 비서에게 받아쓰게 했다. 그래서 젊은 작가 에커만(Johann Peter Eckermann)에게 자신의 인식과 삶의 지혜에 관해 방대한 대화록을 남길 수 있었다.

≪빌헬름 마이스터의 편력 시대≫는 1796년에 발표한 ≪빌헬름 마이스터의 수업 시대≫의 속편으로 1807년에

쓰기 시작해서 22년 후인 1829년에 완성했다. 1777년에 ≪빌헬름 마이스터의 연극적 사명≫을 쓰기 시작했으니 무려 52년에 걸친 작업을 마무리한 것이었다. 따라서 60년에 걸쳐 완성한 ≪파우스트≫와 더불어 이 소설은 괴테의 평생에 걸친 체험과 지혜가 담긴 작품이라고 할 수 있다. 이 소설에는 부제인 "체념하는 사람들"을 테마로 한 여러 단편 소설들이 삽입되어 내용 면에서도 일관된 줄거리로 구성되어 있지 않고 다방면에 걸친 체험과 사상적 요소들이 혼합되어 있다. 따라서 이 소설에서는 주인공 빌헬름의 이야기는 배후로 밀려나고, 그 대신에 교훈적이고 보편적 추구 가치를 전면에 내세우고 있다. 즉, 개인이 아니라 여러 사람들이 활동하는 공동체가 중심에 놓여 있는 것이다. 이것은 괴테가 이미 19세기의 초기 사회주의를 예감하고 있음을 보여 주지만, 부분적으로는 기계화된 산업 사회의 측면도 보여 줌으로써 자본주의에 의한 산업 혁명을 예견하고 있기도 하다. 그러나 괴테가 ≪빌헬름 마이스터의 편력 시대≫에서 일방적이고 획일적인 교육을 통해 개인의 어떤 열정도 '체념'하도록 요구하고 있다고 보면 안 된다. 괴테는 오히려 이 소설에서 인간이 "열정"과 "체념"이라는 두 가지 대립된 상태를 어떻게 변증법적으로 조화롭게 극복해 나가는지를 보여 주고자 했다. 다시 말해서 괴테는 체념이 '사회의 원리', '노년의 지혜'라는 차원에서 "체념하는 사람들"의 예를 이 소설에서 보여 주고자 했던 것이 아니라, 인간관계의 한 원리인 '감성－열정－사랑'과 대립을 이루고 있는 또 다른 원리인 '체념'을 사회 발전과 그 진행을 위한 또 다른 하나의 축으로 제시하고자 했던 것이다.

다른 한편으로 괴테는 1825년부터 ≪파우스트 2부≫ 작업에 착수한다. 그러나 이 작품은 형태로 보면 드라마지만 당시의 상황에서는 거의 무대에 올릴 수 없는 환상적인 "그림책"과 같았다. 그래서 괴테는 자신의 ≪파우스트 2부≫를 동시대 사람들이 이해하지 못할 것으로 예상하고, 1831년 8월에 2부를 완성했을 때 자신이 죽은 후 출판하기 위해 봉인해 버렸다. 1827년에 괴테가 한때 온 마음을 바쳐 열렬히 사랑했던 슈타인 부인이 죽었고, 1828년에는 괴테의 친구이자 후원자였던 카를 아우구스트 대공이 사망했다. 게다가 1830년 10월에는 아들 아우구스트마저 이탈리아를 여행하던 중 로마에서 죽는다. 이렇듯 82세의 괴테 곁에서 지난날 가까이 지냈던 사람들이 모두 먼저 세상을 떠나가고 말았던 것이다. 괴테는 죽기 1년 전인 1831년에 젊은 시절 자신의 자연 과학 연구에 많은 자극을 주었던 바이마르 근교의 일메나우(Ilmenau) 숲을 다녀온다. 그리고 51년 전 <방랑자의 밤 노래>를 벽에 써 놓았던 사냥꾼의 오두막집을 찾아가기 위해 키켈한(Kickelhahn)산을 올라가기도 했다. 이렇게 괴테는 죽는 순간까지 쉬는 적이 없었다. 그의 삶이 바로 그의 작품이고, 그의 작품이 바로 그의 삶이었던 것이다. 1832년 3월 22일 낮 1시 반에 괴테는 심장 발작으로 사망한다. 그는 죽을 때 "더 많은 빛을(Mehr Licht)" 하고 말했다고 전한다. 그리고 3월 26일 바이마르의 카를 아우구스트 공작이 누워 있는 왕릉에 나란히 안치되었다.

괴테는 젊은 시절에 독일 문학에서 새로운 전기를 마련했던 '슈투름 운트 드랑' 시대를 열었고, 그 후에는 실러와 함께 독일 '고전주의' 문학을 화려하게 장식해 독일 문학이 세계 문학이 되는 전기를 마련했다. 또한 노년에도 끊임없이 집필을 계속해 자서전 ≪시와 진실≫과 위대한 드라마 ≪파우스트≫ 1, 2부 그리고 독일의 최고 소설이라고 평가되는 ≪빌헬름 마이스터≫를 내놓았다. 괴테는 83년이라는 긴 생애 동안 문학과 예술뿐만 아니라 철학, 신학, 자연 과학에 대해서도 방대한 저술을 남겨 놓았다. 그가 내놓은 시, 소설, 드라마는 독일에서 최초이자 최고의 작품으로 평가받았다. 그리고 그의 삶과 작품에서 보여 주는 사상 또한 동시대인이 이해하거나 따라올 수 없는 한 시대 이상 앞선 것이었다. 그래서 괴테는 주변 사람들로부터 많은 비난을 받기도 했다. 지금으로부터 200년도 훨씬 전에 한 젊은 여성과 결혼하지 않고 20여 년을 동거하며 가정을 꾸리고 살았던 사실이나, ≪로마 비가≫나 ≪파우스트≫에 담긴 노골적인 성 묘사, ≪친화력≫에 당당하게 묘사되고 있는 불륜, 심지어 젊은이들의 자살을 부추긴다는 비난을 받았던 ≪젊은 베르테르의 슬픔≫, ≪파우스트≫에 담긴 수많은 비유와 알레고리 등등을 고려해 본다면, 괴테의 삶과 작품은 당시 사람들의 인식을 뛰어넘어 21세기에나 맞는 것일지도 모른다. 그래서 괴테는 항상 자신의 작품을 읽고 비난하는 사람들에게 한 번만 읽지 말고 다시 한 번 읽어 봐 달라고 부탁하곤 했다. 다시 말해서 괴테 문학을 선과 악, 열정과 체념, 정의와 불의와 같은 이원론적인 관점으로 접근해서는 그 문학이 지니고 있는 영원한 생명력을 발견하기 어렵다. 오히려 '양극적'으로, 다시 말해서 서로 대립하는 감정과 사상이 나란히 존재하면서도 어떻게 서로 갈등과 조화를 이루어 가는지를 찾아보아야 한다. 마치 파우스트가 "두 개의 영혼이 내 마음 안에 살고" 있다고 고백하듯이 말이다. 괴테의 문학은 이런 점에서 시간과 공간을 초월해 모든 인류에게 '인간과 삶'에 대해 성찰해 볼 수 있는 기회를 제공하고 있기 때문에 '세계 문학'이라는 평가를 받고 있는 것이다. 그렇기 때문에 독일에서는 괴테가 태어난 18세기 중반부터 세상을 떠난 19세기 중반까지의 100년 동안을, 비록 독일에서 칸트와 헤겔, 모차르트와 베토벤과 같은 수많은 천재들이 태어나고 활동했지만, "괴테 시대(Goethezeit)"라고 부르는 것이다.

옮긴이에 대해

임우영은 한국외국어대학교 독일어과를 졸업하고 독일 뮌스터대학에서 독문학 박사 학위를 취득했다. 현재 한국외국어대학교 독일어과 교수로 있으며, 한국괴테학회 회장을 지냈다. 한국외국어대학교에서 기획조정처장과 사이버한국외국어대학교 학장을 역임했다. 저서로 ≪대학생을 위한 독일어 1, 2≫(공저), ≪서양문학의 이해≫(공저), ≪세계문학의 기원≫(공저) 등이 있다. 역서로는 ≪크세니엔≫, ≪빌헬름 마이스터의 연극적 사명≫, ≪괴테 시선 1~6≫, 바켄로더와 티크의 ≪예술을 사랑하는 어느 수도사의 심정 토로≫와 ≪예술에 관한 판타지≫, ≪브레히트의 영화 텍스트와 시나리오≫(공역), 오토 바이닝거의 ≪성과 성격≫, 뤼디거 자프란스키의 ≪괴테. 예술 작품 같은 삶≫(공역), ≪괴테 사전≫(공저), 뤼디거 자프란스키의 ≪낭만주의≫(공역), 라테군디스 슈톨체의 ≪번역 이론 입문≫(공역), 니콜라스 보른의 ≪이별 연습≫, ≪민중본. 요한 파우스트 박사 이야기≫, ≪미학 연습. 플라톤에서 에코까지. 미학적 생산, 질서, 수용≫(공역), ≪괴테의 사랑. 슈타인 부인에게 보낸 괴테의 편지≫ 등이 있다. 논문으로는 <<원초적인 말. 오르페우스 풍으로> : 괴테가 후세에 남기는 인간의 운명과 삶에 대한 유언>(2021), <괴테의 자연시 <식물의 변형>과 <동물의 변형> : 萬法歸一의 법칙으로서 식물과 동물의 "변형">(2020), <독자적 소설로서 괴테의 ≪빌헬름 마이스터의 연극적 사명≫>(2018), <1775년 가을에 흐르는 괴테의 눈물－사랑의 고통 속에서 솟아나는 활기>(2016), <괴테의 결정적인 시기 1775－"릴리의 시"에 나타난 스물여섯 괴테의 고민>(2015), <흔들리는 호수에 비춰 보는 자기 성찰. 괴테의 시 <취리히 호수 위에서>>(2014) <괴테의 초기 예술론을 통해 본 '예술가의 시' 연구. <예술가의 아침 노래>를 중심으로>(2013), <'자기 변신'의 종말? : 괴테의 찬가 <마부 크로노스에게>>(2011), <"불행한 사람"의 노래 : 괴테의 찬가 <겨울 하르츠 여행>(1777)>(2008), <영상의 문자화. 하인리히 폰 클라이스트의 단편 소설에 나타난 '겹상자 문장' 연구>(2007), <괴테의 ≪로마 비가(Römische Elegien)≫에 나타난 에로티시즘>(2007), <괴테의 ≪빌헬름 마이스터의 편력 시대≫에 나타난 '체념(Entsagung)'의 변증법>(2004), <괴테의 초기 송가 <방랑자의 폭풍 노래> 연구. 시인의 영원한 모범 핀다르(Pindar).>(2002), <괴테의 초기 시에 나타난 신화적 인물 연구>(2001), <새로운 신화의 창조－에우리피데스, 라신느, 괴테 그리고 하우프트만의 ≪이피게니에≫ 드라마에 나타난 그리스의 '이피게니에 신화' 수용>(1997) 등이 있다.

괴테 시선 8

지은이 요한 볼프강 폰 괴테
옮긴이 임우영
펴낸이 박영률

초판 1쇄 펴낸날 2022년 11월 30일

지식을만드는지식
출판등록 제313-2007-000166호(2007년 8월 17일)
02880 서울시 성북구 성북로 5-11
전화 (02) 7474 001, 팩스 (02) 736 5047
commbooks@commbooks.com
www.commbooks.com

지식을만드는지식은
커뮤니케이션북스(주)의 고전 출판 브랜드입니다.

ISBN 979-11-288-6705-7 04850
979-11-304-6892-1 04850(세트)

책값은 뒤표지에 있습니다.